I'll leave the team alone for a while!

잠깐만 팀장 좀 관두고 올게!!

세대 간 차이가
우리를
더 힘들게
한다.

이의종 지음

잠깐만

세대 간 차이가
우리를
더 힘들게
한다.

팀장 좀
관두고
올게!!

이의종 지음

도서출판 더로드
The Road Books

어느 추운 겨울날이었다. 나는 신입직원과 함께 같은 차에 동승해 거래처로 가고 있었다. 오전이었고 추운 날씨에 갑자기 비가 내려 몸도 마음도 움츠려 있었다. 당시 나는 지방에서만 근무를 하다 서울로 발령 난지 얼마 되지 않아 서울 지리를 전혀 몰랐다. '빗속에서 어떻게 집에 가지?' '궂은 날씨 때문에 거래처와 계약 성사에 문제가 생기진 않을까?' 등 여러 잡념과 긴장된 눈빛으로 전방을 주시하고 있었다. 게다가 내 옆의 직원은 아직 신입이라 운전이 많이 서툴러, 이런저런 걱정들이 머리를 맴돌고 있었다.

그런데 갑자기 옆에 직원이 우는 것이 아닌가? 비가 오고 전방에 시야도 흐린데다 운전도 서툴면서 갑자기 울기 시작하였다. 나는 일단 안전이 너무 걱정이 돼 차를 갓길로 정차 시켰다. 순간 많은 생각이 났다. 왜?? '집에 어쩜 안 좋은 일이 있나?' '내가 뭘 잘못했나?' 팀장이 되고 팀원들을 절대 울리지 말자고 결심 했는데, 몇 일도 지나지 않아 영문도 모른 채 여직원은 울고만 있었다. 나는 당시 어색한 상황을 빨리 모면하기 위해 재빨리 농담을 던졌다.

"왜 남자친구랑 헤어지기라도 했어?" 여직원의 대답이 더 황당하였다.
"네 이틀 전에 헤어졌어요. ㅠㅠ"
설마 하며 농담으로 던진 질문이 진짜 일어나고 말았다.
"얼마나 사귀었지?"
"두달요…"

그러면서 닭똥 같은 눈물을 뚝뚝 흘리는 것이 아닌가?

아! 팀원을 최대한 울리지 말아야지 하는 나의 결심은, 아무런 액션도 하지 못하고 허무하게 깨지고 말았다. 더욱 당황한 것은 주요 거래처를 팀장과 동행하면서 팀장은 거래처 걱정만 하고 있는데 정작 담당 실무자는 헤어진 남자 친구를 생각하다 감정 컨트롤을 못하고, 거래처에 도착도 하기 전에 직장 상사 앞에서 눈물을 흘리고 있었다.

정말이지, 어처구니없는 이 상황이 왜 발생한지를 비로소 나는 알게 되었다. 신입 직원이 우리 팀에 발령 나고 워낙 스펙이 좋아, 정말 기대가 큰 팀원이었다. 그런 기대치는 한꺼번에 날아갔다. 앞으로 공사 구분도 못 하고, 자기감정도 제대로 절제하고 통제할 줄 모르는 아이와 같은 팀원과 어떻게 생활할지를 생각하니 적잖은 충격이었다.

이 일이 있기 10년 전 나는 다른 종류의 눈물을 보았다. 나는 당시 신입이었고 어느 날 내가 근무 했던 회사는 노조 설립 문제로 연초 회사 시무식이 끝난 뒤에 모든 영업부 직원들이 비밀리에 호텔에 모였다. 노조 설립을 위한 찬반 투표를 위해서이다. 물론 영업부의 수장이었던 영업 본부장을 제외한 팀장 이하의 모든 직원들이 모였고, 나는 그 중에서 제일 막내 신입사원이었다. 이날의 모임은 노조 위원장 선출 문제와 노조 설립위원 선정을 위한 것이었지만 선뜻 나서는 이가 없어 결론을 내지 못한 채 끝나고 말았다. 그러나 문제는 바로 다음 날이었다. 노조 설립 여부를 미리 파악하고 보고하지 못했다는 이유로 사장이 영업 본부장을 바로 경질한 것이었다. 이에 영업 본부장은 사의를 밝히고 회사를 떠나게 되었다. 나는 신입이라 영문도 몰랐지만 영업 본부장이 퇴직하시던 날 팀장님이 본부장님과 통화 도중 닭똥 같은 눈물을 흘리는 것을 보았다. 너무나 억울한 처사였고 베이비부머 세대 직장인의 상사에 대한 의리와 충성심을 진정성 있게 보여주는 사례였다. 10년을 넘는 세월을 동고동락하며 많은 감정을 공감한 진정한 동료애였다.

　팀원의 눈물과 팀장의 눈물은 많은 차이가 있다. 신입직원은 남을 배려하지 못하고 자신의 감정을 통제하지 못해 자신만의 감정을 위해 울었다면, 팀장의 눈물은 직장 상사를 배려하고 상사에 대한 동료애와 충성심으로 타인에 대한 감정을 공감하고자 흘린 눈물이었다. 그러면 나는 이런 상황에서 어떻게 할 것인가? 나는 둘 다 울지 않는다. 나는 중간에 딱 낀 세대이기 때문이다.

　그렇다. 나는 선배인 베이비부머 세대와 후배인 Y 세대의 중간에 낀 X 세대 팀장이다. 우리 세대에 여자친구와 헤어졌다고 팀장님 앞에서 우는 그런 행동은 상상도 못했다. 온갖 잔심부름에 고딩이나 하는 빵 셔틀보다 더한 잡일을 하면서 선배들에게 인정받기 위해 노력했다. 또한 선배들처럼 가정이 우선순위가 아니었고 매일 늦은 야근과 회식에 시달리며 지금의 팀장 자리에 올랐다. 저녁에 개인적인 약속은 생각조차 않았고 개인 발전을 위해 시간을 투자하라는 말은 수도 없이 들었지만 그렇게 하는 선배도 없었고 동기도 없었다. 또한 시간도 없었다.

　우리는 그렇게 선배들의 비위를 맞춰 가며 열심히 일하고 인정받고 자리 잡았건만, 지금도 상사들은 그것을 당연하다 여기고, 여전히 같은 행동을 하며 우리에게 충성을 강요한다. 마지못한 채 충성하고 순종하는 척하지만 베이비부머 세대들과 비교해 뭔가 알 수 없는 끈끈함이 부족한 것이 현실이다.

그렇다고 선배들처럼 후배들에게 무조건 까라고 강요할 수 없는 애매한 세대가 바로 우리 세대이다. 선배들이 하듯이 후배들에게 회사생활을 강요하면 360도 피드백 평가에서 팀원들에게 최하 점수를 받는 것이 기정사실이고, 그렇다고 우리가 또 상사들의 평가에 낮은 점수도 줄 수 없는 입장이다.

어느 해 1월 우리 부서는 연 마감 때문에 외국계 회사가 일반적으로 시행하는 겨울 휴가를 가지 못했다. 다른 부서는 12월에 갔지만 나는 1월 초에 4일 정도 휴가를 받아 가족들과 함께 여행을 갔다. 그 해에 우리 부서에 새로 부서장이 발령 났는데 이미 휴가를 마치고 1월에 업무에 복귀한 상태였다. 부서의 모든 팀장들과 직원들은 휴가 중이었지만 새로 부임한 부서장은 업무에 궁금한 것이 많았던 터라 휴가 가는 첫날부터 핸드폰 벨이 울리기 시작했다. 이것저것 업무 현황에 대한 보고자료 요청이 쇄도하였다. 휴가인 줄 알거라 생각했는데 업무 파악을 위해 계속 전화를 하셨다. 나를 포함한 5명의 팀장들은 휴가 중에도 전화를 받지 않는다는 핀잔을 받으며 혹시나 하는 마음에 들고 간 업무용 노트북으로 요청받은 업무보고에 대한 자료 정리를 취합할 수밖에 없었다. 아이들이 숙소에서 일하는 아빠를 보면서 눈썰매를 타러 가자고 한참을 조르며 기다리고 있었다. 그렇지만 팀장들까지 필요한 자료가 있다고 팀원들에게 자료를 요청할 수도 없는 상황이었다. 우리가 할 수 있는 최대한 정보를 수집해 정리하고 취합할 수밖에 없었다.

휴가 복귀 후 마케팅 팀장이 주말에 타 부서 팀원에게 간단한 자료 요청을 할 것이 있어서 전화했다가, 왜 쉬는 날에 업무 전화를 하냐는 불평을 들었다고 나에게 토로하였다. 그 팀장도 상사가 갑자기 자료를 요구해 본인이 파악 할 수 있는 한계를 넘어서 어쩔 수 없이 전화를 했건만, 아래 직원에게 주말에 전화를 했다고 핀잔을 받았다.

팀장들은 주말에 상사로부터 오는 전화를 받지 않으면 혼이 나고 주말에 급해서 부하 직원에게 전화를 하면 불평을 듣는다. 참 불쌍하다.

이팀장! 본전 생각난다.같은 세대의 팀장들은 다 나와 같은 고민을 토로 한다. 우리는 상사들로부터 여과 없이 쪼임을 당하지만 늘 그렇게 훈련 받아 왔고 그것이 당연하다고 생각했다. 그러나 우리가 겪은 대로 지금의 팀원들에게 그대로 한다면 반드시 난처한 일들이 생기곤 한다.

그러면 우리의 선배들이 잘못하고 틀렸다는 것인가? 아니다, 단지 세대가 다를 뿐이다.

고도 성장기를 거치면서 우리의 선배들은 가정보다는 일을 더 중요시 하였고 그렇기에 직장 동료들과의 끈끈한 우정을 과시하면서 오랜 세월을 버티며 희생으로 생존하신 분들이다. 그러나 우리가 배우고 경험한대로 리더십을 발휘하면 지금의 세대들에게는 불편한 상황이 연출될 수도 있다. 아니다, 정확한 감정은 우리 세대도 불만이 있었지만 표현하지 않고 참았을 뿐이고, 지금의 세대는 불만을 표출하고 우리처럼 인내하지 않는다.

팀원들을 리드하고 조직의 성과를 달성하면서 누구나 리더로서 슬럼프에 빠지고 힘든 순간을 마주하는 것을 경험을 통해 알고 있다. 이 시대 같은 팀장으로서 격하게 공감하는 실제 리더쉽 사례를 체험하고 집필하여 이 시대 모든 팀장들에게 힐링과 용기를 주려고 책을 집필 하였다. 이 시대 팀장들이 겪고 있는 우리의 앞선 세대(베이비부머 세대)와 우리의 뒷 세대(Y세대)들을 보고 느낀 것을 바탕으로 정말 이 시대에 필요한 현실적인 리더십이 뭔지 이야기 해 보고자 했다. 또한 후배들에게도, 팀장들과 임원들의 고충과 회사에서 정말 평판 좋은 인재는 어떠한 인재인지 이야기 하고 싶다.

이의종

제1장

팀장 좀
관두고 올게!!

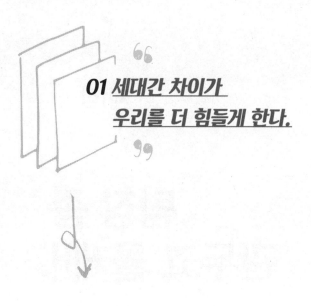

01 세대간 차이가 우리를 더 힘들게 한다.

'이 팀장 왜 아직 퇴근 안 하고 있어?'
'아 네.. 이사님이 아직 퇴근 안 하셔서'

'팀장님 수고하셨어요. 먼저 퇴근 할게요'
'어.. 그래 그 일은 다 처리 했나?'
'아니요 내일 출근해서 마저 할게요.'

'이사님 요청하신 자료를 언제까지 보고 드릴까요?'
'즉시'
'네 알겠습니다.'

'김 대리 이것 좀 빨리 처리 할 수 있나?

'팀장님 미리미리 말씀 하셔야죠.. 내일부터 주말인데'

내 대학 동기는 대기업 마케팅 팀장인데 일이 많아서 매일 야근을 한다. 보통 퇴근시간이 밤 10시 이후이고, 직장 상사로부터 가정과 일의 균형을 조절하라는 조언을 들었다고 한다. 반면 팀원들은 6시 '땡' 하면 퇴근한다. '육땡 이다' 그러다 보니 급한 일은 팀장이 처리 하는 경우가 많다. 나는 '너의 리더십이 문제'라고 조언했다. 팀원들 하고 면담을 해보는 것이 좋겠다고 얘기 하였다. 다음 만남 때 들어 보니 팀원들 중 여직원이 많아 육아문제로 어쩔 수 없다는 것이다. 눈물로 호소하는 팀원 앞에서 많은 이야기를 할 수 없었다고 한다. 젊은 세대의 직장인들은 가정과 일의 균형을 너무나도 잘 유지해서 간혹 회사에서 불편한 상황이 생기기도 한다.

우리나라 직장에는 3세대가 공존하고 있다. 일명 꼰대라고 불리는 '베이비부머 세대', 젊은 것들로 분류되는 'Y세대', 그리고 중간에 끼 여 있는 차장급 이상의 'X세대' 이러한 3세대의 세대차이는 분명히 존재하기 마련이다.

삼성그룹 온라인 사내외보 '삼성앤유 프리미엄'이 삼성인 3287명을 대상으로 '직장 내 세대차이'에 대한 설문조사를 실시한 결과, 삼성인 10명 중 8명은 직급에 상관없이 직장 내 세대 차이를 느끼고 있는 것으로 나타났다.

대리급 이하 젊은 세대들은 '회사 생활에 개인 생활을 희생시키는 것을 당연하게 여길 때'를 꼽았고, 차장급 이상 기성세대들은 '동료 의식이나 고통분담 없는 개인주의'를 공감하지 못했다. '직장 내에서 세대 차이를 느끼는 순간'(복수응답)으로는 '회식 등 친목도모 모임에 대한 의견이 다를 때'(47.7%)가 가장 많았다. 그 다음으로 '업무방식이 다를 때'(43.2%), '컴퓨터, SNS 등 디지털 기기에 대한 사용능력이 다를 때'(29.9%), '패션이나 식습관 등 생활스타일이 다를 때'(29.8%), 'TV 프로그램이나 사회적 이슈 등 일상적인 대화를 나눌 때'(29.4%) 등이 꼽혔다. 차장 이상 직급의 경우 '업무 방식이 다를 때' 가장 세대 차이를 느낀다고 답했다.

대리급 이하에게 '직장 내 공감할 수 없는 기성세대 정신'을 묻는 질문에는 '주말출근, 회사를 위해 개인의 삶은 희생해야 한다.'(51.0%)를 가장 많이 꼽았다. 그 다음으로 '너에게 발언권은 없다. 내가 시키는 대로 하면 된다고'(43.2%), '요즘 애들은~우리 때는~ 비교와 과거 미화'(41.6%), '이번 주말에 등산갈까? 회사와 일상의 모호한 경계'(27.8%) 순으로 젊은 직원들이 기성세대를 공감하지 못한다고 답했다.

반면 차장급 이상이 꼽은 '직장 내 황당한 신세대 정신'으로는 '동료의식이나 고통분담 없이 나만 생각하는 개인주의'(54.5%)가 가장 많았다. 그 다음으로 '여기보다 괜찮으면 언제든 떠날 수 있죠. 소속감이나 애사심 없음'(29.7%), '내가 제일 잘났어. 이런 일은 내가 할 일이 아니지. 근거 없는 자신감'(28.7%), '저 아파서 회사 못 나가요. 문자로 통보하는 커뮤니케이션'(24.5%), '부장님 안뇽하세요 글럼 빠이%&. 황당한 맞춤법의 이메일을 보내는 예의 없음'(18.9%) 등을 기성세대 직원들이 젊은 세대를 이해하지 못하는 것으로 나타났다.

위의 설문조사 결과처럼 많은 직장인들이 세대 차이를 공감하고 있다. 우리가 더 상처받는 이유는 세대 차이가 있는 양쪽 세대를 다 만족시켜 줘야 할 때이다. 우리 세대는 한마디로 동네북이다.

팀장 면접 때 '어떠한 팀장이 되고 싶냐?'는 질문에, 나는 그때 팀장의 3가지 유형이 있다고 대답했다. 첫째는, 상사도 좋아하고 팀원도 좋아하는 팀장. 둘째는, 상사는 좋아하지만 팀원은 싫어하는 팀장. 셋째는, 상사도 싫어하고 팀원도 싫어하는 팀장. 그리고 특히 세 번째의 경우 오래 버티지 못하는 것을 많이 봤다고 대답 했다. 그때 박장대소 하던 본부장님의 얼굴이 아직도 눈에 선하다. 그리고 팀장은 팀원입장도 대변해야 하고, 회사의 입장도 대변해야 하는 중간 관리자로서 두 부류의 조화를 위해 노력하는 것이 중요하다고 대답했다.

나의 대답과 같이, 팀장은 중간에 있는 동네북이다. 회사의 무리한 마감 요구에 안 된다고 얘기하지 못하고, 팀원들의 불만에도 자신 있는 대답을 못 해 줄 때가 있다. 이렇게 중간에 끼여서 이리저리 눈치 보다 지쳐서 퇴근하곤 한다. 회사의 입장은 베이비부머 세대를 통해서 주로 듣고, 직원의 입장은 Y세대들에게 주로 듣는다. 이와 같이 극명한 세대 차이를 보이는 두 세대 중간에 우리가 끼여서 세대 간 소통을 책임지고 있다. 그렇다고 각 세대의 의견을 100% 여과 없이 전달하는 경우도 드물다. 대부분의 팀장들이 비슷하겠지만, 때로는 극명한 의견 차이를 보이는 세대 간의 의견을 여과해서 전달하는 경우가 많다. 100% 전달하는 경우 오해가 생길 수 있고 세대 간의 조화는 더욱 힘든 경우가 많기 때문이다.

가장 힘든 경우는 무리한 업무지시를 중간관리자로서 팀원들에게 전달해야 할 때이다. 물론 이러한 업무지시를 하는 직장 상사가 잘 몰라서 혹은 판단이 부족해서 지시했다고 생각치 않는다. 회사의 사정상 무리한 업무지시를 할 때가 분명히 있다. 팀장으로서 무리한 업무지시에 '왜' 라는 합리성을 붙이고 팀원들을 독려하고 강하게 밀어붙여야 할 때가 있다. 가장 쉬운 소통 방법은 '위에서 시켰으니 그냥 해!' 이겠지만 이렇게 하면 팀원들로부터 불만이 안 나올 수 없다.

취업포털 커리어에 따르면 직장인 404명을 대상으로 한 설문조사 결과, 직장인들은 팀 내 갈등의 원인으로 '이해할 수 없는 상사의 업무 지시'(24%)를 첫 손에 꼽았다. 한편 상사들의 62.5%가 '부하직원과 소통이 잘 된다'라고 답한 반면, 부하직원들의 62%는 '상사와 소통이 잘 되지 않는다.'라고 답해 상반된 입장을 드러냈다.

부하직원들은 상사와의 원활하지 않은 소통과 이해할 수 없는 업무지시를 가장 힘들어하는 반면, 상사들은 부하와 소통이 잘 된다고 생각한다. 그 이유는 대부분의 부하 직원들은 '예 알겠습니다.' 라고 대답하는데, 이 경우 직장상사는 원하는 대답을 얻었기에 소통이 잘 된다고 생각 하지만, 부하직원은 그냥 대답만 한 것이다. 정말 이해가 안 되는 업무지시가 불만이지만 의사 표현을 못하니 소통이 안 된다고 생각한 것이다. 위 설문조사 결과 갈등을 해소하기 위한 진정한 소통으로 필요한 것에 '경청과 대화'(37.62%)라는 반응이 가장 많았고, '상대에 대한 신뢰'(22.77%) '공감대 형성'(20.79%) 순이었다. 설문조사 결과처럼 경청과 대화는 쉽지 않다. 리더들에게 인내를 요구하고 의미 있는 질문을 요구한다. 작은 것부터 실천하려면 업무를 지시하기 전에 이러한 업무에 대해 어떻게 생각 하는지 부하 직원들에게 질문하고, 대답을 통해 공감대를 형성하여 설득한다면 '까라면 까'라는 조직문화가 조금은 달라 질 것이다.

직장에서의 과·차장급 이상 팀장의 고달픔을 가장 잘 실은 신문 기사를 지면에 실어 보았다.

직장 생활 10년 차쯤 되면 대개 차장, 팀장이 된다. 사회 초년생을 거쳐 대리를 지나 오늘에 이르렀고 그 과정에서 조직과 거래처의 다양한 사람을 만나면서 인간관계의 미묘함에 단련되어 있지만, 역시나 직장 생활에서 가장 어려운 업무는 사람을 상대하는 일이다. 위로는 상사, 아래로는 부하 직원 사이에 샌드위치처럼 끼어 있으니 과장은 너무나 피곤하고 힘들다. 기본적으로 세대가 다르다. 직장을 바라보는 가치관부터 일하는 스타일까지 너무나 다르다.

그런 엄청난 세대 사이에 끼어 있는 존재가 차장, 팀장이니, 오 마이 갓! 상사와 부하 직원 사이에서 중간자 역할을 제대로 하지 못할 경우 조직을 이끌 리더십이 부족한 것으로 찍힐까 전전긍긍, 위아래를 맞추며 살아갈 수밖에 없다. 그러나 사람이 다 내 맘 같지 않으니 이렇게 중간에 끼인 팀장은 날로 스트레스만 쌓일 뿐이다. 상사의 요구부터 부하 직원의 요구까지 두 고객(?)을 위한 맞춤형 서비스를 매일 실시해야 하기 때문이다.

직장 생활 8부 능선에 있는 차장급 직원은 상사가 원하는 방향에 맞춰서 업무를 진행해야 한다. 그렇지 않으면 십중팔구 깨지기 십상이고, 그 나이 먹도록 리더가 원하는 방향 하나 제대로 파악 못하는 무능력자로 취급 받기 딱 좋다. 그런데 이런 걸 하나하나 정확히 알려주며 일을 시키는 상사도 드물다.

어렵게 상사에게 좀 익숙해졌다 싶으면 또 인사이동으로 새로운 상사를 만나게 되고, 그러면 또다시 새로운 상사의 스타일에 맞춰야 한다. 깐깐했던 이전 상사가 사라져줘서 좋았는데, 이번에 새로 부임한 상사는 만면에 미소를 띠며 훈계하는 스타일로, 그 속에 뭐가 들었는지 도통 알 수가 없다. 처음부터 새로 적응해야 하는 상황이 된 것이다.

후배 직원들과의 세대 공감에도 신경 써야 한다. 후배들과의 원활한 소통 역시 조직 생활에서는 능력의 척도가 될 수밖에 없다. 시대가 바뀌고 세대가 달라지다 보니 내가 입사하던 시절의 기준으로 후배를 대할 수는 없다. 자칫 울컥함을 참지 못해 '지적'을 하거나 눈치를 줘도 당장 후배들로부터 '노땅 취급'을 당하게 된다. 요즘은 후배 사원에게 일시키는 것조차 힘들다. 개인주의가 더 강해져 자기 일이 아닌 업무를 시키면 눈 똑바로 뜨고 '이걸 왜 제가 해야 하느냐'고 묻는다.

차장, 팀장은 상하 직원들과의 관계에서 발생하는 정신적 스트레스뿐 아니라 업무 스트레스도 크다. 10년 이상 일을 했으니 당연히 업무에서는 베테랑이요, 회사가 돌아가는 방향부터 일이 처리되는 시스템에 정통한 게 정상이다. 그러다 보니 주어지는 일도 많아질 수밖에. 상사는 새로운 일만 생기면 어김없이 "김 과장~!"을 외친다. 지금 하고 있는 일도 마감이 빠듯한데 새로운 업무가 시도 때도 없이 떨어진다. 자연스레 야근과 휴일 근무가 이어질 수밖에 없다. 사원, 대리급이 주로 하는 단순성 업무와 달리 머리를 쥐어짜야 하는 일을 주로 하는 과장, 차장의 업무들은 협력도 거의 불가능한 형태인 경우가 대부분이다. 힘들든 쉽든 시작부터 끝까지 혼자 처리해야 한다.

어느 직급인들 직장인 치고 인간관계, 업무 스트레스가 없겠는가. 그러나 〈한 명의 중간관리자가 10만 명을 먹여 살린다〉라는 책의 제목이 말해주듯, 중간 관리자급인 과장, 차장에게 회사가 요구하는 역할과 책임은 막중하다. 반대로 감내해야 하는 스트레스가 크다는 말이기도 하다. 아래 직원에게 힘들다고 하소연하자니 체면이 안 서고, 상사의 높은 기대치에 부응하기 위해 달리다 보니 오늘도 과장, 차장들은 고군분투 중이다. 회사가 어려워져 구조조정을 할라치면 최우선 대상으로 이들이 거론된다. 당장 구조조정이 진행 중인 조선 업계만 봐도 그렇다. 대우조선해양은 얼마 전 20년 이상 근무한 부장급 직원 1300여 명 중 300여 명을 내보냈다. 산업은행 등 채권단으로부터 4조여 원을 지원받는 대가였다. 이렇게 연일 고군분투를 하고 생고생을 해도 연말 인사 철이 되면 회사가 조직을 축소하면서 승진 기회는 적어지고, 보직 이동이라는 명분을 내세워 한직으로 발령을 낸다. 비단 인사철 뿐만 아니라 이른바 '김 부장, 이 팀장'은 외롭다. 우리는 '동네북 신세'다.

02 이 팀장..
이번엔 자리가 없어..

최근 신문에서 재미있는 기사를 찾았다

"아프리카 남부 칼라하리 사막에는 스프링복(springbok)이라는 영양이 살고 있다. 이들 영양은 처음에는 몇 마리씩 소규모 무리를 이루다가 포식자로부터 무리를 보호하기 위해 점차 수천 마리씩 떼를 지어 산다. 무리가 커지면서 먹을 풀이 부족해지면 스프링복들은 이동을 시작한다. 수천 마리의 영양 떼가 이동하는 장면은 그야말로 장관이다. 그런데 앞서가는 영양들이 풀을 먹고 지나가면 뒤따르는 영양들이 먹을 풀이 남지 않는다. 그러다 보니 뒤를 쫓는 영양들이 풀을 먹기 위해 한 발이라도 먼저 앞서가려고 하고 앞에 가는 영양들은 뒤처지지 않으려고 점점 발걸음을 빨리 하기 시작한다. 얼마

지나지 않아 한 무리가 전력 질주를 시작한다. 처음에는 조금이라도 풀을 더 많이 먹기 위해 앞서가려 했지만 나중에는 왜 뛰는지도 모르고 그냥 달리기 시작한다. 이유도, 목적도 상실한 채 달리던 영양 떼는 결국 낭떠러지에 떨어져 90% 이상이 죽는다." 동물의 왕국에 나옴직한 스프링복 얘기가 최근 인터넷에서 화제다. 남들보다 앞서 풀을 차지하기 위해 조금씩 발걸음을 빨리 한 것뿐인데 나중에는 목적을 상실하고 의미 없이 질주하다가 죽음을 맞이하게 된다. 현대 사회의 무의미한 무한경쟁을 의미하는 것 같아 씁쓸하다.

처음 팀장이 되었을 때 회사에서 나는 56번째 팀장이라는 얘기를 들었다. 조직은 계속 성장 중이었고 팀장자리가 늘어나는 시기였다. 그 후로 팀장이 70명을 넘었다는 얘기를 들었다. 경기가 좋아지니 무슨 걱정이 있었을까? 그 후로 업계 상황은 점점 안 좋아지기 시작하였고, 우리 회사도 구조조정의 칼날을 피할 수는 없었다. 나는 입사한 후로 구조조정을 수차례 경험했고 팀장이 되기 전의 구조조정과 팀장이 된 이후의 구조조정은 그 차이가 피부로 느껴질 정도로 컸다. 팀장이 된 후 동료 팀장들이 구조조정과 희망퇴직으로 인해 회사를 떠나는 것을 수차례 보았다. 자의 반, 타의 반으로 정든 회사를 많이 떠났다. 성장이 정체되고 부진한 부서들의 퇴출과 통폐합으로 인해 구조조정을 할 때마다 조직이 변경 되었고 그 여파로 일부 부서의 팀장들은 자리가 줄고, 팀원들은 지방이나 타 부서로 발령이 났다. 그나마 자리라도 있으면 다행인데 자리가 없어 대기 발령되는 직원들은 가슴이 찢어지는 상처를 입었다. 한마디로 살아남기 위해서 스프링복처럼 무한경쟁의 상태가 지금의 현실이다.

다른 기업들도 예외는 없다. 최근 삼성그룹 등 대기업들이 잇따라 임원 승진자를 발표하고 있다. 승진 연한을 2~3년 뛰어넘어 '별'을 단 샐러리맨 신화는 올해도 빠지지 않는다. 그렇지만 올 인사철 분위기는 왠지 썰렁하다. 대부분 회사에서 퇴임한 임원 수가 승진한 임원보다 많다고 한다. 삼성그룹 전체적으론 상무 이상 임원 수가 200명 가량 줄었다는 얘기도 있다. 그만큼 '잘린' 임원이 많다는 의미다. 위기 상황이다 보니 어쩔 수 없다는 게 현실이다.

구조조정이 들어가고 조직변경이 예상되면 조직 내에서는 무수한 소문들이 돌고 돈다. 단지 소문만으로도 혹자는 상처를 받고, 소문에 너무 예민해진 나머지 생긴 여러 가지 부작용과 스트레스는 저생산을 유발하게 된다. 리더가 흔들리니 당연히 팀원들은 일에 대한 집중력이 떨어지고 여기저기 눈치 보기 바쁘다. 부서끼리 서로 험담하고 살아남기 위해 안간힘을 쓴다. 차라리 인사 발표라도 나면 체념이라도 하게 되는데 이 기간에 더욱 더 심한 스트레스를 받게 되고 이 스트레스는 후유증도 남긴다.

나도 이런 기간을 여러 번 경험하였다. 정말 잠이 오지 않는다. 겨우 잠들어도 새벽 3시쯤 일어난다. 그 뒤로 여러 생각에 잠을 설치게 되고 혹시나 하는 마음과 강박증으로 건강마저 잃을까 걱정이 되었다. 수만 가지 잡념이 든다. 살아온 인생도 후회되고 내 인생을 내 맘대로 통제하지 못한다는 자괴감마저 들기도 한다. 부모님이 생각난다. 아버지도 다 겪은 일이라 생각하니 눈물이 난다. 친한 친구는 회사 전체가 계열사에 매각되는 바람에 회장님과 임원진이 한꺼번에 퇴직하고 회사가 송두리째 잘려나가는 경험을 했고, 자기는 가까스로 살아남았다고 한다. 소위 말하는 라인이 흔들리고 백이 사라져 부서가 통폐합 되면 정말 속수무책이다. 아무리 성과가 좋고 능력이 있어도 제 식구 챙기기에 바쁜 조직의 생리에 희생양이 되고야 만다.

TV 프로그램에서 '가장 최근에 한 거짓말'이란 패널 조사에 33살의 청년이 권고사직을 당했는데 부모님께 숨기고 있다는 사연이 당첨이 되었는데, 함께 방청객으로 온 부모님이 그 사실을 처음 알게 되었다. 어머님의 눈에서는 눈물이 하염없이 흐르고 있었다. 권고사직의 이유는 다음과 같았다. 다른 사람들은 결혼을 했고, 자녀가 어리고, 또는 자녀가 대학생이기 때문에 제일 부담이 적은 미혼이 희생하라는 것이었다. 지인은 그 청년에게 지금부터 본인이 하고 싶은 일을 하라고 조언해 주었지만, 정작 그 청년은 자기가 하고 싶은 일을 직장 생활을 하는 8년 동안 잊어 버렸다고 한다. 8년의 직장 생활 속에서 자기가 잘 하는 것이 무엇인지도 생각이 나지 않는다고 했다. 너무 준비 되지 않은 상황에서 일어난 일이고 부모님도 뜻밖의 소식에 울기만 하셨다. 특히 사회적으로 취약한 우리나라 구조 속에서 실직은 큰 상처이며 고난이다. 특히 우리 세대 팀장들은 취학 자녀가 많아 더욱 힘들다.

이 시기에 면담을 하자고 하면 큰 결례이다. 또한 전체 면담 일정이 잡혀 있어도 면담 순서가 빠르면 신경이 쓰인다. 아무도 면담을 안 하는데 나 혼자 면담 일정이 잡히면 좋은 일이거나 나쁜 일 두 가지 중 한 가지인데, 시기적으로 좋지 않은 일이 될 확률이 높다. 또한 면담 순서가 맨 앞이면 걱정이다. 기본적으로 관리자는 상황이 안 좋은 것부터 면담을 하려고 하는 가능성이 높기 때문에, 순서가 앞이면 더 긴장을 하게 된다. 평소에 관리자는 직원면담을 하려고 계획하고 해당 직원에게 통보 했으면 가능한 한 빨리하는 것이 좋다. 면담의 내용을 알기 전에 직원은 혼자 수만 가지 생각을 하기 때문이다.

최근 회사의 구조조정과 조직 변경에서 팀장 전체의 면담 순서가 두 번째였다. 느낌이 좋지 않았지만 역시나 예상대로 내가 생각하는 부서가 아닌 타 부서로 발령을 낸다는 통보를 받았다. 나보다 먼저 한 팀장은 자리가 없어 졌다. 그 후로 면담한 팀장들도 긴장하기는 매한가지다. 그나마 우리 본부는 상황이 좋은 편이었고 타 부서는 많은 팀장들이 자리를 잃고 희망퇴직의 대상이 되었다. 자리가 없어 지는 동료 팀장과 선배를 옆에서 지켜보다가 나 또한 불분명한 보직 으로 발령이 된다고 통보 받았을 때는 정말 눈앞이 캄캄해지는 기분 이었다. 속으로 예상하고, 준비하고 있었다고 되풀이 하여도 마음의 불안과 두려움은 쉽게 극복 되지 않는다.

미래에 대한 불안과 가족들, 부모님들 모든 것이 한꺼번에 생각을 스치고 팀원들과 주위 동료들의 잔상이 잡념을 더한다. '전화위복이 라 생각하자' '또 한 번의 기회가 온다.'라고 나 자신을 위로하고 설 득하여도 쉽게 기분이 나아지지 않는다. 당장 무엇을 해야 할지 모 르고 어디로 가야 할지 모르는 상황에 덧없는 시간만 흘러가고, 목 적 없이 운전대를 잡고 어디론가 가는 나 자신을 발견 했을 때, 정신 이 번쩍 들었다. 그 어떤 것도 위로가 되지 않고 자괴감만 나를 다스 린다.

시티그룹 16년 차 베테랑 임원이며 시티그룹의 유일한 유력한 후계자였던 제이미 다이먼은 어느 날 갑자기 회장으로부터 해고 통지를 받는다. 억울하고 분했다. 할 수 있는 것이 아무것도 없었다. 그에게 남은 것은 해고자라는 타이틀과 화 뿐이었다. 다시 일어서기로 선택한 그는 자기 자신 안의 분노부터 다스리기로 한다. 몸을 끊임없이 움직여 운동하였고, 가족과 많은 시간을 보내며 나는 사랑 받는 존재라는 것을 확인 하였다. 또한 역사서를 탐독하며 통찰력을 키웠다. 그리고 1년 6개월 후에 뱅크원 CEO로 화려화게 복귀, 뱅크원을 우량회사로 키워냈다. 그리고 2015년 JP모건 CEO로 등극 세계에서 가장 영향력 있는 금융인으로 평가 받는다. 그의 재기는 다시 일어서겠다는 결단과 내 안의 분노를 다스리는 노력이었다.

좌절한 사람들이 겪게 되는 5개의 감정은 현실에 대한 부정, 처한 상황에 대한 분노, 현실과의 타협, 현실직시에서 오는 우울, 모든 것을 받아들이는 수용의 단계를 거친다. 사람마다 단계를 거치는 방법도, 시간도 모두 다르다. 분명한 사실은 이 모든 단계를 거쳐야 비로소 다시 시작할 수 있다는 것이다. 사람마다 선택이 다르지만 리더로서 긍정적인 선택을 하고 다시 시작하는 힘을 얻어야 한다. 예기치 못한 상황이 오더라도 당황하지 말자. 우리는 다시 일어설 수 있다.

03 선택은 항상 고통이 따른다.

　중국 펑샤오강 감독의 2010년 작 〈대지진〉이라는 영화는, 인류 최대의 재앙으로 남아있는 1976년 중국 당산 대지진을 배경으로 하고 있다. 실제로 1976년 7월 28일 새벽, 딱 23초 간 일어난 진도 7.8의 강진으로, 무려 27만 명이 숨졌던 안타까운 사건을 다루고 있다.

　이 영화가, 특히 우리 리더들의 마음을 울리는 이유가 있다. 바로 '선택'이라고 하는 인간의 숙명적인 행동이, 사실은 얼마나 고통스러운지를 보여주고 있기 때문이다. 영화에는 저주스러운 선택의 순간에 가로놓인 한 어머니가 있다. 지진이 일어났고, 자신의 목숨과 바꿔도 아깝지 않을 딸과 아들이 모두 콘크리트 더미에 깔려 있다. 어

머니는 단 한 명의 자식만 살려내야 한다는 고통스러운 선택을 강요
받는다. 똑같이 건물더미에 깔린 남매. 이쪽 슬레이트를 들어 올려
아들을 살리면, 저쪽 콘크리트가 내려앉아 딸이 죽고, 저쪽 슬레이
트를 들어 올려 딸을 살리면, 이쪽 잔해가 무너져 내려 아들이 죽게
되는, 정말 미칠 것만 같은 선택의 상황에 어머니는 절망한다. 눈물
로 호소하던 어머니는 결국 가슴이 찢어지는 선택을 한다. "아들을
구해 달라" 딸은 "제 아들을 구해주세요"하는 어머니의 충격적인 한
마디를 들으면서 콘크리트 더미에 묻힌 채 죽어가고, 딸의 시신을
부여안은 어머니는 "이 엄마를 용서해 달라" 며 오열한다.

시간이 흘러 쌍둥이 아들 팡다는 어느새 성공한 사업가가 되어
약혼녀와 함께 어머니를 찾아온다. 항주로 가서 함께 살자는 아들
에게 어머니는 "난 단 한 발짝도 당산을 떠나지 않겠다. 여기는 너
의 아버지와 누이가 있는 곳이다. 그들의 영혼이 돌아올 곳에 평생
을 살겠다."라고 한다. 그러면서 어머니는 "뭔가를 잃는다는 것이
어떤 것인지, 네가 잃어보기 전엔 모른다."라고 얘기한다. 다행히
나중에 딸은 기적적으로 살아났고 어머니는 그 사실을 모른 채 평
생을 살아간다.

다시 세월은 10여 년이 흘러 2008년이 된다. 중국 쓰촨 에서 다

시 대지진이 일어난다. 캐나다에 살던 딸 팡덩은 자신의 악몽 같은 어린 시절을 떠올리면서 의료 구조대로 자원해 중국 쓰촨을 향한다. 폐허 속을 누비던 팡덩은 무너진 건물더미에 깔린 딸을 바라보며 울부짖는 한 어머니를 발견한다. 잔해에 깔린 다리를 잘라내지 않으면 결코 딸을 살릴 수 없다는 사실을 알게 된 어머니는 이를 악물면서 고통스러운 결심을 한다. "다리를 잘라주세요. 물론 하고 싶진 않지만…딸아! 네 생명을 위험에 빠뜨릴 수가 없구나. 나를 용서하지 말거라." 다리가 잘린 딸을 끌어안고 울부짖는 어머니를 보면서 팡덩은 가슴으로 깨닫게 된다. '과거 내 어머니의 마음도 저러했겠구나. 모든 어머니는 자식을 자기 가슴 속에 파묻고 사는구나.'라고 생각한다.

'우리의 선택은 그 어떤 경우에도 모두 고통스러울 수밖에 없다'는 사실을 영화에서 잘 묘사하고 있다. 딸을 살릴 것이냐, 아들을 살릴 것이냐. 그 어떤 선택이든 부모의 가슴은 찢어질 수밖에 없는 것이다. 우리는 매일 크고 작은 선택을 한다. 작은 의사결정에서부터, 때로는 회사의 일부를 잘라내야 하는 고통스러운 결정을 내려야 할 때도 있다. 무엇인가를 선택한다는 것은 다른 무언가를 포기해야만 한다는 뜻이기도 하다.

그래서 세상의 모든 선택은, 동시에 무엇인가의 '상실'을 의미한다. 그렇기 때문에 우리 리더들의 선택은, 결코 가볍고 즐거운 일이 아니라, 언제나 무거운 갈등과 고민 속으로 우리를 데려가는, 고통스러운 운명인 것이다. 고통스럽지만 무엇인가를 반드시 선택해야 하는 것! 그리고 그 선택의 아픔을 평생 가슴에 품고 사는 것! 이것이야말로 우리 리더들의 가슴 찢어지는 숙명인 것이다.(세리프로 이승재의 상상극장, 선택의 기로에서, 대지진)

위의 강연은 리더에게 선택에 대해 많은 생각을 하게 한다. 조직은 항상 선택을 강요한다. 많은 결정이 우리를 기다리고 있다. 시간을 지체하면 중요한 시기를 놓치기도 한다. 그래서 항상 빠르게 스마트한 선택들을 해야 한다. 그러나 때로는 시간이 충분히 주어지지 않은 채로 중요한 결정을 강요받기도 한다. 그래서 경험과 안목이 중요하다. 우리는 평가를 받으면서 또한 평가를 하는 사람이다. 사람에 대해 정확하게 평가하고 판단하려 노력하지만 때로는 우리의 잘못된 선입견과 미성숙한 정보가 평가와 결정을 내리기도 한다. 회사의 일부분을 잘라내는 어려움이 있을 때, 사람과 사람을 두고 선택을 하라고 강요받을 때 항상 나의 선택은 옳을까? 때로는 멘탈이 무너지기도 하고 때로는 죄책감마저 느끼기도 한다. 우리의 선택이 팀원의 인생에 큰 영향을 줄 수도 있기 때문이다. 영화의 사례에서 보듯이 부모의 마음은 아니라 하더라도 리더로서의 선택은 항상 번민과 후회가 따른다. 우리도 완벽한 인간이 아니기에 우리는 최선의 선택을 하려고 노력한다.

팀장을 하면서 조직 변경이 있을 때, 어떤 팀원은 지방으로 발령이 나는 경우도 있고 어떤 팀원은 지방에서 서울로 발령 나는 경우도 있다. 아니면 아예 부서가 바뀌어 발령 날 수도 있다. 물론 팀장에게 모든 권한이 있는 것은 아니지만 부서장들은 중간 관리자에게 의견을 구하기도 한다. 이때 팀장의 말 한마디가 크게 작용하는 경우도 있다. 나는 부서장의 권고에 따라 밑의 팀원을 지방으로 두 번발령 낸 적이 있다. 지금 생각하면 순환 보직이라는 이유로 발령을 하였지만 문책성 인사의 성격도 약간 있었다. 두 명의 팀원은 얼마지나지 않아 퇴직을 하였다. 내가 최종 결정을 한 것은 아니지만, 퇴직하는 팀원들을 생각 할 때 후회의 마음이 생기기도 한다. 그 순간이 최선의 선택이라고 생각하고 결정한 일이라 후회는 없을 줄 알았지만 결론적으로 팀원의 퇴사에 내 마음이 편치는 않다. 좋은 곳으로 프로모션 되는 팀원은 지금 당장 안 되더라도 다음에 기회라도 있지만, 팀원이 원하지 않는 인사를 하는 경우는 리더로서 항상 고민과 번뇌가 따른다.

나 또한 원하지 않는 자리로 인사 발령을 받은 경험이 있다. 반대로 내가 원하는 곳으로 인사 발령을 받은 적도 있다. 모든 직원이 항상 원하는 자리로 인사 발령을 받지는 못한다. 조직 생활을 하다 보면 이리저리 옮겨지기도 하고, 또한 부침이 있는 조직 생활을 할 수도 있다. 이 또한 지나가는 세월이고 경험이라 생각하여 그 자리에서 새로운 사람을 사귀고 배우는 것에 열중한다면 더 좋은 결과를 가져오겠지만 환경을 탓하고 주변을 멀리하면 퇴직이라는 최후의 결과가 따르기도 한다.

줄곧 대구에서 근무하다 처음 입사할 당시 마산지점으로 발령이 났고 2년 뒤 대구지점으로 발령을 원했지만, 예상치 못한 조직 변경에 부산지점으로 발령이 났다. 부산지점의 팀장님을 처음 뵐 때 팀장님이 모든 상황을 아시고 많이 걱정 하셨지만, 열심히 하겠다고 말씀드렸다. 지금 돌이켜 보면 부산에서 생활한 시절이 가장 재미있고 사람도 많이 사귄 귀한 시간이었다. 드디어 내가 원했던 대구 지점으로 발령이 났고, 고향인 대구로 3년 만에 돌아오게 되었다. 지금은 서울 본사에서 생활한지 8년이 지났지만 다시 대구로 발령이 나면 내가 원하지 않는 인사가 될 것이다.

팀원 시절에는 왜 그토록 대구 근무를 원했는지 모르겠다. 이렇듯 세월과 경험이 내가 원치 않았던 인사 발령도 소중한 경험임을 깨닫게 해준다는 것을 느꼈다. 모든 팀원이 이렇게 성장하고 배우면 리더의 선택이 조금 수월해질 것이다. 때로는 리더의 장고와 과도한 심사숙고가 일을 그르치기도 하고, 반대로 성급한 결정이 큰 손해를 가져오기도 한다. 리더로서의 선택은 곧 책임이다. 항상 책임을 진다고 생각하고 선택하면 적절한 시기에 좋은 결정을 내릴 수 있다. 다음은 이코노미지에 실린 고통이 따르는 리더의 선택의 모범을 보여준 일본 교세라 창업주의 실제 사례이다.

교세라 창업자 이나모리 가즈오 회장은 1959년 27세의 나이로 사업을 시작해 아메바 경영이라는 독특한 방식을 통해 세계적 기업으로 성장시켰다. 평소 불교사상에 심취해 인간 중심의 경영을 강조했고, 2005년, 65세가 되던 날에 은퇴하면서 퇴직금 전액을 모교와 교육기관에 기부하고 불가로 출가했다. 그러다 그는 2010년 파산한 일본항공 JAL의 회생을 책임질 경영자로 취임했다. 2010년 8월 법원에 회생계획을 제출한 이후 4만 8000명 중 1만 6000명을 감축하는 일본 기업 역사상 전무후무한 매머드 구조조정을 1년 만에 완료하고 2011년에 2조 원대 영업이익을 내는 회사로 탈바꿈시켰다. 그는 고통스러운 회생 과정에서 "몇몇 사람에게 작은 선을 베푼 것이 전체적으로 보면 좋지 않은 것이었다. 아주 쓰라린 것을 얘기하는 것이 전체적으로는 아주 좋은 것일 수도 있다. 예전 경영자들은 '이렇게 하면 피를 조금만 흘리고도 반드시 좋아질 것'이라 믿어 왔다. 하지만 그것은 옳지 않았다. 많은 피를 흘리지 않으면 회사는 재생할 수가 없었던 것이다."

　기업도 미래 사업을 발굴하고 기존 사업구조를 재편하려면 고통이 따른다. 평온한 현실에 안주할 것인지, 고통스러운 재탄생으로 나아갈 것인지는 리더의 선택에 달려있다. 리더가 찬사를 듣고 싶은 허영에 사로잡히면 미래를 준비하기보다는 현재 가진 것을 나누려 하고, 고통스러운 결정을 내리기보다는 주변에 영합하게 된다. 막연한 관대함이 아닌 '전략적 인색함'이 공동체를 부강하게 만든다.

04 우리팀장님은 요..
뒷담화

직장인들 사이에 뒷담화로 스트레스를 푸는 사람들이 많다. 동료들과 함께 윗사람의 흉을 보거나 수다를 떠는 장면은 회사 부근에서 흔히 목격할 수 있다. 일부 회사에서는 뒷담화 발설자 색출령까지 내리지만 이는 바람직하지 않다. 동료들과의 은밀한 뒷담화가 오히려 조직의 결속력을 높이고 직원들의 건강에도 도움이 된다는 연구 결과가 있기 때문이다.

네덜란드 과학연구기구(NWO)의 기금지원을 받은 앤플로어 클렙 박사팀이 직장인을 두 그룹으로 나눠, 회사에 대해 불평과 뒷담화를 즐기는 그룹과 아무런 비평도 못하는 그룹을 관찰했다. 그 결과 불만이나 뒷담화를 함께 나눴던 회사원들은 팀워크가 남달랐고 업무 성과도 뛰어났다. 반면에 회사에 대해 긍정적인 얘기만 한 사람들은 창의력이 필요한 일은 잘 처리했으나 '뒷담화 그룹'에 비해 성과가 크게 두드러지진 않았다. 이와 관련해 콜린 질 박사(심리학)는 "남에 대해 뒷담화를 하는 동안 스트레스와 불안을 감소시켜주는 세로토 닌 같은 긍정 호르몬의 수치가 높아진다."고 했다. 불평을 공유하면 서 유대감이 싹터 상대에 관심을 갖고 동질감을 느끼게 된다는 것이 다. 이 과정에서 우울증 예방에 좋은 행복 호르몬인 세로토닌이 분 비돼 건강에도 도움을 주게 된다. 연구팀은 "뒷담화 멤버들은 '비밀' 을 함께 나눈다는 의식과 함께 서로의 감정까지 공유하는 경우가 많 다"고 했다. 기업들도 사원들의 불평에 눈살만 찌푸릴 게 아니라 긍 정적인 에너지로 승화시키는 작업이 필요할 것 같다.

뒷담화의 당연 주요 화제는 '상사의 리더십'이 꼽혔다. LG경제연 구원은 직장인 227명을 대상으로 한 온라인 설문조사에서 직장 내 가십성 대화가 과거보다 늘어났다는 응답이 41%로 조사됐다는 결과 를 밝혔다. 이는 뒷담화가 감소하고 있다(11%)는 응답보다 4배 가까 이 많은 수치다. 조사 결과에 따르면 직장인들은 주로 상사의 부정 적인 이야기를 뒷담화 소재로 삼았다. 직장인의 가십성 대화 소재 1 위는 상사의 리더십(21%)이었다. 이어 동료에 대한 뒷담화(17%), 연예인 및 정치인 이야기(16%)가 순위를 이었다. 가십성 대화가 증가하는 이유에는 디지털 사회관계망 매체의 발전(28%), 해고 혹은 임금·승진 등 직장 불안정 증가(23%), 성과주의 강화로 인한 경쟁 및 질투 심화(17%) 등이 꼽혔다. 또한 가십성 대화에 참여하는 이유로는 회사상황 및 타인에 대한 정보 확보를 통한 불안감 해소(31%)가 가장 많았다. 이어 뒷담화를 통한 스트레스 해소(24%), 동료 간 친밀감 형성(16%)이 순위를 이었다.

위의 두 개의 신문기사에서 보듯이 뒷담화가 나쁘지만은 않다. 뒷담화를 나눈 동료는 서로의 감정까지 공유하는 경우가 많다는 것은 나도 경험으로 충분히 알고 있다. 나 또한 팀원들, 직장 상사들의 뒷담화를 직장 동료들과 친구들에게 한 적이 있다. 얘기를 하고 나면 뭔가 속이 시원하고 가뿐한 느낌마저 든다. 스트레스도 날려 버리는 것 같다. 악의를 가지고 그 사람의 평판을 평가절하 할 의도가 아니라면 약간의 긍정의 효과도 있을 것이다. 그러나 나쁜 의도를 가지고 그 사람에게 악영향을 미친다면 지양되어야 할 것이고 해당 되는 사람 앞에서 뒷담화 대신, 현실적이고 구체적인 피드백을 주는 것이 그 사람을 진정으로 위하는 길이다. 뒷담화는 돌고 도는 것이다 언젠가 그 뒷담화가 당신의 비수가 되어 당신의 뒤통수를 칠 날이 올 수도 있다.

타회사 선배 팀장은 팀원들의 뒷담화를 우연한 기회에 전해 듣고 충격을 받아 회사를 퇴직 하셨다. 그 팀원은 팀장의 감정과 기분을 충분히 생각하지 못한 것 같다. 장난기 섞인, 하소연 하는 마음으로 했다고 하기에는, 발언의 수위가 꽤나 높았다. 공감할 만한 사연이나 사례는 무시하고, 있지도 않은 일을 심하게 과장하여 술기운에 생각 없이 얘기하는 것은 누구에게나 큰 상처를 줄 수 있다. 요즘 대기업이나 외국계 회사는 매니저들의 360도 피드백 평가를 많이 한다. 물론 스코어로 점수를 매겨 팀장 별로 순위를 정하는 회사도 있고 스코어 외에 주관식의 평가가 들어가기도 한다. 엄연히 평가임에도 불구하고 예상보다 많은 팀원들이 팀장의 뒷담화를 기술하는 기회로 삼기도 한다.

회식 일찍 마쳐 주세요.
내근업무 줄여 주세요.
주말에 카톡 하지 말아 주세요.
빌린 돈 갚아 주세요.
인격 존중해 주세요. 개도 우리보다 낫다. 는 등

분명 팀장의 코칭 능력이나 리더십에 대한 평가임에도 불구하고 뒷담화 성격의 글이 올라온다. 팀장들 입장에서는 도대체 왜 이토록 평가능력이 부족하고 수준이 낮은 일부 직원들에게 평가를 받아야 하는지 가끔 회의가 밀려오기도 한다. 평가자라면 객관적이고 합리적인 시각으로 공정하고 긍정적인 영향을 주는 평가를 하여야 하는데 아쉽게도 대부분의 팀원들이 본인의 불만사항을 읍소하는 기회라고 생각한다. 이러한 평가가 팀장에게 주는 상처나 상실감을 생각하면 과연 이것이 맞는지 의구심이 든다.

같은 팀장들끼리도 뒷담화를 하고 소문을 만들어 내고 서로를 견제하고 서로의 평가를 깎아내리기도 한다. 참 가슴 아픈 일이다. 나도 다른 팀장들에게 견제를 당한 적이 있다. 자기들끼리 모여서 나의 뒷담화를 했다는 것을 직장 상사와 후배 직원에게 전해들은 적이 있다. 가슴이 먹먹하고 답답한 시절이었다. 팀원들은 철이 없어서 그런다 치고, 같은 수준의 팀장들이 동료 팀장을 욕한다는 것은 좀 이해하기 어려웠다. 워낙 남을 신경 쓰지 않는 성격이라 그냥 웃고 넘겼고, 그러한 기회로 나도 더 행동을 조심하게 되어 나로서는 한 걸음 더 성숙할 수 있는 기회가 되었다.

뒷담화는 조직의 결속력을 높이고 감정을 공유하는 좋은 점도 있지만 대상이 되는 사람에게는 퇴직도 불사할 만큼의 큰 상처가 되기도 한다. 때로는 진실하지 않는 험담이 소문이 되어 그 사람의 평판에 악영향을 주기고 한다. 특히 팀장들은 인사 시기에 치명적인 손해를 보기도 한다. 아니 땐 굴뚝에 연기 날 일이 없다고도 하지만, 지금 내가 생각 없이 한 말이 눈덩이처럼 불어나 한 사람의 인생을 좌우 할 수 있다는 점을 잊지 말기 바란다.

뒷담화의 장점만을 담아서 악의적이지 않고 위트 있는 뒷담화를 많이 고심하기 바란다. 당사자가 들어도 그리 기분 나쁘지 않은, 그러나 다시 한 번 곱씹어 보게 하는 그런 스마트한 뒷담화도 충분히 할 수 있다.

'요즘 이사님이 변했어..' (범위가 넓어 무슨 말을 하는지 모른다)
'A 팀장님은 정말 정말 검소해.'
'우리 팀장님은 알파고'
'B 팀장님은 항상 하이 레벨의 개그를 하셔.'

05 사회적
부침이 있다.

〈퇴근길〉

이의종

멍하니,

더딘 지하철을 기다리면서,

지하철 창문에 비춰진 웬 낯선 40대 人을 본다.

자세히 보니 나의 자화상

내가 모르는 이웃집 아저씨가 있다.

지하철은 이리 더디 집으로 향하는데,
나의 세월은 어디로..
이리 빨리 가는가?

지하철은 역마다 정차 하는데
나의 마음은..
어디서 쉼을 얻나?

정차하며 더디 가야 하나?
쉼 없이 빨리 가야 하나?

지하철은 종착역을 향하고
나는 집으로 간다.

　재미있는 연구결과가 신문에 실렸다. 한 대학의 연구팀에서 최근 한국인의 마음 온도를 조사하였다. 그 결과를 살펴보면, 한국인의 최근 마음의 온도는 영하 14도이다. 한국인 10명 중 8명은 계절적 추위보다 심리적 추위를 더욱 체감하고 있으며 고등학생 영하 16.6도, 2030 직장인 영하 13.8도, 50대 직장인 영하 13.5도, 40대 직장인 영하 9.3도 순이었다. 더욱 심각한 것은 79.1%나 되는 10명 중 8명은 앞으로 마음의 온도가 더 낮아질 것이라고 답했다는 것이다. 한국인 마음 상태가 늘 눈발 날리는 시베리아 수준이라니 참담하다. 그나마 경제적 여유가 있는 40대마저 영하 9도에 머물렀다. 이는 경기 침체, 높은 주거비용, 마음대로 안 되는 자식교육 등 암울한 현실 때문만은 아닌 듯싶다. 남들과 비교하면서 오는 상대적 박탈감이 뒤섞이면서 더 마음이 추워진 것이다.

뿐만 아니라 각종 경조사를 챙기며 소셜네트워크서비스(SNS)에서 왕성한 활동을 펼치는 한국인이 정작 어려울 때 의존할 수 있는 사람이 있다고 답한 비율이 경제협력개발기구(OECD) 회원국 중 가장 낮게 나타났다. 학연과 혈연, 지연을 강조하는 사회 분위기지만 결국 허울뿐인 인맥인 셈이다. 사회적 연계에 나온 수치는 어려움에 부딪혔을 때 도움을 요청할 수 있는 친척, 친구 또는 이웃이 있다고 응답한 비율이다. 한국인 72%만이 "의지할 사람이 있다"고 답했다. 이는 OECD 평균 88%보다 16% 포인트 낮다.

응답하라 1988 그 시절, 나는 중2였다. 정이 있었고, 힘든 시절 같이 동고동락하는 친구들과의 공감대가 있었다. 나도 친구들과 늘 어울려 다니며 친구 집에서 라면을 끓여 먹고, 같이 비디오를 보고, 같은 독서실에서 공부했다. 독서실 바닥에 누워 자는 주인공의 모습은 영락없이 나의 중학교 시절의 복사판 이었다. 그 시절 친구들과 아직도 절친이다. 자주 보지는 못하지만 명절 때마다 만나는, 나는 생각보다 복 받은 사람이다. 그러나 마냥 10대인 줄 알았던 우리도 이제 어느덧 중년에 접어들면서 건강도 경제적으로도, 많이 힘에 부치는 연령대가 되었다. 힘들게 취업했던 직장은 몇 번의 이직을 거치면서 이제 좀 정착하나 싶으면 회사의 구조조정으로 인해 이리저리 눈치만 봐야 되고 직장 상사에게 혹 찍히지 않을까 안절부절 한다.

자식들도 폭풍 성장해 교육비도 만만치 않고, 아파트 전세가는 매년 상상을 초월하게 오르고 있다. 체력도 예전 같지 않아 회식과 접대도 버티기 힘들다. 치아도 나이가 들었는지 여기저기 치료가 필요하고 스트레스성 질병과 질환이 문득문득 예고 없이 우리를 괴롭힌다. 직장에서 아프다는 말도 하기 쉽지 않고 오직 성과를 위해 주어진 일을 해야만 한다. 친구의 부모님들도 많이 세상을 등지셨고 살아계신 부모님마저 건강이 여의치 않아 병원비와 약값 등 생활비 외의 지출이 나가야 되는 상황이다. 부모님들도 예전같지 않으시고 설문조사 결과처럼 정작 힘들 때 의지할 데가 점점 없어지는 것이 우리네 현실이다. 건강, 주거비, 교육비, 일자리 어느 것 하나 풍족하지 않은 채 우리 세대는 힘든 시기를 지나고 있다. 그나마 경제력이 되는 세대라지만 부모님과 자식, 주변 사람들을 챙기다 보면 어느덧 우리 세대는 자신을 배려하지 못하고 노후도 준비하지 못한 채 쉬이 노년기를 맞이하게 될 것 같아 걱정이다.

한 신문에서는 '우리 시대 진짜 부장의 모습은 무엇인가'라는 질문으로 대·중견·중소기업과 공기업 부장들을 상대로 설문조사를 했다. '부장으로 산다는 것'이 어떤 의미인지 직접 듣고 싶었다. 조사는 닷새간 대·중견·중소·벤처기업 부장 급 300여명을 상대로 e-메일을 보내고 회수하는 방식으로 진행했다. 설문지는 기초조사(4개 문항), 회사생활(14개 문항), 라이프스타일(8개 문항), 경제생활(10개 문항), 사회 인식 및 정치관(11개 문항)으로 구성했다. 설문지는 한국리서치의 조언을 받았다. 설문 마감 시한까지 189명이 응답했다. 응답자의 평균 연령은 만 44.8세. 남성이 87.8(166명)%, 여성이 12.2%(23명)였다. 대기업 소속은 119명(63%), 중견·중소기업은 59명(31.2%), 공기업은 11명(5.8%)이었다. 부장 경력은 평균 3.8년이었다.

우리 시대 부장들은 모자이크처럼 다양한 모습을 하고 있었다. 자신들을 '기업의 심장' '전쟁터의 장수' '부서의 가장' '플레잉 코치'로 생각하면서도, 동시에 '동네북' '미생' '위아래로 낀 샌드위치' '샌드백'으로 여겼다. 부장을 '비에 젖은 낙엽' '벼랑에 선 외로운 사람' '방전 직전의 배터리' '액 받이 무녀' '완전체이길 요구 받는 불 완전체'라고 정의한 응답자들도 있었다. 실무를 하는 마지막 월급쟁이'인 부장들은 동기들을 꺾고 그 자리에 올랐고, 더 힘겨운 사투를 벌여야 임원을 바라볼 수 있다. 한국경영자총협회가 발간한 '2014년 승진·승급관리 실태조사'에 따르면, 대졸 신입사원이 부장으로 승진하는 데 평균 17.9년이 걸린다. 또한 신입 1000명 중 24명만이 부장을 달 수 있다. 또한 부장이 임원이 되려면 대기업은 4.7년, 중소기업은 4년이 걸린다. 부장 10명 중 7명은 임원 승진 경쟁에서 탈락한다. 부장들의 마음온도가 계속해서 낮아지는 이유는 '갈수록 경쟁이 치열해 질 것'이란 불안감 때문에는 39.9%였으며 '경제전망이 밝지 않아서'가 36.5%를 각각 차지했다.

이렇듯 기댈 곳 없이 외로이 살아가는 우리네 팀장들은 자칫 회사에서 인력감축이라는 이야기가 나올 때 마다 가슴을 졸인다. 40대에 한참 일을 해야 하는 나이임에도 불구하고 회사의 조직개편에는 항상 최우선 순위가 된다. 매번 가슴을 졸이고 스트레스를 받을 때마다 건강마저 악화 될까 두렵다. 최근 멀쩡히 일상생활을 하던 건강한 사람이 갑자기 급사하는 이른바 돌연사가 중년남성들을 위협하고 있다. 불과 몇 시간 전까지만 하더라도 함께 일하던 사람이 갑자기 사망했다는 비보를 받는 일도 흔히 일어난다. 돌연사에도 수많은 원인이 있지만 주로 과도한 업무와 스트레스가 가장 큰 원인으로 손꼽히는데 갈수록 발병 연령층까지 낮아져 40대 돌연사라는 말이 생길 정도로 40대 샐러리맨들을 위협하고 있다. 물론 40대 뿐 아니라 50대도 마찬가지다. 요즘은 심지어 30대 돌연사도 귀하지 않다고 들었다. 이 같은 돌연사 비율은 특히 우리나라에서 유난히 더 높다고 한다.

최근 모자동차 회사의 경우 직원 둘이 스트레스성 심근경색으로 사망했다. 40대의 젊은 가장 둘이 한순간에 절명한 것이다. 지난달 노동환경연구소는 모자동차 해직 노동자들은 일반인의 18.3배에 달하는 심근경색 사망률을 보인다고 진단했다. 퇴직에 대한 스트레스가 얼마나 극심한지 보여주는 한 예라고 할 수 있다. 물론 모든 40대 부장과 팀장들이 모든 스트레스를 극복하지 못한다고 생각지 않는다. 우리는 늘 혼자가 아니었고 힘이 되어주는 직장 동료가 있고 위로가 되는 가족이 있기에 항상 힘을 낼 수 있다. 그렇지만 우리도 한편으로는 누구에게 기대고 싶고 의지하고픈 약한 인간이기도 하다는 것을 말하고 싶다.

'부디 우리를 직장에서든 가정에서든 가만히 두기 바란다..'

06 아무것도
안 하고 싶다.

일주일간 긴 야근을 하고 몸이 너무 파김치가 되어서 침대에 누울 때면 가끔 '내가 내일 일어나지 못하는 것은 아닐까?' 하는 생각이 문득 떠오른다. 쉴 새 없이 달려온 나머지 이젠 숨 쉬는 것 마저 힘들다는 생각이 든다. 정말 자고 싶은데 업무에 대한 생각이 머리를 떠나지 않아 계속 뒤척일 때는 다음날 정말 몸이 천근만근이다. 휴일임에도 불구하고 업무와 관련된 생각이 불현듯 떠올라 휴식시간을 방해한다. 과중한 업무에 시달리거나 스트레스로 충분한 휴식이 되지 않는다. 그런데 휴식시간을 방해하는 가장 큰 이유는 따로 있다.

최근 신문기사에 실린 미국의 한 연구팀에 따르면 휴식을 방해하는 주범은 '완성치 못한 일'이다. 미국 볼 주립대학교 심리과학과 브랜든 스미트 교수팀이 103명의 직장인들을 대상으로 설문조사를 실시한 결과, 마무리해야 할 일을 아직 완수하지 못했을 때 휴식시간이 가장 크게 방해 받는다고 한다. 또 특정한 성향을 가진 사람일수록 심하게 방해 받는 경향이 있다. 연구팀은 설문에 참여한 실험 참가자들에게 하루 일과가 끝난 시점 아직 마무리하지 못한 일 중 그들의 신경을 가장 거스르는 일이 무엇인지 물었다. 그리고 잠자리에 들기 전 미완성된 목표가 저녁 시간 내내 그들의 머릿속을 얼마나 차지하고 있었는지에 대해 생각해보도록 했다. 그 결과, 미완성시킨 목표는 휴식시간 실험참가자들의 마음을 불편하게 만드는 주요 원인이었다. 그런데 이 같은 효과는 '직무관여' 수치가 높은 사람에게서 주로 나타났다. 직무관여란 기본적으로 직장에서 요구하는 일을 넘어 자발적으로 업무를 보다 열심히 수행하는 사람을 말한다. 직무관여 수치가 높은 사람은 업무 시간 외적으로도 일을 하고, 이직률이 낮은 경향이 있다.

자발적으로 열심히 일하는 사람일수록 일에 대한 생각을 많이 떠올린다는 것은 놀라운 사실이 아니다. 아직 완수하지 못한 일이 마음속에 지속적으로 떠오르는 현상은, 해야 할 일을 잊지 않고 수행할 수 있도록 우리 몸이 만든 시스템인 만큼 유별난 현상이 아니다.

문제는 이런 성향이 강하면 피로가 누적돼 휴식이 절실히 필요한 순간, 몸이 아픈 순간, 가족과 오붓하고 단란한 시간을 갖기로 한 날조차 업무와 관련된 생각이 떠올라 몸이 망가지거나 대인관계를 망칠 수 있다는 점이다.(코메디닷컴뉴스, 2015.12.17 기사) 대부분 회사의 팀장들은 직무관여 수치가 높은 사람이다. 리더이기에 누가 일을 시키기 전에 자발적으로 일을 만들어서 하는 사람들이다. 개인의 휴식시간에도 가끔은 밀린 업무로 충분한 휴식을 하지 못하고 일만 생각할 때가 있다.

취업포털 잡코리아가 직장인 1,461명을 대상으로 '대한민국 직장인의 평균 일상'에 대해 설문조사를 한 결과 요즘 직장인들은 하루 평균 6시간 취침하고, 아침 식사는 대부분 하지 않으며(55.5%) 1시간 내외 걸려 출근하는 것으로 나타났다. 또한 이들 직장인들은 직장에서 평균 10시간 이상을 근무하는 것으로 조사됐다. 응답자들의 평균 수면 시간은 약 6시간 12분이었고, 기상 시간은 아침 6시 48분쯤으로 조사됐다. 집에서 회사까지 출근하는 데 걸리는 시간은 평균 55분이었다. 이를 계산해 보면 직장인이 회사에 도착하는 시간은 8시 22분 경이다. 퇴근시간은 평균 저녁 7시 08분인 것으로 집계됐는데, 직장인들은 하루에 약 10시간 46분을 직장에서 보내는 셈이다. 직장인들은 회사에서 일주일 평균 2.5번 회의를 하고, 1.4번은 외근을 나가는 것으로 집계됐다. 야근 횟수는 주 5일제 기준으로 일주일 평균 3.5일이었고, 칼 퇴근 하는 날은 평균 1.5일에 그쳤다. 회식 횟수는 한 달 평균 1.3회였다. 회사에서 매일 10시간 이상을 일하니 대부분 매일 야근을 한다고 보면 될 것이다. 많은 업무 시간에 직무관여 수치까지 높으면 40대 돌연사는 남 얘기일 수만은 없다.

야근에 대한 한국인과 프랑스인의 견해가 다르다는 것을 보여주는 글이 눈길을 끈다.

최근 소셜미디어(SNS)에는 한국인 A씨가 프랑스 현지에서 일하며 겪었던 사연이 소개됐다. A씨는 한국에서 하던 대로 프랑스에서도 추가근무와 야근을 했다. 그는 한국의 근무환경에 익숙해져 있었기 때문에 이것들을 당연하다고 여겼다. 그러던 어느 날 한 프랑스인 동료는 A씨에게 "노동자들이 힘들게 싸워서 쟁취한 권리를 훼손하지 말라."라고 충고했다. 프랑스 시민들이 혁명 등을 거치면서 인권을 되찾고 자유롭고 평등한 사회를 만들기 위해 했던 노력을 헛되게 하지 말라는 뜻이다. 해당 게시물을 본 B씨는 "독일에서는 아마 '네가 그렇게 일하면 한 명이 실직하게 된다.'는 노조의 경고를 받을 수도 있다."라고 말했다. 또 프랑스에서 근무를 한 경험이 있는 C씨는 "우리나라는 야근을 해야 열심히 일하는 것처럼 보이지만 유럽 국가들은 시간 외적으로 근무하면 제때 일을 못 끝냈다고 생각해 능력을 낮게 평가한다."고 설명했다.

지난달 경제협력개발기구(OECD)가 내놓은 '1인당 평균 연간 근로시간' 통계 자료에 따르면 지난해 국내 전체 취업자의 1인 평균 근로시간은 2124시간으로 OECD 평균(1770시간)보다 1.2배가량 길었다. 가장 근로시간이 적은 독일 취업자(1371시간)와 비교했을 때는 1.6배나 더 일하는 것으로 나타났다. 프랑스는 1473시간으로 조사됐다.

팀장들에게 정말 필요한 단어는 힐링(Healing)이다. 최근 회사에서 팀장들만 따로 힐링 캠프를 떠난 적이 있다. 휴대폰을 전원 반납하고, 음식도 저염식 힐링 음식으로만 섭취하고, 노 알코올로 1박2일 동안 명상, 요가, 숲속체험, 등산 등을 한 적이 있다. 힐링이 익숙하지 않은 세대라 정말 더딘 시간을 보낸 기억이 있다.

힐링이 뭔가? 치유다. 인위적인 치료와도 다르고 단순한 휴식과도 다르다. 가장 편안한 상태에 머물며 지친 몸과 마음을 치유하는 것이 힐링이다. 다소 추상적인 의미를 갖고 있는 단어 특성상 힐링의 방식은 사람마다 다르다. 어떤 사람에게는 친구들과 함께하는 즐거운 파티가 힐링일 수도 있고, 어떤 사람에겐 좀처럼 시간이 나지 않아 할 수 없었던 쇼핑이 힐링이다. 또 어떤 사람에게는 가족과 함께 편안한 공간에서 따뜻한 식사를 함께하는 것이 힐링일 수 있다. 중요한 건 자신에게 맞는 스스로를 치유할 수 있는 방법을 찾아야 한다는 것이다. 휴가와 연휴에 치유가 필요하다. 나 스스로를 다스리고 치유하는 일, 아마도 지금 당신에게 가장 필요한 일일지도 모른다. 그것이 쇼핑이 됐든, 휴식이 됐든 말이다. 긴 연휴의 초중반을 남을 위한, 타인과의 관계를 위해 기꺼이 투자했다면, 중후반은 오롯이 스스로를 위해 투자하는 것도 나쁘지 않다.

가끔 우리는 남에게보다 나에게 인색하다. 귀중한 휴가를 나의 지친 마음과 몸을 치유하는 데 써보자. 그동안 갖고 싶었지만 망설였던 것들을 그동안 소중히 모은 돈으로 사는 쇼핑이 많은 여성들에겐 또 하나의 힐링이 될 것이다. 그게 보석일 수도, 옷일 수도, 화장품일 수도 있다. 중요한 건 자신을 위한 선물이 되느냐다. 남자라고, 가장이라고 예외는 아니다. 그동안 갖고 싶었던 시계나 오디오가 있었다면 미루지 말자. 남에겐 그처럼 많이 투자했는데 왜 나를 위한 건 하나도 없냐는 자조 섞인 물음에 자신의 경제 형편에 맞춰 하나쯤은 장만할 자격이 당신에겐 충분히 있다. 쉴 새 없이 달려오느라 가족과 함께 보낼 시간이 적었다면 호텔 패키지를 이용해 우리 가족만의 시간을 보내며 럭셔리한 기분을 느껴보는 것도 좋다.(매일경제 2015.12.16. 기사 참조)

싸가지 없는,
스펙만 있는
팀원들

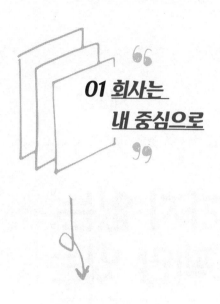

01 회사는
내 중심으로

팀장 첫해에 9명이 팀원이었고, 그 중 X 세대 팀원이 3명, 나머지 6명은 Y 세대였다. 쉽게 표현하면 세대 차가 없는 팀원 3명 외에 대부분 80년대 이후에 태어난 세대이다. 팀장 두 번째 해에는 6명이 팀원이었고 6명 전부 사원인, 그 흔한 주임조차 1명 없었다. 6명 중 4명이 여직원인 전부 Y 세대 팀원 이었다. 지금 생각하면 그 해가 가장 팀장으로서 많이 배우고 역량이 발전한 해였다. 내가 젊은 세대 직원에 대해 말할 수 있는 것은 경험이다.

Y 세대들은 대부분 자존감이 뛰어나다. 물론 그렇지 않은 직원도 있다. 주로 혼자 성장했거나 형제자매가 많아야 1명인 가정에서 성

장하였다. 칭찬은 고래도 춤추게 한다는 교육 목표로 대부분 부모들로부터 훈육과 엄한 가르침보다는 칭찬을 받으면서 성장하였다. '네가 원하는 것은 뭐든지 할 수 있다' '너에게 불가능한 것은 없다'라는 주입식 교육을 받았고, 초등학교 시절부터 이상하게 이름 지어진 많은 상을 받으면서 학교를 다녔다. 특히 대기업이나 외국계 회사에 입사할 정도면 학교 다니는 동안 상위권을 차지하는 소위 말하는 엄친아, 엄친딸로 성장했을 가능성이 높다. 유년 시절부터 시작된 자존감은 특목고, 명문대 입학, 대기업, 외국계회사 입사라는 과정을 거치면서 '나는 모든 것을 할 수 있다'는 최상의 자존감과, 자신감으로 입사를 한다. 멜로 드라마에 나오는 멋진 선배와의 야근을 동경하며 입사를 하지만, 이들의 기대와 로망과는 달리 신입사원 연수시작과 동시에 보호자 없이 처절한 경쟁의 세계로 내몰린다. 이때부터 학교 다닐 때 부모가 전적으로 물심양면으로 지원해준 학교 성적이 아닌 본인의 힘으로 생존권이 달린 경쟁을 하게 된다.

멘탈이 약한 직원은 이 시기에 입사를 포기하거나 연수 과정에서 적성이 맞지 않다는 이유로 중도 퇴사하기도 한다. 그만둔 이유가 정말 적성에 안 맞아서이면 다행이지만 사실 이런 상황 자체를 회피하려는 신입직원도 일부 있다. 무엇을 하든 중도 포기한 신입사원은 타사로 입사하거나 대학원으로 진학한다. 이렇게 한 번 걸러진 동기들과 최종 입사한 직원들은 자존심에 약간의 상처를 받기도 하지만, 그들의 자존감은 여전히 높다.

입사 후에 직원들은 나름 본인의 커리어 플랜을 세운다. 1:1 면담 시 들어보면 정말 화려한 플랜과 비전에 입을 다물지 못한다. 특히 전문자격증이 있는 직원들은 더욱 그러하다. 현장근무 2년, 마케팅 2년, 교육부 2년, 경영지원 팀 2년, 그리고 팀장.. 일부 직원들은 이러한 커리어 플랜을 공식화 한다. 마치 수학공식을 나열하듯 매년 Y 세대 직원의 반복되는 커리어 플랜을 듣게 된다. 심각한 문제는 이상적인 플랜을 세운 것이 아니다. 본인의 다양한 커리어를 위해 신입 시절부터 의욕적인 플랜을 세우고, 그 직무에 맞는 역량을 쌓기 위해 충분히 노력한다면, 회사도 우수한 인재가 넘쳐나서 좋고, 직원도 더불어 역량이 성장하면 얼마나 이상적인가? 그러나 현실은 모든 직원의 니즈를 회사가 충족해 줄 수 없다는 것이다. 또한, 근무 경력이 늘면서 현실적 상황을 이해하고 플랜을 일부 수정하는 직원도 있는 반면에 본인의 플랜대로 커리어가 개발되지 못할 때 부정적으로 반응하는 Y 세대의 태도가 종종 더 큰 문제를 유발한다.

본인의 자존감에 엄청난 상처를 입는 것이다. 다른 사람과 비교하여 '저 친구는 되는데 왜 나는 안 되지?' 회사는 불공평하고 불합리하고 본인을 인정하지 않는 사람들이 다니는 직장이라고 단정한다. 그리고 모든 문제의 원인을 외부에서 찾으려고 한다. 심지어 퇴사를 통보하는 직원들도 있다.

직원 중에 스펙이 아주 우수한 직원이 있었다. 유수의 대학을 졸업하고 전문 자격증도 있는 팀원이었다. 그 직원과 생활하면서 처음 속내를 보인 말이 우리 회사가 정말 좋은 회사라는 것이다. 이유인즉 당시 나는 지방대를 졸업하고 지방에서 줄곧 근무하다가 서울지역 팀장으로 발령이 난지 얼마 되지 않았다. 지방대를 졸업했음에도 불구하고 뛰어난 업무 성과만으로 팀장을 발탁하는 회사, 학력이 부족해도 능력만으로 팀장으로 발령 하는 좋은 회사라는 것이다. 무슨 뜻으로 한 말인지 확실히 모르겠지만, 속내에는 자기보다 학벌이 낮은 사람도 성과 좀 냈다고 팀장이 되는데 본인의 스펙으로는 원하는 자리는 어디든지 갈 수 있다는, 자신감 및 자존감의 표현 이었다. 그 당시 나는 그냥 웃고 말았다.

몇 년 전 타 부서에서 내부 직원 채용공고가 났다. 평소에 그 부서에 관심이 많고 항상 관련 시험에서 최고 성적을 내는 팀원이 있었다. 명문대를 졸업한 직원은 나에게 지원 의사를 밝힌 후 그 부서에 지원하였다. 나는 당시 자격요건 등을 자세히 확인 하지 않고 일단 지원을 격려 하였다. 나중에 안 일이지만, 그 팀원은 사실 자격요건이 안 되었다. 근무경력이 부족하였다. 지원공고에 자격 요건이 분명히 나와 있었고, 확인까지 한 팀원은 알면서도 지원을 한 것이었다. 나중에 들었지만, 팀원은 경험 삼아 면접도 보고 어떠한 직무 능력이 필요한지 알아 볼 요량이었다고 한다. 그러나 팀원은 면접조차 볼 수 없었다. 분명히 자격요건이 안되어 면접을 보지 못한 상황이었지만, 그 직원은 상당히 실망 하였고 자존감에 큰 상처를 입었다. 해당 부서에 관심이 있다는 의사표현을 확실히 하였고, 다음 해에 같은 부서에 자리가 나면 적극 지원을 해주겠다고 약속하며 격려 하였지만 전혀 위로가 되지 않는 상황이었다. 팀원은 결국 퇴사를 하였다. 퇴사의 이유가 이것만은 아니지만 퇴사를 결정하는 계기가 되었다.

Y 세대의 높은 자존감은 자기주도적인 성향으로 나타나기도 한다. 이런 우스갯소리가 있다. 베이비부머 세대와 X 세대가 회사에서 함께 점심을 먹는다고 가정해 보자. 상사가 짜장면을 시키면 대부분 같은 메뉴로 주문한다. 다른 메뉴는 웬만하면 시키지 않는다. 그러나 Y 세대와 점심을 먹으면 다양한 메뉴를 주문한다. 자기표현을 확실히 하는 세대이다. 이러한 자기주도적인 성향이 식사할 때는 아무 문제가 되지 않지만, 업무에 적용될 때는 종종 심각한 문제가 발생

하기도 한다.

　프로젝트를 진행하다 보면 진행 사항 체크를 위해 여러 가지 핵심 성과지표들을 취합하게 된다. 취합을 하다 보면 수식을 깨는 것은 누구나 할 수 있는 실수이지만, 파일 자체를 완전히 새로운 것으로 변경 하지는 않는다. 아주 오래전에 우리 팀 신입사원은 팀장이 만든 파일이 마음에 안 든다며 정말 새로운 파일을 만들어 왔다. 분명히 취합용 파일이었음에도 불구하고 말이다. 그 파일로는 도저히 취합이 되지 않았고 신입사원이 만든 파일도 그렇게 정확하지 않았다. 지금 생각하면 더 잘 하려는 의도로 창의성을 발휘한 것 일 수도 있지만 당시에는 상당히 당황했다. 그 직원이 드라마에 나오는 4차원 업무 천재일 수도 있지만 본인에 대한 확신이 있어야만 가능한 행동이었다.

　자기주도적 성향은 여러 가지 측면에서 나타난다. 예정에 없던 갑작스러운 회식에 거의 참석하지 않으며 팀 전체적인 업무에는 관심이 없고, 본인 업무 외에 것은 하지 않는다. 이런 점은 자기주도 성향과 함께 배려가 부족한 면으로도 볼 수 있다. 주말에 갑작스러운 업무지시를 하지 않아야 좋은 팀장이며, 급한 일로 전화를 하면 짜증을 낼 수도 있으니 각별히 주의하기 바란다. 휴가 때는 물론이고 근무 시간외에는 잘 통화가 되지 않는다. 내 친구는 회사에 9시 전과 6시 이후에는 통화가 되지 않는 신입사원이 있다고 나에게 농담삼아 말한 적이 있다. 그래서 팀장님께 의논하니 팀장이 전화를 해도 받지 않는다고 한다. 하루는 급한 업무 지시가 있어 여러 번 전화를 했는데, 너무 통화가 되지 않아 혹 좋지 않은 일이 있는지 걱정을 했다고 한다. 그러나, 퇴근 시간에 전화가 와서 하는 말이 자기가 일이 너무 바빠서 지금 전화를 했다고 한다. 직장 선배도 업무 때문에 전화를 하지 안부나 물으려고 전화 한 것은 아닌데 말이다. 자기 업무만 중요시 여기는 자기주도적 성향도 강하지만, 이 정도면 거의 무개념이다. 선배로서 이런 기본적인 것까지 가르쳐야 하는지에 대한 씁쓸함 마저 생긴다.

  Y 세대는 자존감과 자기주도적 성향이 강한 나머지 회사마저 자신의 계획대로 되어야 한다. 본인은 우수한 인재이기 때문에 회사에서 자기를 중요시 하고 자기가 원하는 업무에 배치되어야 한다는 생각을 하고 있다. 그만큼 회사에서 인정받기를 가장 원하는 세대이기도 하다. 이러한 생각을 존중해 주고 현실을 일깨워 주며 팀원들의 역량을 향상시켜 주는 리더의 현명한 지혜가 필요하다.

02 YOLO, YOLO !!

'열심히 일한 당신 떠나라'

'높이 노는 새가 멀리 본다.'

아이들의 대통령 '뽀로로'

노는 게 제일 좋아

친구들 모여라

언제나 즐거워 오늘은 또 무슨 일이 생길까?

친구들 모여라

언제나 즐거워 뽀롱뽀롱 뽀로로!!

대한민국은 온통 국민들에게 쉼을 가장한 소비를 강조한다. 여행사와 카드사는 동시에, 돈이 없으면 카드로 대출을 받아서라도 여행을 가라고 충동질하고, 연일 여행주는 상한가를 갱신한다. 아이들의 대통령 뽀통령도 아이들에게 노는 게 제일 좋다고 세뇌를 하는데 이 아이들이 성장하면 노는 것을 얼마나 좋아하게 될까?

요즘 직장인의 화두는 일과 가정, 일과 휴식의 밸런스이다. 잘 쉬어야 일도 잘 할 수 있다. 베이비부머 세대야 오직 일에만 몰두해서 우리나라를 성장시키는데 많은 희생을 하였지만, 성장의 꿀맛을 맛보며 성장한 X 세대와 Y 세대는 일과 가정의 균형을 무엇보다 중요시 하는 세대이다. 다음 신문 기사는 각 세대들의 일의 가치를 통한 일과 휴식에 대한 각 세대의 생각 차이를 조사했다.

한국노동연구원은 다음과 같은 내용의 '세대별 일의 가치를 통해 본 의미 및 역할'이라는 보고서를 발표했다. 21~58세의 직장인 379명을 대상으로 베이비부머 세대(49~58세), X 세대(37~48세), Y 세대(21~36세)가 생각하는 직업의 가치를 설문조사한 결과다. 직업의 가치를 묻는 9개 설문 항목 중 모든 세대가 '즐거움과 재미를 느끼는 것'을 1위로 꼽았다. 직장을 위해 자신의 삶을 희생한 것으로 알려진 베이비부머들도 즐겁고 재밌게 일하고 싶은 마음은 마찬가지였다. 하지만 일을 통해 얻고자 하는 가치는 세대별로 달랐다. X세대와 Y세대가 '여가와 자유시간을 갖는 것'을 두 번째로 꼽은 반면 베이비부머들은 '다른 사람의 인정과 존경을 받는 것'을 2위로 선택했다. '다른 사람이나 사회를 위해 봉사하는 것'은 X세대와 Y세대에서 최하위였지만 베이비부머에서는 5위에 올랐다. '돈을 많이 버는 것'은 모든 세대에서 6~7위에 그쳐 높은 연봉이 직업을 좌우하는 잣대가 되지는 못했다.

인터뷰 결과 세대별 차이는 더 확연하게 드러났다. 임원급인 한 베이비부머(53)는 "우리는 상당히 없었던 세대로서 경쟁에서 이겨서 잘 돼야겠다는 생각이 강해 일에 더 몰입하고 열정적 이었다"면서 "젊은 세대들은 급여가 얼마 정도면 얼마큼 일해야겠다는 식이어서 그런 점이 부족하다"라고 말했다. 사원인 Y세대(26)는 "일은 회사에서 하는 것이고 삶은 자신을 위해 투자하는 시간"이라면서 "퇴근 후 학원에 다니고 운동도 하면서 스트레스를 푸는 것도 일을 잘하려는 노력"이라고 말했다. 노동연구원은 "기업은 일과 삶의 균형을 육아, 보육 지원이나 맞벌이 여성에 대한 지원으로 한정하는 것보다 삶과 생활의 본질적인 균형을 맞추는 것으로 확장해야 한다"면서 "휴가, 휴직 제도뿐만 아니라 유연근무제도 등 다양한 지원이 필요하다"고 밝혔다.

회사를 다니면서 자기가 원할 때마다 놀 수 있는 사람은 몇 안 될 것이다. 우리나라 어떤 직장인도 휴가를 내면서 눈치를 안 보는 사람은 없다. 그러나 혹 놀 때 눈치를 안 보는 직장인이 있다면 주로 Y세대이다. 이들은 남들 놀 때 일단 같이 놀아야 한다. 일을 하면 손해라는 생각을 기본적으로 하고 있다. 그리고 자기가 원할 때 회사의 규정에 한하여 연차와 휴가를 자유롭게 쓰려고 한다. 그리고 1년 전에 장기 휴가를 계획하고 모든 예약을 한 후에 여름휴가와 함께 연차를 사용한 장기 휴가를 팀장에게 허락을 구하는 척하며 물어본다. 물론 예약은 끝난 상황이다. 난색을 표하면 이미 예약을 했다는 핑계를 해서 거절할 수도 없는 입장이다.

비즈니스 상황이 변하고 수시로 새로운 프로젝트가 생겨나는 조직에서 6개월 이후의 업무 환경은 어떻게 변할지 모른다. 조직이 새로 리폼 되어 새로운 팀으로 발령이 났는데 전 팀장에게 미리 얘기했다는 이유로 바쁜 시기에 지금 당장 팀장에게 휴가를 가겠노라 통보하면, 팀장 입장에서는 안 보내줄 수도 없고 참 난감하다. 그리고 장기간 휴가를 갔다 와서 오랜만에 출근을 하면 꼭 몸이 아프다. 시차 적응도 안 되고 갑자기 많은 일을 하려니 체력도 못 받쳐주고 며칠을 버티다 또 병가를 낸다. 몸살이 난 것이다. 장기 휴가를 갔다 오자마자 병가를 내고, 팀장 입장에서는 소는 언제 키울지 걱정이다. 대부분 이런 직원은 업무 몰입도가 떨어져 성과가 낮다.

회사의 업무에도 호흡이 있다. 분기, 월, 매주 호흡이 있고, 길게는 반기, 1년 단위로 호흡이 있다. 매년 해가 바뀌면 새로운 비즈니스와 전략으로 한 해의 성과 달성을 위해 빠르게 업무를 계획하는 시기가 있고, 사업부 단위의 워크샵, 시무식 등 업무 호흡을 빨리 한다. 이 시기에는 전 직원이 업무에 몰입하고 성과를 위해 집중해야 하는 시기이다.

이렇게 1분기를 보내고 불가피하게 갑작스러운 회사 전체의 비즈니스 환경이 변하여 사업부를 재편 하는 시기가 올 수도 있다. 이런 상황은 이머전시한 상황이며 이 때에 회사는 호흡을 가장 빠르게 해야 갑작스러운 조직 변화에 신속히 적응할 수 있다. 사업부 간 인수인계를 해야 하고, 새로운 팀원과 팀장이 적응하는 시기를 보내야 하며, 새로운 고객을 신속히 파악해야 한다. 또한 새로이 담당하는 제품 교육을 받아야 한다. 직원들의 피로도는 점점 올라가고 빨리 이 시기를 안정시키고 예전의 업무 환경으로 돌아가기 위해 전사적으로 업무에 몰입하며 견뎌야 하는 시기이다. 이런 상황에 꼭 장기 휴가를 내고자 하는 직원도 있다. 1명이 빠지면 전체부서의 일정에 차질이 생길 수도 있고 업무 흐름과 동료들에게 악영향을 주는 상황도 발생할 수 있다. 팀 전체의 업무 몰입도에 영향을 줄 수도 있다. 쉬지 못 하게 하는 것이 아니라 잘 노는 사람이 일도 잘하기에, 회사의 업무 흐름을 약간만 고려한 센스 있는 휴가를 고려해 보는 것을 권장한다.

피치 못한 일로 휴가를 내는 사람을 탓하는 것이 아니다. 그 정도는 팀장들도 구분할 줄 안다. 예외적인 상황을 제외하고 회사의 호흡이 빠를 때 팀과 팀원도 호흡을 같이 해야 한다. 회사와 호흡을 같이하고 가시적인 업무 성과와 피드백이 올 때 맘 편히 쉬는 것이 진정한 휴식도 되지 않는가??

동료 팀장이 팀원을 챌린지를 하는 것을 우연히 옆에서 들은 적이 있다. 해당 팀원은 팀 평균 아래의 아주 저조한 실적으로 면담 중이었다. 잠시 들은 이야기이지만 토요일도 추가 근무를 하라는 팀장의 지시에 묵묵부답 하는 상황이었다. 시간이 지나고 다음 해에 그 직원이 나의 팀원으로 발령이 났다. 아주 우연히 대화 중에 그 때의 상황이 회자 되었고, 그 직원은 그 때 당시 상당히 기분이 상했다는 이야기를 나에게 하였다. 남들 다 노는 토요일 날 자기가 왜 일을 해야 하는지 본인은 전혀 이해가 되지 않았고 결과적으로 추가 근무는 하지 않았다. 팀장과 팀원의 사이만 소원해진 것으로 기억하고 있었다. 물론 토요일이 정식 근무 일이 아니라서 그 팀원에게 행한 조치는 심하다고 생각한다. 하지만 팀장의 의도는 토요일에 꼭 일을 하라기보다는 휴일도 반납할 수 있는 마인드를 강조 한 것이다. 특히 세일즈 부서는 매월 마감을 하기 때문에 매월 중순 이후로는 실시간 판매 체크와 수금 체크를 해야 한다. 팀원 별로 매주 실적이 나오는 상황이라, 몇몇 팀원은 플랜 대비 실적을 달성한 반면, 몇몇 팀원은 플랜에 한참 모자란다. 이런 상황에서 샌드위치 데이에 인사부가 연차 사용을 권장하면 팀장은 '내심 실적이 부족한 팀원은 꼭 쉬어야 하나?' 라는 생각이 들 때도 있다. 물론 눈치가 보이는 일부 직원들은 일을 하는 경우도 있지만 대부분 Y 세대들은 휴일을 선택한다. 남들 놀 때는 무조건 놀아야 하기 때문이다. 때로는 더 쉬기도 한다. 회사야 마감이 되든 말든.. 정말 무슨 생각을 하는지 모를 때가 있다. 충분히 이해는 하지만 나라면 어떻게 하였을까 하는 생각도 든다.

요즘은 대부분 회사들은 연차 수당을 주지 않는다. 직원들에게 정해진 기간 내에 충분한 휴식으로 일과 가정의 밸런스를 이루고 재충전 하라는 의도에서 많은 회사들이 폐지를 하였다. 일부 연차 수당을 지급하는 회사에서도 직원들의 휴식을 위해서 많은 연차를 쓰도록 권장하고 있다. 베이비부머 세대들은 회사가 적극적으로 연차 사용현황을 확인하고 권장하지 않는 이상 주어진 업무 성과를 다하기 위해 대부분 잘 쉬지 않는다. 그러나 Y세대들은 일 보다 휴식을 선택하는 경향이 많다. 연차를 대부분 쓰고 나서 다음해에 연차 수당이 적다고 불평하는 것을 절대 잊지 않는다.

몇 년 전인지 확실히 기억은 안 나지만 직원이 외근 중 추돌사고가 났다. 사고로 인해 목 디스크로 병가를 써야만 했다. 다음 주가 바로 추석이라 연휴가 예정 되어 있었고, 인사부에서는 연휴 앞뒤로 연차 휴가를 쓰도록 권장했다. 서울에 근무하는 지방출신 직원들을 배려하려는 의도다. 사실 지방에서 근무하는 직원들은 필요 이상의 휴가 일 수도 있다. 신입직원은 추석 전 사고가 나서 병가를 쓴 상황이라 추석 전후로 당연히 밀린 업무를 위해 근무 할 것이라 생각했는데 계속 쭉 쉬는 것이 아닌가? 나는 이해가 되지 않았다. 팀장님도 아무런 말은 하지 않았지만, 본인이 하고 있는 일에 대한 책임감과 일에 대한 오너십이 부족한 것이라 생각한다.

모든 세대가 쉬는 것을 좋아하고 쉬고 싶다. 하지만 선배 세대들은 회사의 호흡을 볼 줄 안다. 회사가 숨이 가쁜지 잠시 쉬어도 되는 타이밍인지 경험을 통해 알고 있다. 편하지만 않는 타이밍에 개인 여가와 휴식을 위해 휴가를 내는 직원은 대부분 젊은 세대 직원이다.

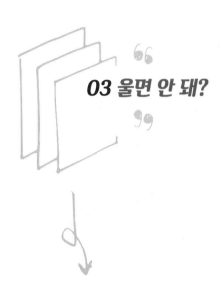

03 울면 안 돼?

창업의 시대이다. 평생직장 개념이 사라지고 모든 사람이 대박을 꿈꾸며 창업한다. 그러나 현실은 쉽지 않다. 창업을 하면 3년 만에 60프로가 폐업 위기에 몰리는 것으로 알려진 가운데, 10곳 중 4곳은 1년 안에 폐업하고, 3년이 지나면 6곳이 폐업한다. 국내 생계형 자영업자 527만명, 2004년부터 2013년 동안 자영업 창업 949만개, 폐업 793만개, 생존율 16.4% 프랜차이즈 평균 수명 3-4년, 프랜차이즈 중 요식업 비중 60%이상 폐업하는 것이 현실이다. 그런데 재미있는 사실은 창업 멘토들이 장사가 잘 되지 않거나 폐업하는 식당의 이유를 사장들에게 물어보면 대부분 경기가 좋지 않거나, 목이 좋지 않아서, 운이 없어서라는 대답을 많이 한다. 내 식당의 음식은 정말 맛있는데 이렇게 맛있는 음식을 먹으러 오지 않는 손님들을 탓한다고 한다. 음식 맛에는 모두 다 자신 있어 한다. 왜 맛있는데 손님이 오지 않는 것일까?

그러나 반대로 장사가 잘 되는 식당의 사장님은 우리 집 음식 맛이 아직 완벽하지 않다고 생각하고 항상 연구하며 더 맛있게 음식을 하려고 노력한다. 폐업하는 사장님들이 주로 외부적인 원인을 찾고 남 탓만 하는 반면에 대박이 난 음식점의 사장님은 내부적인 이유를 찾고 거기에 계속 노력하고 투자를 아끼지 않는다. 주로 창업 멘토들이 하는 조언은 음식의 맛은 재료가 80%, 관리 시스템 15%, 손맛 5%로 차지한다고 한다. 이러한 사실을 다 알려줘도 60%가 폐업하는 현실은 원인을 내부에서 먼저 찾지 않고 외부적인 핑계만 탓한 것이라 할 수 있다. 퇴직 후 창업을 하는 경험과 연륜이 많은 사장님들도 그런데 Y 세대 팀원들은 오죽하겠는가?

재택근무가 원칙이라 주로 아침, 저녁으로 출퇴근 보고를 한다. 한 번은 퇴근 보고가 미숙하여 다시 정리해서 보고를 하라고 하였더니 해당 팀원은 오늘 팀장의 기분이 안 좋다고 생각하는 것이다. 본인의 보고가 부족했음은 인정하지 않고 팀장이 오늘 기분이 안 좋아서 본인이 재수 없게 걸렸다고 생각한다. 자기 성찰은 하지 못하고 남 탓을 하는 가장 흔한 사례이다. 한마디로 자기인식이 부족하다. Y 세대의 자기인식 부족은 여러 가지 면에서 다양하게 나타난다. 자기인식이 부족하니 타인에 대한 배려심과 공감능력이 부족하다. 본인에게는 관대하고 남에게는 인색하다. 외모에도 지나치게 자신감이 있어 본인의 외모에 대해 남이 인정해 주지 않으면 화를 내는 직원들도 있다. 정말 누가 봐도 같은데, 혼자서 본인의 외모에 후한 점수를 준다. 그런데 TV에 나오는 연예인의 외모에 대해서는 엄청난 지적을 한다. 아주 이러한 재미있고 웃픈 사례를 넘어 아주 많은 사례들을 직장생활에서 볼 수 있다. 공과 사를 구분하지 못하고 시도 때도 없이 울어 버리는 직원들과 여전히 우리는 생활하고 있다.

직원 중 한명이 타 부서에 지원을 하였는데, 포지션이 원하는 정도의 학벌과 경험이 없어 다른 포지션을 제의받았다. 물론 이 직원이 많이 부족하지 않았으나 여러 가지 이유로 원하는 자리에는 가지 못하였다. 제의받은 자리도 마음에 들지 않아 거절하였다. 문제는 면접 이후에 이 직원의 태도 변화였다. 회사에 대한 온갖 불평불만과 기존 업무에 대한 불만으로 현재의 잡에 전혀 집중하지 못했다. 얼굴 표정은 누가 봐도 '나 지금 화가 많이 나있다. 나를 건들지 마라'는 것이 얼굴에 쓰여 있었다. 누가 봐도 똥 씹은 표정을 하고 있었다. 팀원의 실망이 얼마나 컸을까 하는 생각에 2주 정도 지켜보았다. 그럼에도 불구하고 전혀 개선이 없어 따로 불러 면담을 하였다. 본인의 행동이 팀 분위기와 팀워크에 얼마나 안 좋은 영향을 주는지, 회사원으로서, 성인으로서 할 수 있는 태도는 아님을 분명히 얘기하였다. 팀원은 나에게 사직서를 제출하는 것이 낫겠다고 말하였다.

사람들이 극심한 스트레스와 실망감과 절망감을 느낄 때 기저 반응이라는 것이 있다. 기저 반응이란 예상치 못한 상황에서 본인의 뜻대로 일이 이루어지지 않을 때 본인의 생각과 마음을 보호하기 위해 나타나는 여러 가지 반응을 말한다. 기저반응은 연령대와 인격의 완성도에 따라 여러 가지로 나타난다. 일단 어린 아이들은 스트레스 반응에 대해 대개 울어 버린다. 울면서 뒤로 눕는다. 필요한 것을 얻기 위한 최후의 몸부림인 것이다. 이 때 많은 전문가들은 내버려 두라고 한다. 이것은 어린아이인 경우지만, 성인이 되어서도 기저 반응이 어린아이 수준과 같은 직원들이 있다. 이러한 성인을 성인아이라고 한다. 성인아이의 특징은 공감능력, 배려, 자기인식 능력이 현저히 떨어진다. 입사 전에 어떠한 환경과 교육을 받고 살았는지 자세히 알 수는 없으니 상황을 이해하지 못해 답답한 경우가 가끔 있다. 가장 흔한 낮은 수준의 기저반응은 회사에서 우는 것이다. 특히 여직원들이 팀장들 앞에서 우는 경우가 있다. 팀장들은 많이 당황해

하곤 한다. 남자와 달리 감정의 기복과 섬세함이 있어서 다르다고 생각하고 이해하려 노력하지만 대부분의 팀장이 이러한 상황이 쉽지만은 않다.

예전 팀 미팅 때 전 분기 실적 분석과, 다음 분기 실적 플랜을 검토하는 자리에서, 분석이 정확하지 않고 플랜이 구체적이지 않아서, 팀장님이 팀원에게 구체적인 질문을 하였다. 팀원은 발표 도중 참지 못하고 눈물을 보였고, 잠시 후 옆에서 지켜보던 다른 팀원 두 명도 연쇄적으로 울어 버려서 팀 미팅이 잠깐 중단이 된 적이 있다. 휴식시간에 해당 직원들이 없는 자리에서 팀장님과 황당한 상황을 이해하려고 여러 이야기를 하였고, 팀장님이 심하게 행동을 한 것도 아닌데, 일상적인 코칭에 대해 눈물을 보이는 이유를 이해하려고 노력하였다. 그러나 이러한 행동이 용인이 되는 것은 아니다. 그 당시 답답하고 억울해 하시던 팀장님의 모습이 아직도 눈에 선하다. 나도 팀장이 된 이후에 왕왕 겪는 리더의 고충이다. 직장인이 사회생활을 하면서 누구나 한 번 실수는 할 수 있다. 한 번 실수한 것을 가지고 인성이 부족하다고 평가하지는 않는다. 그러나 같은 실수가 반복이 되고 그 사람의 평판이 될 때 성인아이라는 꼬리표가 붙을 수 있다. Y세대 직원들의 낮은 기저반응은 어느 팀장이든 한 번씩 당황하게 만든다.

팀장으로서 많은 직원들과 근무를 하였다. 가끔씩 내가 처음 울린?? 아니 내 앞에서 처음으로 울던 직원이 생각이 난다. 내가 팀장이 되면서 직원을 울리지 않으리라 다짐했던 것이 얼마나 무모했는지 깨닫게 해주는 일이었다. 혹 신입팀장들 중에 여직원을 울리지 않으리라 다짐 하는 팀장님이 있다면 쉽지 않은 일이 될 것이다. 여러가지 이유가 있기 때문에 우리는 예측이 불가능하다. 또한 팀장이 잘못해서 우는 것도 아니니 너무 많이 당황하지 마시기 바란다. 결혼하신 분들은 빨리 이해가 될 것이다. 그렇다고 여성을 무시하는 마음은 추호도 없으며 다름을 인정하는 차원에서 말씀을 드린다. 그 직원은 여러 가지 이유로 그날 나에게 혼나고 있었다. 물론 당사자는 억울하고 인정 못하는 부분도 있을 수 있지만 울음이 터지자 나도 처음 있는 일이라 많이 당황하였다. 울고 나서 그 직원의 행동이 더 나를 당황하게 하였다. 저녁에 타 부서와 같이 진행하는 행사가 있었는데 자기가 기분이 안 좋아서 저녁에 행사 참석을 못하겠다는 것이었다. '팀장님이라면 이런 기분으로 일 할 수 있어요?' 라며 나에게 무례하고 예의 없이 행동하였다. 정말 초특급으로 당황하였다. 해당 직원이 꼭 참석해야 하는 자리가 아니라 알아서 하라고 했다. 그 직원의 낮은 기저반응은 정말 나를 당황하게 만들었다. 한마디로 공과 사를 구분하지 못하였다.

젊은 직장인들 사이에서 사직서가 마지막 히든카드라는 말이 있다. 나는 직장 생활 하면서 딱 한 번 사직서를 제출하였는데 바로 수리 되었다. 더 좋은 회사로 이직하는 것이 이유였기 때문이다. 회사 생활을 하는 직장인들은 항상 주머니에 사직서를 가지고 다닌다는 말을 할 정도로 누구나 매일 사표를 내는 상상을 한다. 그러나 이것을 실천해 옮기기는 여간 쉽지 않다.

그러나 Y 세대들은 사표 내기를 밥 먹듯이 한다. 사표를 내는 이유도 참으로 다양하다. 나는 팀장을 하면서 총 사표를 8명에게 12번을 받았다. 그중 7명이 퇴사를 했다. 사직서도 처음 받을 때는 많이 당황하였는데, 그래서 경험이 중요하다고 했던가? 지금은 아주 차분하게 대처할 자신감이 생긴다. 기억에 가장 남는 사직서는 2명이 각 3번씩 6번 사표를 제출 한 것이다. 사표를 자주 내는 사람은 생각보다 쉽게 나가지는 않는다. 본인의 능력에 어울리지 않는 업무와 공정하지 못하다고 생각하는 평가, 무엇보다도 회사가 자기를 인정해주지 않는다는 생각을 하는 순간 참을 수 없는 자존심, 내가 가고 싶은 포지션에 당장 가지 못한다는 자괴감 등 여러 가지 이유로 사표를 내지만 이 또한 낮은 기저 반응의 한 가지이다. 그리고 회사를 그만두는 이유를 솔직히 말하는 직원도 거의 없다. 주로 학업을 이유로 핑계를 대지만 정작 퇴사 후 공부를 하는 직원은 많지 않다. "회사가 나를 정말로 소중하게 생각한다면 다시 한 번 다녀 볼 수도 있어요." "한 번 성의를 보여 주세요."라는 심정으로 사표를 제출 하는 것이다. 사직서를 히든카드로 생각하는 Y세대들이 안타까울 뿐이다. 사직서로 뭔가 협상을 하려는 직원도 있는데 참 씁쓸하다.

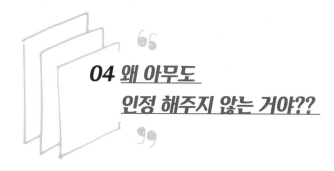

04 왜 아무도
인정 해주지 않는 거야??

사람의 행복 조건은 사람마다 조금씩 다를 수 있다. 저마다의 가치로 각자가 생각하는 행복을 위해 오늘도 열심히 일하고, 놀며 살아가고 있다. 최근 서울대학교 행복연구소에서는 사람이 행복을 느끼는 3가지 조건에 대해 발표하였다. 첫째 인정받을 때, 둘째 자유로울 때, 셋째 좋은 관계를 유지 할 때라고 심플하게 정리하여 주었다. 생각해 보면 틀린 말이 아니다. 결국 사람은 사람들과 함께 사람들 사이에서 좋은 관계를 유지하고, 자유롭게 본인의 의사 결정에 따라 행동함으로써, 사람들에게 인정받을 때 행복을 느낀다는 것이다.

직장생활의 만족도 또한 이와 비슷하다. 회사 사람들과 함께 좋은 관계를 유지하고 자율적, 자발적으로 본인 업무에 충실하면서 주위 사람들로부터 인정받는 사람이 직장생활의 만족도가 높을 것이다. 세대 차이를 넘어 모든 세대가 공감하는 내용이다. 그 중에서도 Y 세대는 그 어느 세대보다도 더 인정을 받고 싶어 하고, 즉각적인 칭찬과 보상을 요구한다. 그래서 인내심이 제일 부족한 세대라는 생각이 들 때가 많다. 팀원들에 부정적인 피드백을 주거나 평가를 할 때 팀장님들의 마음은 무겁고 힘이 든다. 특히 Y 세대들을 평가 할 때는 더 힘들다. 좋은 평가라면 분위기도 좋고, 격려하고 칭찬하고 부담 없이 진행이 되지만, 나쁜 평가나 피드백은 팀장과 팀원을 둘 다 힘들게 하는 경우가 많다. Y 세대는 대부분 성장과정이 칭찬은 고래도 춤추게 한다는 교육목표 아래, 모든 반 아이들이 이름 모르는 상을 동시에 받으면서 성장한 세대라 남들도 상을 받으면 자기도 꼭 받아야 된다. 경쟁이 우리 세대 보다 더 치열한 세대이고 한명씩 가정에서 귀하게 성장했기에 자존감 또한 강하다. 우리 세대는 개근상, 우등상이 전부였는데 요즘은 처음 듣는 상을 너무 많이 받는다.

칭찬과 인정만 받으면서 자란 세대여서 부정적 피드백을 힘에 겨워한다. 부정적 상황 자체를 힘들게 느낄 때가 많고 그 상황을 빨리 회피하고 싶어 한다는 것을 코칭을 하면서 많이 느꼈다. 사소한 것 하나라도 부정적 피드백을 주면 하루 종일 얼굴이 어두운 팀원들을 보고 있노라면 내가 너무 하는 것인가 하는 생각도 들고 후회가 되기도 한다. 예전 나의 팀원은 부정적인 피드백을 받으면 목소리부터 바뀌었다. 평소에는 활달하고 밝은 성격이고 업무도 잘 처리하는 타입이라 업무에 관해 거의 잔소리를 듣는 경우가 많지 않은데, 간혹 실수가 있어 업무에 대한 조언을 하면 목소리부터 바뀌고 매우 자기방어적인 자세로 변명과 함께 자책을 많이 늘어놓았다. 실수한 것을 인정하고 같은 실수를 하지 않겠다고 생각하고 앞으로 주의하면 되는 것인데, 굳이 필요 없는 행동을 하는지 이해가 되지 않았다. 나중에 대화를 해보니 학창시절에 부모님과 선생님들로부터 또한 대학시절 교수님으로부터 필요 이상의 인정과 칭찬을 받으면서 성장했다는 느낌이 들었다. 한 번도 본인이 부족하다는 생각을 해 본적이 없는데, 사회생활에서 본인이 부족하다는 것을 느낄 때 자책을 하게 된다고 한다.

Y 세대는 즉각적인 인정과 보상도 필요하고 중요하지만, 건설적인 피드백을 좀 더 긍정적인 자세로 받아들여야 한다. 오래전 업무시간에 한 통의 전화가 후배로부터 걸려 왔다. 갓 입사한 신입사원으로 그 날 분기별 직원평가가 발표되었다. 여러 부분에서 평가를 하지만 그 중 세일즈 달성에 대한 랭킹 발표도 있었다. 그 직원은 나에게 태어나서 처음으로 꼴찌를 했다고 말했다. 그러면서 어떻게 해

야 하는지 울먹이며 물어 보았다. 그 직원은 흥분과 자괴감, 실망감 등 여러 감정이 혼합 되어 울고 말았다. 나는 걱정도 되고 놀라기도 하였다. 나는 태어나서 꼴찌를 수없이 했는데, 이 친구는 처음 꼴찌를 했다는 것에 일단 놀랐고, 일을 하다 보면 꼴찌도 하고 1등도 하는 것인데 필요 이상으로 자괴감에 빠지고 스스로를 자책하는 것은 아닌지 걱정이 되었다. 신입사원은 명문대를 졸업했고 부유하고 이름 있는 가정에 형제 없이 외동으로 성장하였다. 해외에서 공부를 한 경험도 있고, 졸업 후 외국계 회사에 단번에 취업하였다. 지금까지 한 번도 실패를 모르면서 부모의 보호와 지원 아래 잘 할 수 있는 공부를 열심히 하면서 성장한 친구다. 나는 그 직원에게 웃으면서 나도 꼴찌 많이 했었다고 말했다. 정말 많이 했었다. 대학 다닐 때 취업순위가 거의 하위권이었고 시험성적도 좋지 않아 매번 시험 때 마다 교수님을 찾아가 "낙제를 면하게 해 달라고," "졸업을 해야 하니, 제발 도와주시라"고 읍소도 많이 하였다. 겨우 낙제를 면하고 IMF 를 겪으면서 130개의 회사에 입사 지원을 하였지만, 127개 회사가 나를 거부 하였다. 힘들게, 힘들게 취업 하였고 전 직장을 통해 커리어를 인정받아 지금 회사에 경력으로 입사하게 되었다.

　그 직원에게 내가 해 줄 수 있는 말은 입사 후 시간이 얼마 지나지 않아 받는 평가가 진정한 너의 평가가 아니라는 점과, 장기적인 관점으로 직장 생활을 길게 보라고 조언을 해 주었다. 나의 조언이 얼마나 도움이 될지 모르지만 나머지는 본인이 실패에 대한 생각과 태도를 바꾸고 이것을 통해서 무엇을 배우고 성장시킬지 고민하여 계획을 세우고 실행하는 것에 달려 있다. 그리고 무엇보다 실패에 대한 두려움을 극복하고 멘탈을 강하게 하는 것. 그러나 이 직원은 한순간 실패의 스트레스를 결국 극복하지 못하고 악순환을 거듭하면서 결국 1년 만에 퇴사를 하였다. 물론 퇴사 이유가 이것만은 아니었다 하더라도 실패와 평가에 대에 유연한 관점으로 자신 있게 행동했더라면 상황은 좀 더 개선되었을 것이다.

외국의 경우에는, 정말로 이런 일이 있다고 한다. 팀장의 할 일 목록에 왜 신입사원이 바로 팀장이 될 수 없는지, 신입사원을 설득하는 업무 하나가 포함이 되어 있다고 한다. 실제로 자주 일어나지는 않지만 그만큼 Y 세대 직원들은 본인의 업무에 대해 스스로 높이 평가하고, 또한 남이 그렇게 평가 해주기를 바라며 나쁜 평가와 피드백은 못 참아 하는 경향이 있다. 물론 모두 다 그런 것은 아니지만 Y 세대의 칭찬과 인정에 대한 열망은 다른 세대보다 훨씬 집요하다. 나는 직원들에게 팀장으로서 나의 약점과 강점이 뭔지 지속적으로 경청을 하려고 노력을 많이 한다. 지금까지 나를 거쳐 간 많은 팀원들이 있지만 주로 직원들에게 가장 많이 받는 피드백이 칭찬이 부족하다는 것이다. 즉각적인 보상과 인정을 원하는 직원들에게는 최악의 팀장일 수 도 있다. 여러 해 팀장을 경험하면서 연륜이 쌓일수록 좀 더 많이, 자주 팀원들을 이해하고 칭찬을 하려고 노력한다. 일과 성과에 대한 칭찬뿐 아니라, 팀원 자체를 인정해 주는 것, 진정성 있게 팀원을 신뢰하는 표현을 많이 해 주는 것이 중요하다.

칭찬을 많이 갈구하다 보니 변명도 참 많은 세대이기도 하다. 마감 기간 안에 왜 업무를 마치지 못했냐고 물어보면 어제 너무 많이 피곤하고, 졸려서 못했다는 말을 서슴없이 말하는 세대이기도 하다. 남자친구와 헤어져서 일할 기분이 아니라고 서슴없이 팀장에게 말하는 세대이다. 참 당황스럽다. 그리고 지극히 개인적인 일에 대해 이해와 배려를 요구하는 세대이기도 하다. 다음은 지각하는 이유에 대해 갖가지 변명이다. 실제 사례이며 국내와 외국에 있는 사례를 모아 보았다. 모든 팀장님들은 숙지하고 같은 변명을 할 때 당황하지 마시고 적절한 피드백을 준비해 주시기 바란다.

‘아침에 일어났는데 기분이 정말 좋았어요. 망치고 싶지 않았어요.’
‘남편이 출근하기 전에 제 자동차 키를 숨겨 놨어요.’
‘빙고 게임을 하느라’
‘술을 많이 마셨더니 차를 어디다 주차했는지 기억이 안 나요.’

'제 차에 모르는 사람이 자고 있어요.'

'간밤에 제가 해고당하는 꿈을 꿔서'

'저는 늦었다고 생각하지 않습니다. 오는 내내 업무에 대해 생각하면서 왔습니다.'

'이미 늦었더라고요. 그래서 직원들에게 줄 도넛을 사느라 더 늦었어요.'

'다른 회사 면접 때문에 더 늦었습니다.'

'제가 복권에 당첨된 줄 알고'

'통근 시간도 업무 시간에 포함되는 거 아니었나요?'

'실수로 룸메이트 여자친구 신발을 신고 나와 버려서요, 신발을 바꿔 신고 오느라'

'식료품점에서 혈압 재느라 혈압기에 끼여서'

'보톡스 맞으려고 예약해뒀는데 생각보다 오래 걸려서'

'갑자기 비행기를 타게 되었습니다.'

'아버지가 절 깨우지 않았습니다.'

'12살짜리 딸이 제 차를 훔쳐 달아났습니다. 차가 없어서'

'염색을 집에서 했는데 머리가 오렌지색 되어 버렸어요.'

'제가 회사에 고용됐단 사실을 깜박 했습니다.'

'지금 화장실에 갇혔는데 주변에 사람이 아무도 없어요.'

'부인이 제 옷을 모조리 불태웠습니다. 입고 갈 옷이 없습니다.'

'제 남편(부인)이 바람피우는 걸 목격했습니다.'

05 조직
그게 뭐니?

    직장인들이 현재 근무하고 있는 회사에 대한 로열티(royalty, 충성도)는 얼마나 될까? 취업포털 인크루트가 직장인 492명을 대상으로 조사한 결과, 근무 중인 직장에 대한 로열티가 10점 만점에 평균 5.9점인 것으로 조사됐다. 분포별로 살펴보면, ""5점""(22.4%)으로 딱 보통 수준이라는 답변이 가장 많은 가운데 ""8점""(17.1%) ""7점""(13%) ""6점""(11.2%)이 뒤를 이었다. ""5점 미만""(22%)으로 로열티가 낮은 직장인도 적지 않았다. 경력 연차별로 살펴보니, 3년 미만은 평균 6점, 3~7년 미만은 6.3점, 7년~10년 미만은 6.7점, 10년 이상은 7.1점으로 사회 초년생들일수록 조직에 대한 로열티가 낮았다.

이러한 분위기와 더불어 최근 자신의 경력을 쌓고 전문성을 발전시키기 위한 목적으로 2~3년씩 단기간에 직장을 이동하는 사람을 일컬어 잡호핑(Job-Hopping)족이라고 하는데 최근 들어 우리 사회에는 이런 잡호핑족이 늘어나고 있다. 잡호핑족은 "폴짝폴짝 뛰어다닌다"를 뜻하는 영단어 'hop'에서 유래된 단어이다. 이전에는 이기적이고 조직에 대한 충성심이 부족하다는 부정적인 의견이 지배적이었지만 최근 잡호핑족은 뚜렷한 방향성과 계획을 갖고 체계적으로 이직을 실행한다는 점에서 긍정적인 평가를 받고 있다. 잡호핑족이 늘어난 이유 중 하나는 평생직장의 개념이 사라지고 고용의 불안정성이 심화됐기 때문이다. 장기 고용이 보장되지 않는 환경에 노출되면서 스스로 앞길을 개척해야 한다는 생각이 지배적이기 때문이다. 자신이 하고 싶은 일에 대한 선택의 자유를 중시하는 Y 세대의 유입도 잡호핑 증가의 주원인으로 꼽을 수 있다. 이제 사람들은 조직에 나를 맡기기보다는 지속적으로 다양한 경험을 쌓아 기업이 필요로 하는 인재가 되기 위해 노력하려는 경향이 강해졌고 앞으로도 '잡호핑족'의 증가 추세는 쭉 이어질 것 같다.(시선뉴스 2014.09.22. 기사)

위의 신문기사처럼 Y 세대는 직장에 공존하는 3개 세대 중 가장 조직에 얽매이지 않는 세대이다. 아예 조직에 대한 개념이 없다고 봐도 좋을 것이다. Y세대에게 가장 중요한 것은 오직 자기 자신이다. 자신에게 가장 관심과 걱정이 많고 자신의 미래를 항상 고민하며 자신에게 쏟는 투자를 아끼지 않는다. 그래서 앞서 말한 본인을 위한 휴가와 소비에 매우 적극적이다. Y 세대가 자식을 낳으면 그 관심이 자신과 자신의 아이에게로 확장된다. 자신과 가족이 본인들의 가장 중요한 관심이자 일의 목표가 되는 것이다. Y 세대들에게 조직을 위하여 희생하고 조직에 대해 충성하기 위해 열심히 일해야 하며, 조직이 살아야 우리가 산다는 말들로 모티베이션 하려고 절대로 노력하지 않기를 당부한다. Y 세대들에게는 지루하고 고루한 완전 핵노잼이 되는 말일 뿐이다. 그 직상 상사는 고루하기 짝이 없는 사람으로 기억이 된다.

Y 세대들은 조직에 대한 배려가 없고 조직이 본인 위주로 돌아가기를 희망한다. 그렇기 때문에 본인이 원하는 보직이나 본인의 희망하는 대로 조직이 움직여 주지 않을 때 과감히 이직을 결심하기도 한다. 예전 나의 팀원은 입사하기 전부터 본인의 커리어 플랜을 모두 세운 후 입사했다. 그냥 본인의 완벽한 바람과 희망사항 이었다. 아마 직접 들어본다면 그 화려한 플랜에 입을 다물지 못할 것이다. 처음에는 현장 경험을 중요시 여겨 한 2년 정도 열심히 현장을 배우는 듯 했다. 그러나 2년 후 본인의 커리어 플랜대로 본인이 원하는 자리에 열심히 지원을 했으나 쉽게 되지 않았다. 조직이 그렇게 본인만

의 뜻대로 되지 않는다. 그러자 팀원은 과감히 사표를 내고 타 회사에 본인이 원하는 자리에 지원하여 당당히 합격하여 잘 다니고 있다. 본인의 결정에 한 번씩 후회가 된다는 후문을 듣기도 하지만, 어쨌든 조직과 회사보다는 본인의 커리어에 더 충실하였다. 조직보다는 본인의 상황을 항상 우선시하기 때문에 퇴직의사를 밝히는 것도 아주 쉽게 생각하는 경향이 있다. 나이가 어려서 신중하지 못하고 참을성과 끈기가 부족한 면도 있지만, 너무 쉽게 사표를 내기도 한다.

오래전 나에게 퇴직 의사를 밝힌 사람이 3명 있었다. 2명은 나와 나이가 비슷하거나 많은 팀원으로, 퇴직 후의 확실한 플랜을 가진 분들이었고, 1명은 나에게 제출하는 사표가 처음은 아니었다. 내가 3번째로 사표를 받은 팀장이었다. 처음에는 많이 당황하였다. 나 때문인가 하는 생각도 잠깐 했지만, 정확한 사유를 알아야 하기에 팀원과 많은 시간의 대화를 가졌다. 여러 가지 이유가 있었고, 처음 내는 사직서도 아니기에 나는 그냥 사표 수리를 하려고 결심을 굳혔다. 그렇지만 나의 의사와는 다르게 다른 부서장에 의해 타 부서에 발령이 났다. 그 당시 우리 부서장님이 말씀은 안 하셨지만 매우 화가 나셨을 거라는 생각이 든다. 그 직원은 결국 몇 년 뒤에 퇴사를 하였다. 한 번 퇴직 의사를 밝힌 직원은 결국 또 되풀이하여 끝내 퇴사를 하고 만다.

그 다음 해에 다른 팀원이 나에게 또 사직서를 제출하였다. 벌써 두 번째로 내는 사직서였다. 사직서를 받은 경험이 많은 나는, 직원이 퇴직의사를 밝히면 먼저 1주일의 시간을 주고 다시 생각해 보라고 한다. 1주일 동안은 그 누구에게도 이야기 하거나 보고하지 않는다. 그리고 1주일이 지나 해당 직원과 많은 시간의 대화를 한다. 이 직원 같은 경우는 명확한 이유가 있어 보였으나, 퇴직 후 하려는 플랜의 비전이 없다고 생각 되었다. 그렇다고 강하게 설득을 할 마음도 없었다. 그러나 더 생각 할 시간을 주었고 결국 팀원의 마음이 바뀌어 본인이 제출한 사직서를 번복하였다. 그러나 다음 해에 이 직원은 같은 이유로 또 퇴직의사를 비추었다. 3번째 사직서였다. 나는 같은 과정으로 똑같이 생각 할 시간을 주었으나, 큰 기대는 하지 않았다. 결국 본인의 의지대로 퇴직하였다.

Y 세대에게 조직에 대한 로열티를 바라는 것은 무리이다. 윗세대들을 통해 세상에 평생직장은 없다는 것을 학습을 통해 알고 있는 세대이고, 그래서인지 본인의 역량 발전을 위해 가장 많이 노력하는 세대이다. 본인의 능력을 키워 어디든 떠날 준비를 하는 것이다. Y 세대 입장에서는 기존세대들이 능력이 없어 회사를 떠나지 않는 것으로 생각 할 수도 있지만 기성세대가 다 능력이 부족한 것은 아니

다. 설 자리와 앉을 자리를 구분하는 혜안과 경험의 차이다.

베이비부머와 우리 세대들은 Y 세대와 달리 세 번의 사표는 없다. 그냥 한 번이다. '낙장불입' 한번 내고 나면 끝이다. 받아들여 지지 않아도 그 조직에 있으면 불편을 감수해야 한다. 이미 나의 조직에 대한 충성심은 의심을 받는다. 다시 다닌다 해도 나의 충성심은 예전으로 돌아갈 수 없다. 그러기에 더욱 신중에 신중을 기하고 몇 해를 고심만 한다.

그러면 Y 세대 들은 조직 외에 누구에게 충성할까? Y 세대들은 조직이 아닌 사람에게 충성한다. Y 세들은 조직이니 정치니 아부를 잘해야 된다는 말에는 그리 관심이 없다. Y 세대들은 SNS의 발달로 협업이 뛰어나고 사회적 유대 관계를 중시한다. 그리고 남에게 피해를 주는 것을 극히 싫어하고 칭찬과 인정을 갈구하는 세대라 사람과 사람 사이의 인정과 협업을 중시 여긴다. 그래서 조직이 아닌 사람에게 인정받기를 원한다. 스펙보다는 평판이라는 말이 참 중요한데 사람들의 평판에 관심이 많은 세대이고 본인이 인정하는 직장상사, 미생에 나오는 오 차장 같은 직장 상사에게 충성을 다한다. 그런 상사에게 인정받기 원한다. 자기가 좋아하고 존경하는 사람에게 인정받지 못하면 실망하는 세대이기도 하다. 자기가 좋아하는 상사에게는 정말 친구처럼 부모님처럼 편하게 대하기도 해서 주변의 오해를 많이 사기도 한다. 그냥 좋아서 하는 행동임에도 불구하고 말이다. Y 세대는 사람이 좋아서 그 사람을 따라 이직도 서슴지 않고 실행하는 세대이기도 하다. 최근 매일경제 신문에 우리나라 직장인의 10명 중 9명은 동반퇴사의 충동을 느낀다는 기사가 실렸다.

직장인 이 모(38) 씨는 요즘 심란하다. 사내에서 소문난 단짝 동료로 공적인 관계를 넘어 돈독한 우정을 나눠온 박 차장이 퇴사를 하기 때문이다. 게다가 박 차장은 이씨에게 회사에 대한 불평불만을 이야기하며 더 늦기 전에 이직을 권유했다. 이씨는 이제까지 보람된 직장생활을 하고 있다고 생각했지만 박 차장의 이직으로 이 모든 생각이 틀릴 수 있다는 두려움과 이직에 대한 생각으로 매일 아침 출근길이 두렵기만 하다. 구인정보를 제공하는 벼룩시장 구인구직이 남, 여 직장인 504명을 대상으로 '직장인 동반퇴사의 충동'에 대해 설문 조사한 결과, 무려 직장인의 87.1%가 '동료직원이 퇴사할 때 동반퇴사의 충동을 느낀 적이 있다'고 답했다. 동료직원이 퇴사할 때 동반퇴사를 생각하게 한 가장 큰 이유로는 25.6%가 '가장 의지하고 절친했던 동료가 퇴사를 했기 때문에'라고 답했다. 이어 '더 좋은 조건으로 이직하는 동료를 보고 자신감을 얻어서'(22.6%), '연봉, 복리후생 등 기존 근무조건이 만족스럽지 못해서'(20%), '현 직장에 대한 고질적인 불만을 전달하고 싶어서'(15.7%) 등의 순이었으며, '직장동료 퇴사 후 맡게 될 업무가 너무 많고 벅찰 것 같아서'(3.2%)라는 응답도 있었다. 동반퇴사를 가장 하고 싶게 만든 대상으로는 '입사동기'(54.8%)를 가장 많이 꼽았다. 입사동기가 같은 날 같은 회사에 입사해 가장 많은 것을 공유하고 의지하는 존재이기 때문인 것으로 보인다. 다음으로 '상사'(33.9%), 'CEO'(9.7%), '부하직원'(1.6%)이 그 뒤를 이었다. 반면 실제로 동반퇴사를 한 경험이 있느냐는 질문에는 84.8%가 없다고 답했다. 새로운 직장을 구하는 것이 쉬운일이 아니기 때문에 동반퇴사를 실행에 옮기는 경우는 많지 않은 것으로 해석된다.

우리나라 직장인들이 세대들 막론하고 동반퇴사의 충동을 느끼지만 실제로 동반 퇴사를 하는 경우는 Y 세대가 가장 많다. 그만큼 Y 세대가, 직장상사든 입사 동기든 사람에게 충성한다는 반증이다.

06 직장인 사춘기 증후군

지난 7월의 어느 날, 공무원의 군기반장이라고까지 일컬어지는 인사혁신처장이 과천에 있는 중앙공무원교육원에서 강의를 했습니다. 강의 대상은 두 눈이 또랑또랑할 것 같은 신임 5급 사무관 520여 명이었고 강의 제목은 '공직자 윤리'였습니다. 그런데 교육대상자들 중에는 신출내기 사무관 답지 않게 졸거나 휴대폰을 만지작거리는 등, 딴짓을 한 사람이 적지 않았던 모양입니다. 특히 '연단을 바라보는 방향에서 오른쪽 뒤편에 앉아 있던 검은 긴 머리에 검은 옷을 입은 여자 교육생'은 강의시간 내내(130분) 작심하고 엎드려 잠을 잤답니다. 강의가 끝난 후, 인사혁신처장은 그 여성을 찾아보라는 엄명을 내렸습니다(처장의 이야기로는 '무슨 사정이 있어서 그랬는지'

궁금해서란다). 공공기관장 A씨는 기자들과 식사를 함께 하는 자리에서 기관의 업무를 홍보하기 위해 열변을 토했습니다. "우리 기관은 대한민국의 정체성과 이미지를 국제적으로 알리기 위해 첫째, 둘째, 셋째….." 코스요리가 계속 들어왔지만, 모처럼의 기회에 조금이라도 더 많은 홍보를 하려고 음식은 거들떠보지도 않았습니다. 그런데 기관장과 자리를 함께 한 신입 여직원은 용감하게도(?) 음식 접시를 싹싹 비웠고, 또한 상사의 '말씀'에는 귀를 기울이지 않고 휴대폰을 들여다 보거나 목을 돌리며 스트레칭까지 했습니다. 그 버르장머리 없는 모습을 지적한 기자에게 공공기관의 간부가 이렇게 말했답니다. "요즘 애들 다 그렇다"고(조선일보, 2015. 7. 24 참조).

요즘 모든 직장에서 한번은 있을법한 Y 세대들의 직장 생활 태도이다. 기성세대에서는 도무지 이해할 수 없는 무개념 행동을 많이 하기 때문에 어디까지 가르쳐야 할 지 정말 선배 직장인들은 한숨이 나온다. 이러한 이해할 수 없는 행동을 직장인 사춘기 증후군이라고 일컫는다. 수년전, 취업정보업체 '잡코리아'가 밝힌 바에 따르면 취업 1년차(29.1%), 2년차(24.5%), 3년차(32.8%)에 그런 증세가 가장 많이 나타나는 것으로 조사됐다. 평균 3분의 1정도의 신입사원들이 마치 사춘기를 겪는 청소년처럼 심리적으로 싱숭생숭하고 알 수 없는 불안 상태에 빠지며 이유 없는 반항심에 사로잡힌다는 것이다. '이 길이 과연 내 길인가?' '내가 생각하는 인생은 이런 게 아닌데' '이렇게 살아야 하나?'라는 회의감에 빠지게 되어 그 결과로 의욕이 떨어지고 만사가 귀찮아지며, 때로는 어렵사리 취업한 직장마저 팽개치고자 한다. 그뿐만 아니라, 대기업 등 좋은 여건의 직장에 취업한(또는 공무원 고시 등에 합격한) 젊은이들은 자기의 스펙과 능력을 과신하는 우쭐함 때문에 현재에 만족하지 못하고 더 나은 곳을 향해 끊임없이 방황하는 파랑새 증후군까지 겹치게 된다. 한국경영자총협회가 조사한 바에 의하면 대기업의 신입사원들조차도 11% 정도가 1년 이내에 직장을 떠난다고 한다. 이렇듯, 직장인 사춘기 증후군에다가 우쭐함까지 더해지니 '뻔한' 강의가 귀에 들어올 리 없고, 상사의 기자회견 따위는 관심 밖이다. 여차하면 떠날 생각을 하기에 일과 직장에 애착이 없음은 당연하다. 상사에 대한 충성이나 위계 따위를 우습게 알 수밖에 없다.(한국금융신문 2015.8.16. 기사)

집에 중 2가 된 딸이 있다. 우리 딸의 행동을 보면서 우리 딸과 똑같이 행동을 하는 직원들을 볼 때마다, 아직도 사춘기가 끝나지 않은 성인도 있구나 하는 생각을 많이 한다. 중 2병에는 여러 가지 특징들이 있다. 뭘 잘못 했는지 모르고 뭘 해야 하는지도 모른다. 하고 싶은 일만 하려고 하고 제지당하면 우긴다. 이성적으로 설명해도 통하지 않는다. 과도한 자기애가 있어서 스스로 모든 것을 할 수 있다고 착각하여 조언이나 지시를 거부한다. 개성과 독창성이 다듬어 지지 않은 채 과잉분출 되어 '나만의 나'를 중요하게 생각해 이기적이거나 타인과 비슷해지는 것을 거부한다. 어떤 공격도 자신을 무너뜨릴 수 없다는 환상에 빠져 자신은 불멸하다고 생각 한다. 문제는 중2병의 기간이 조금씩 늘어나고 있다는 것이다. 직장에 아직 병이 완치 되지 않은 채 입사하는 직원들이 간혹 있다. 그러한 직원들의 생각 없는 행동을 보고도, 이 직원들의 성장과 발전을 위해 코칭하고 잔소리는 하는 팀장들은 여간 힘든 것이 아니다. 정말로 해 본 사람들만 아는 고충일 것이다. 제발 좀 병이 완치 되어서 입사를 했으면 좋겠다.

오래전 직원에게 커리어에 관한 면담을 해준 적이 있다. 이 직원은 자기가 원하는 포지션에 내부 면접을 보고 난 후 떨어져서 많이 낙심한 상태이다. 본인이 그 포지션에 가려면 어떠한 자격이 있어야 하는지 자세히 알아보지 않은 채 면접을 본 상태라, 경험과 학력이 많이 부족하고 회사에서 요구하는 여러 조건들에 많이 모자라 결국 면접에서 떨어졌다. 본인도 자세히 알아보지 못한 잘못도 있지만, 회사에서 내부 직원 공고 당시에 자세히 기술하지 않은 점에 대해 상당한 불만을 제기한 상황이었고, 또한 부서장이 같은 부서의 다른 포지션에 대해 추천을 하였는데, 본인이 전혀 관심이 없는 자리라 이 또한 불만인 상황이었다. 회사에 대해 불만과 불평이 가득한 상황이니 기존의 일에 집중이 힘든 상황이었고, 무엇보다 자존심에 큰 상처를 입은 것 같았다. Y 세대 특유의 자존감에 상처를 받은 것이다. '사람을 어떻게 보고 그러한 자리에 추천하냐', '도대체 그러한 사람을 뽑을 거면 면접은 왜 봤냐'는 등 정말 회사에 대한 모든 섭섭함과 불합리함을 주장하면서 팀장인 나에게 모든 것을 쏟아 부었다. 곧 회사를 떠날 것처럼 말을 하였다. 나는 그 당시 회사가 잘못한 점에 대해 일부 인정하였고, 또한 본인의 부주의한 면에 대해서도 이야기를 하였다. 그리고 조직의 생리가 본인의 의사대로만 뜻대로 정확하게 되지 않으니 다시 기회가 올 때까지 기다리면서 역량을 키우라고 조언 했다. 이 직원의 감정 상태로 봐서는 이러한 조언이 소용이 없을 것 같다는 느낌도 있었고 잘못된 판단을 할 수도 있겠구나 하는 생각도 들었다. 거의 한 달 동안 온갖 인상을 쓰면서 회사를 버틴 이 친구는 결국 나에게 사표를 제출하였다. 나는 길게 이야기 하지 않고 사표를 수리 하려고 하였으나, 당시 여러 상황과 위의 분들의 설득으로 인해 사표가 반려 되고 있었다.

그러는 와중에 예전에 추천받았지만 본인이 아주 극구 싫다고 했던 포지션에 내부 공고가 났다. 그런데 갑자기 이 팀원이 그 자리에 지원을 하겠다는 의사를 나에게 밝혔다. 나는 잠시 혼란스러웠지만 잘 생각해서 결정하라고 하였다. 불과 얼마 전까지 그 자리로 가는 거면 그만두겠다고 사표까지 얘기하던 팀원이 갑자기 그 포지션에 지원하겠다고 하니 좀 당황스러웠다. 결과적으로 주위 팀장과 동료들을 힘들게 하지 않고 할 수 있는 것을 온갖 난리 법석을 떨면서 지원을 하게 된 것이다. 전에 그 부서 head가 추천한 자리라 그리 어렵지 않게 갈 수 있었다.

위의 사례를 경험하면서 정말 직장인들이 아직도 사춘기 증후군을 앓고 있다는 생각이 어김없이 들었다. 자기가 뭘 잘못했는지 뭘 하고 싶은지도 모르고, 하고 싶은 일이 제지당하면 온갖 인상을 쓰며 과도한 자기애로 스스로 모든 것을 할 수 있다고 착각한다. 안 되면 극단적인 선택을 하는 이러한 Y 세대들과 우리는 같이 생활을 하고 있다. 물론 모든 Y 세대들이 그렇지는 않다. 일부 사례이며 대부분 Y세들은 본인 일을 사랑하고 능력이 우수하다. 갈팡질팡 질풍노도의 세대들과 함께 일하니 어느 때 보다 팀장님들이 힘들고 말 못 할 사정이 많다. 대부분 팀장들이 공감하는 부분이다.

이러한 Y 세대들에게 팀장으로서 무언가 특별대우를 해 주거나 어떠한 도움을 주려고 하지 마라! 그냥 상대방의 대화만 집중해서 경청하고 의견을 존중해주면 그걸로 충분하다. 똑똑한 세대이기 때문에 본인들이 정보를 더 잘 알고 있다. 정보가 없어서 그렇게 행동하는 것이 아니다. 그냥 감정의 회복을 위해 우리에게 투덜대는 것이다. 그들에게는 격려와 배려 깊은 공감대가 필요할 뿐이다. 그래서 손상된 자존감을 회복시켜주는 것이 제일 효과적이다. 그러면 존경받는 팀장이 될 것이다.

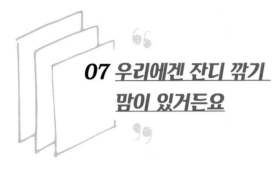

07 우리에겐 잔디 깎기 맘이 있거든요

어느 신문에 실린 기사이다.

지방에서 상경한 직장인 노진섭(29·가명)씨는 취업을 한지 3년이 됐지만 부모님으로부터 경제적 독립을 하지 못한 '캥거루족'이다. 대학 학자금 대출을 갚고 자취방 월세, 결혼 등 목돈 마련을 위해 월급의 대부분을 쓰다 보니 보험료, 통신비 등 자잘한 것은 부모님께 손 벌리기 일쑤다. 직장인 4명 중 1명은 취업 후에도 부모에게 손을 벌리는 이른바 캥거루족인 것으로 나타났다. 8일 온라인 취업포털 사람인이 20~30대 성인 직장인 697명을 대상으로 조사한 결과, 28.5%는 취직을 하고도 부모님으로부터 경제적으로 의존하고 있는 것으로 조사됐다. 부모님으로부터 경제적으로 독립하지 못한 이유로는 응답자의 절반 정도가 '함께 거주하고 있어 자연스럽게 경제적 지원을 받고 있다'고 말했다. 이 밖에 '월급이 적어서'(41.4%), '경제적인 기반을 잡기 위해서'(27.8%), '결혼자금 등 목돈을 마련하기 위해서'(24.2%), '각종 대출금 등으로 버거워서'(14.6%) 등의 이유가 뒤를 이었다. 직장인 캥거루족이 부모님께 지원 받는 금액은 월 평균 32만원으로 집계됐다. 지원 받은 돈은 주로 '식비 등 생활비'(44.9%)에 쓰였으며 '보험료'(19.2%), '통신비'(12.1%), '의류 등 품위유지비'(10.1%), '문화생활비'(8.1%), '대출 원금, 이자'(7.6%), '적금과 같은 저축비'(7.1%) 등에도 쓰였다.

한편, 부모님으로부터 결혼할 때까지 경제적 지원을 받을 계획이라는 응답이 29.8%로 가장 많았다. 이 밖에 '분가 등 주거 독립을 할 때까지'(26.3%), '목표한 수입을 벌 때까지'(12.6%), '부모님이 원하실 때까지'(8.6%) 등이 뒤를 이었다. 이와 더불어 구직을 포기한 니트족도 급증해 장기적 니트족 생활은 결국 캥거루족으로 이어지는 것으로 나타났다. 또한 전세금과 생활비를 감당하지 못해 부모님 집으로 회귀하는 '연어족'도 생겨나고 있다. 결혼한 뒤에도 부모님 집에 둥지를 트는 일명 '연어 부부'라는 말도 생겨났다. 미국의 경우도 마찬가지이다. Y 세대는 1981년에서 2000년 사이 태어난 세대로 미국의 계층인구로 떠오르는데, 이들 중 많은 숫자가 부모와 함께 살며 부모를 떠날 의지가 없어 2000년대 후반 미국 금융위기의 여파를 가장 심하게 받은 세대로, 26%가 현재 부모와 함께 살고 있으며 독립해 살 수 있는 여건이 갖춰지지 않았다.

이러한 부모들의 사랑과 관심은 어떠한 환경에서도 굴하지 않는다. 최근 논산훈련소 부근에 방을 얻어놓고 입대한 아들을 보살피며 생활하는 엄마들이 한둘이 아니라고 한다. 엄마들은 매일매일 훈련 프로그램을 체크하며 자식들에게 필요한 물품이나 불편함 등을 알아보고 챙기는 등 자식의 훈련소 생활 일거수일투족을 돌보고 있다고 했다. 그래서 이런 엄마들의 민원을 담당하는 업무가 훈련소 근무 장병의 중요한 일과가 되고 있다고 했다. 나약한 자식이 부모의 품 안에서 벗어나 자립심을 키울 수 있는 절호의 기회마저 엄마가 빼앗고 있는 셈이다. 이 같은 엄마의 '절절한 자식 사랑'은 진정 자식을 위하는 길일까? 이들이 직장에 가면 어떻게 될까? 실제로 이러한 부모님의 사랑과 관심이 어느새 직장에 조금씩 영향력을 행사하며 파고들고 있다.

미국에서는 '헬리콥터 부모'라는 용어가 있는데, 말 그대로 자녀 주위를 헬리콥터 처럼 빙빙 돌면서 자녀의 독립을 방해하고, 자녀가 의사결정 장애를 가지도록 너무나도 지나치게 지원하고 양육하는 부모를 말한다. 우리나라 강남에서의 잔디깎기 맘과 같은 의미이다. 강남의 잔디깎기맘은 자녀의 앞에 생기는 장애물과 어려움을 잔디깎기 기계처럼 직접 깎아서 자녀가 아주 편안한 길을 갈 수 있도록 모든 정보력과 지원을 아끼지 않는 부모를 말한다. 이렇게 성장한 자녀는 아무런 어려움 없이 그 길을 따라 양육되기 때문에 성인이 된 후에도 '엄마 나 이제 뭐 하면 돼?'하고 쉽게 의존하기 쉽다. 이러한 부모들이 자녀가 입사한 후에도 자녀들의 직장에 지나치게 관심을 갖고 자녀를 대신해 직장에 대한 의사결정 과정과 평가에 대한 피드백을 참여하는 경우가 조금씩 생기고 있다.

실제로 외국 같은 경우는 자녀가 받은 학점에 대해 항의하기 위해 교수에게 전화를 하거나 직장 상사에게 전화해서 자녀가 받은 성과평가 결과에 실망했다고 이야기까지 하는 사례가 있다고 한다. 해외 기업의 인사부 같은 경우는 부모가 직접 인사팀을 방문해서 자녀를 위한 면접 날짜를 잡고, 여러 지원자 중에는 자녀의 순위가 어느 정도인지 물어보기 위해 인사담당자에게 전화를 하며 입사를 하지 못했을 때 직접 나서서 따지는 부모들이 많아지고 있다.

우리나라에서도 이러한 모습이 실제로 일어나는 경우가 조금씩 생기고 있다. 아래 신문기사는 실제 사례이며 공적 영역인 회사 업무에도 영향을 미치고 있다. 기업들의 고민은 여기에 있다.

모 제조업체 영업팀장은 지난해 어느 날 밤늦게 걸려온 전화를 잊지 못한다. 중동 파견이 결정된 신입사원의 어머니였다. "팀장의 생일선물까지 챙겨줬는데 어떻게 이럴 수 있느냐, 보내지 않으면 안되느냐, 정 보내야겠다면 회사를 그만두도록 하겠다."라는 엄포였다. 그는 "고맙게 받은 생일선물에 그런 뜻이 있는 줄 몰랐다"라며 "할 말이 없었다."고 술회했다. 모 게임업체 개발팀 직원들은 '같아요맨'이라는 별명을 가진 개발자를 떠올렸다. 개발팀 특성상 야근이 잦고 회식도 많았는데, 야근이나 회식을 하면 해당 직원의 부모로부터 팀 전체에 "먹고 힘내라"라는 쪽지와 함께 간식이 배달됐다. 처음에는 반겼던 동료들도 시간이 지나자 쪽지의 무서움을 깨닫게 됐다. 팀장이 업무에 대해 지적을 하면 "이해해 달라", 회식을 예고하면 "열외 시켜 달라"등의 요지가 적힌 쪽지가 전달 됐다.

위의 사례에서 보듯이 직장까지 쫓아와 엄마들이 회사의 미팅 일정을 확인하고 미팅에 필요한 자료를 준비하기 위해 팀장들에게 준비자료 지침을 메일로 달라고 하는 일이 생기지 않을까? 생각만 해도 한숨이 난다. 우리나라도 헬리콥터 부모가 자녀 주위를 맴돌며 자녀를 대신해서 회사에서의 모든 문제를 해결 하려고 한다.

　전형적으로 Y세대들은 부모들과의 유대가 다른 세대보다 깊다. 형제가 많지 않고 주로 혼자 성장한 세대이다 보니, 그 어느 세대보다 부모와 깊이 있는 대화를 많이 하고, 부모 또한 자녀 주변에서 일어나는 상황들을 다 알고 싶어 한다. 주로 힘든 일이 생기거나 의사결정이 복잡한 일들을 부모가 대신해서 많이 해주기 때문에 독립심이 부족하고 실패를 통해서 학습하는 능력이 부족하다. 위의 사례처럼 부모들의 직장 침투기는 아직 많은 사례가 없어 우리나라 직장에서는 큰 문제가 되지 않으나, 헬리콥터 부모 때문에 Y 세대들이 의사결정 장애를 가지거나 복잡하고 힘든 일들을 부모에게 의존하듯, 주로 직장동료나 팀장에게 의존하는 경우가 문제가 될 수 있다. 또한 Y 세대들은 항상 멘토 역할을 해주고 자기에게만 관심을 쏟고　희생하고 자기를 대신해 어려운 일들을 해결해주는 부모 밑에 성장한 세대라, 팀장도 당연히 자기 부모 처럼 해줘야 된다고 생각한다. 팀장이나 직장상사를 자기의 부모 역할을 해주기를 바라고 기대하는 경우가 큰 문제로 다가오고 있다.

　이러한 현상을 '전이현상'이라고 한다. 'Y 세대 코칭'이란 책에서 언급한 '전이현상'이란 만약 당신이 누나와 친하다면 누나를 연상시키는 사람을 만났을 때 따뜻함을 느끼게 된다. 이러한 현상은 어떤 사람과 어떤 맥락에서 만나든지 일어 날 수 있다. 그러나 Y 세대에는 이 문제가 그렇게 간단하지 않다. 왜냐면 그들은 자신의 상사가 부모 역할을 해주기를 바라기 때문이다.

나도 팀장을 하면서 Y 세대 팀원들에게 이러한 현상을 많이 느낀다. 팀장으로서 직원의 성장 발전과 업무스킬 향상에 관심이 있고, 거기에 집중하는 반면에 팀원들은 항상 업무와 공적인 것 외에 사적인 것에도 관심과 사랑을 받기 원한다. 몸이 조금이라도 아프면 부모야 당연히 자식 걱정해서 쉬라고 하겠지만 팀장 입장에서는 급한 업무가 없는지 주간에 전체적인 업무 일정에 차질은 없는지 먼저 생각하기 마련이다. 정말로 몸이 아프면 어쩔 수 없지만 바쁜 업무 스케줄 때문에 조금이라도 싫은 소리를 하면 섭섭하다고 난리이다. 일보다 자신이 더 중요한데 말이다. 졸지에 일만 아는 팀장이 되는 것이다. 진상고객 및 어려운 거래처도 팀장이 다 해결 해줘야 하고 고객 때문에 팀원이 기분이 안 좋고 우울해지면 팀장이 위로를 해줘야 한다. 하다못해 사귀는 여친, 남친이랑 헤어지기라도 하면 일은 안중에도 없고 공과 사 구분 없이 '내가 지금 일 할 기분이 아니거든요~~'라고 팀장에게 마음까지 위로 받기 원한다. 밤에는 직장상사 술 상무 하랴, 낮에는 남친하고 헤어진 팀원 위로하랴, 퇴근 전에 진상고객 만나서 팀원 대신 욕먹으랴, 팀장들은 액 받이 무당만도 못하다.

08 어머 저보고 참고 기다리라구요??

만족과 보상의 연장, 만족을 지연시켜 나중에 더 큰 만족을 얻는 지혜는 우리가 인생을 사는데 큰 재산이 된다. 어느 심리학자의 실험에서도 알 수 있듯이 유치원생들을 대상으로 마시멜로를 1개씩 주고 이것을 당장 먹지 않고 30분을 참으면 1개를 더 주는 실험을 했다. 대부분의 유치원생들은 참지 못하고 눈앞에 있는 마시멜로를 당장에 먹어 치우지만, 소수의 아이들만이 30분 후에 마시멜로를 1개 더 먹었다고 한다. 나중에 이들이 성장하여 어른이 되었을 때 삶의 만족도와 소득수준을 비교해보니 30분 후에 2개를 먹은 아이들이 소득수준이나 교육수준이 훨씬 높았다.

이 실험을 보고 우리 아들에게 똑같은 실험을 하였다. 그러나 아들은 참지 못하고 1개를 얼른 먹어 치워버렸다. 30분 기다리면 1개 더 먹을 수 있지 않냐? 물어보니 어차피 자기가 다 먹을 건데 왜 참느냐고 나에게 반문하였다. 아들 외에는 먹을 사람도 없으니 틀린 말도 아니다.

돌이켜 보면 보상과 만족을 지연하고 인내하지 못해, 살면서 손해를 보는 경우가 많이 있다. 반대로 신중히 생각하고 심사숙고와 기다림 끝에 오는 보상은 눈앞에 보이는 작은 이익보다 더 큰 것을 가져다주는 경우도 많다. 좀 진득하게 기다린다면 하늘은 우리를 배반하지 않는다. Y 세대는 참 조급하다. 본인 뜻대로 되지 않고 본인의 의지가 저지당하면 돌발 행동을 하기도 한다. 애지중지 자라온 세대이고 10대 시절부터 휴대폰을 사용한 세대라 그런지 아날로그적인 여유가 없다.

한 번씩 후배들에게 휴대폰이 없던 시절, 삐삐를 가지는 게 꿈이던 시절, 인터넷이 없던 시절의 연애사를 이야기하면서 격세지감을 느낀다. 여자친구와 약속 장소를 정하고 약속시간에 가서 마냥 기다리던 시절이었다. 혹 여자친구가 갑자기 일이 생겨 못 오면 무작정 2시간이고 3시간이고 그렇게 기다리는 것이 남자의 매너였다. 연락 할 방법이 없으니 당연한 행동이었다. 그렇다고 집에 전화를 한다고 100% 연락이 닿는 것도 아니다. 좋은 만남을 기대하고 기다리면, 늦게라도 오면 만남의 기쁨이 배가 되는 시절이었다. 그러한 배려와 여유가 있었다. 요즘은 약속시간을 정하고 약속장소로 가면서 카톡으로 어디쯤 왔는지 확인하는 시대이다. 5분이라도 늦으면 끊임없이 문자를 하고 전화를 한다. '빨리 오라고.' 참 빨라서 좋다. 손편지 대신 메일을 쓰고 카톡에 답장을 안 하면 직장상사와 여자친구에게 충성도를 의심받는다.

Y 세대는 IT 기술의 발달로 전체적으로 속도가 빠른 사회 속에서, 부유하며 부족함 없이 자신의 만족을 충족하며 성장하였다. 다른 어떤 세대보다 만족과 보상의 지연을 참기 어려운 세대이다. 즉각적인 보상과 칭찬이 필요하며 이것이 Y 세대에게 동기부여가 된다. 또한 입사 직후 본인의 커리어 플랜을 무슨 공식화하듯 설계하면서 자신만은 이 플랜대로 실행할 수 있다는 근거 없는 낙관론을 가지고 있어 자신의 의지가 반영 되지 않을 때 자신을 몰라주는 회사가 야속하고 자신에게 기회를 주지 않는 팀장은 능력이 없는 팀장으로 치부해 버린다. 물론 모든 Y 세대가 그렇지는 않다.

오래전 팀원이 영업에서 인정을 받아 해가 갈수록 업무의 숙련도와 노하우가 올라가고 있을 때, 조심스레 마케팅 부서의 지원 의사를 나에게 밝혔다. 물론 나도 격려하였고 지원을 약속하였다. 그러나 다 때가 있는 법이니 본인의 잡에서 더 완벽히 일하라는 당부도 잊지 않았다. 지원한 첫해에 면접 결과가 좋지 않아 탈락하였고, 두 번째 해에는 갑작스러운 조직의 변경으로 지원 할 상황이 아니었다. 이 시기에 많이 실망 한 듯하였다. 6개월 후에 다시 지원했을 때 또 탈락하였고, 3번 정도 무산되니 팀원은 의기소침하고 실망하였고, 퇴사까지 생각하였다. 본인 뜻대로 되지 않으니 부정적 생각이 팀원을 엉뚱한 방향으로 끌고 간 것이다. 팀원을 위로하고 앞선 선배들이 잘못된 선택으로 좋지 않았던 사례들을 조언해주었다. 금방 잡을 듯 하다가도 달아나 버리고 멀어진 것 같아도 금방 오는 것이 기회인 것이다. 다음 해에 해당 부서에서 먼저 그 팀원을 찾아 면접을 보라고 추천하였고 본인의 의지대로 원하는 직무로 갈 수 있었다.

대부분의 회사들은 일이 이루어지는 속도가 매우 느리다. 그 반응 또한 빠르지 않다. 특히 외국계 회사들은 국내 회사보다 반응이 더 느릴 수 있다. 인사나 많은 부분에서 본사의 승인을 받아야 하고 사무기기라도 사려고 하면 매번 승인을 받아야 한다. 그 반면 Y 세대들은 만족을 지연 하면서 살아 본적이 거의 없다. 그렇다고 회사가 개개인의 사정을 봐줄 수는 없다. 우리가 회사의 속도에 맞춰야 하고 여유를 가지고 역량을 쌓으며 기다릴 줄 아는 지혜를 배워야 한다. 기다리다 보면 반드시 기회는 오기 마련이다.

나도 회사에서 기다림을 요구할 때 인내한 경험이 있다. 고향인 대구에서 경남으로 전근을 가게 되었고 이후 고향인 대구로 다시 전근을 신청하였으나 무산되었고, 부산지점을 거쳐 1년 후 다시 대구로 와서 근무하였다. 고향에서 2년 근무한 뒤 다시 서울 본사로 발령이 나서 서울로 이사하였다. 근무지 변경으로 인해 입사 이후 4번이나 이사하였다. 입사 전 인생을 통틀어 딱 1번 이사를 한 경험에 비하면 짧은 기간에 이사 전문가가 되었다. 서울에서 전세 문제로 이사한 것을 합치면 총 5번 이사했다. 우리 딸은 대구에 있는 유치원을 다니다 경남에서 유치원을 졸업하고, 부산에서 초등학교를 입학하여 대구 초등학교를 거쳐 서울에 있는 초등학교를 졸업하였다. 지금 중2라서 많이 까칠한데 너무 이사를 많이 다녀서 그런가 하는 생각도 든다. 아이들에게 이사할 때 마다 새로운 환경에 적응하게 해서 미안한 마음이 많다. 물론 너무나도 잘 적응하여 감사하며 지낸다. 내 친구는 자주 타 지역으로 전근 가는 것은 회사에서 나가라고 말하는 것과 같다며 나보고 눈치 없다고 농담을 하곤 한다. 눈치 없이 아직도 근무 중이다. 서울에서도 여러 지역의 많은 보직의 팀을 맡았다 팀원이 9명, 8명, 7명, 6명, 5명, 1명이 육아휴직을 가서 팀원이 4명인 적도 있었다. 다양한 팀원 수를 경험하니 6~7명이 팀원으로 적당하다고 생각한다. 현재는 7명이다.

누구나 다 자기가 바라는 보직과 지역에서 회사를 다니고 싶지 않겠는가? 하지만 직장인 누구도 자기가 원하는 대로 근무하는 사람은 없다. 오너라 하더라도 쉽지 않을 것이다. 회사의 속도와 사정에 맞게 기다리며 기회를 잡기 위해 노력해야 한다. 지방출신이라 뜻하지 않게 이사도 많이 다녔다. 동료 팀장님 중에는 어제 서울로 이사하고 오늘 지방으로 발령난 팀장도 있다. 대부분 회사들이 인사를 하다 보면 서울출신이 지방으로 지방출신이 서울로 근무하는 케이스가 있다. 연고지와 상관없이 대부분 만족하고 열심히 근무하고 있다. 그런데 미혼인 Y 세대들은 타지방 근무를 많이 힘들어 하는 경우가 있다. 특히 서울 출신이 지방근무를 할 때 많이 힘들어 한다. 이들의 직장에서의 첫째 목적은 다시 서울로 발령 받는 것이다. 직무도 따지지 않는다. 일단 서울로 올라와서 다음에 원하는 직무로 갈 생각이다. 물론 순환보직이 잘 되는 회사도 있지만, 회사에 갑자기 구조조정이나 예상치 않은 이슈가 있으면 그것도 뜻대로 되지 않는 경우가 많다. 회사는 일이 이루어지는 속도가 개개인이 원하는 만큼 빠르지 않다.

Y세대 직원들 중 이번 인사발령 때 서울로 발령 나지 않으면 회사를 그만 두겠다고 팀장에게 얘기하는 경우를 간혹 보았다. 보직이 본인 생각대로 되지 않는다고 회사를 그만두는 것이 핑계일 수도 있고 그것만이 이유는 아닐 것이다. 아마 회사 일도 재미없고 성과도 나지 않아 지방에서 혼자 힘들고 외로울 것이다. 대부분 성과가 낮은 직원들이 못 먹는 감 찔러나 보자는 식으로 말하는 것일 수도 있다. 이유는 복합적이겠지만 사직서를 내세워 조직에 협상을 시도하는 세대들과 같이 일해야 하는 팀장들은 때론 씁쓸함을 느낀다.

그런 팀원은 원하는 지역에서 근무한다 할지라도 성과는 여전히 낮고 새로운 이슈로 늘 불평불만에 불만족할지 모른다. 그러나 맡은 자리에서 묵묵히 참고 열심히 일하고 조직을 위해 희생할 줄 도 아는 Y세대들도 많아 다행이다. 이러한 인재들이 차세대 리더로 성장한다.

09 잘되면 내 탓 안 되면 팀장 탓!

'나에게는 엄격하고 타인에게는 관대한' 팀장이 되고자 하지만, 의지만 있다고 쉬운 것이 아니다. 그래도 결단하고 노력하면 생각 없이 행동하는 것보다는 나으리라는 마음에 매일 실천하려 한다. 후 배들도 같은 생각과 행동을 가지고 좀 더 성숙하였으면 한다. 생각 보다 실천이 쉽지 않지만 생각만이라도 가졌으면 하는 바람이다. 일 상을 보면 생각 없이 '본인에게는 관대하고 남의 평가에 있어서는 냉 소적인 조롱과 비판'만을 하는 것을 보곤 한다.

오래전 우리 사업부는 최고의 한 해를 보내고 있었다. 본부 평균 세일즈가 120% 이상이었고 작년 대비 200%가 성장하는 해였다. 대부분의 직원이 성과 인센티브를 한도까지 받고 있었으며, 타 사업부에 비해 월등한 차이가 있어 회사 인센티브 제도를 바꿔야 한다는 목소리도 일부 나오고 있었다. 본부 분위기는 최고조였고 분기 마감이 분기 첫 달에 거의 끝이 날 정도로 좋은 시기였다. 그 해에도 1년에 1번 직원들이 지원 부서를 평가 하는 시기가 왔다. 성과가 좋아서 타 부서 평가 결과도 당연히 좋으리라 생각했는데 막상 서베이 결과가 나왔을 때 팀장들은 크게 놀랐다. 회사 내 다른 부서와 비교해 지원 부서 평가에 꼴찌 점수를 준 것이었다. 본부장님과 팀장들은 당장 모여 대책회의를 하였고 달성률이 최고인 부서가 지원부서 평가를 꼴찌 점수를 준 것에 대한 이유를 분석 하였다. 당시 우리 부서는 새로 조직된 부서라 신입직원들이 많이 있었고 80% 이상이 Y 세대로 구성되어 있었다. 당시 우리 팀원만 해도 모두 경력 3년 이하의 사원이었다. 제일 말과 불만이 많은 팀 중의 하나였다. 회의도 하기 전에 본부장님은 분개하고 있었다. 결과적으로 본인들만 아주 잘했고 지원부서는 도와 준 것이 아무것도 없다는 상황이었다. 지원부서 팀장을 보고 있자니 너무나도 민망하여 대책회의를 늦게까지 한 기억이 난다. 당연히 지원부서는 평가 결과를 겸허히 받아들이고 잘못된 점을 분석하여 개선사항을 정리하고 당장 실천 할 수 있는 작은 것부터 실천하라는 지시를 받았다. 팀장들도 같이 지원하고 도울 수 있는 사항들을 정리하여 내일부터 실천하기로 하였다.

정말 지원부서가 꼴찌 평가를 받을 만큼 못 했을까? 아니면 타 부서의 지원부서는 정말로 우리의 지원부서보다 월등히 잘했을까?를 생각하면 Y 세대들로 많이 구성된 부서이다 보니 평가에 대한 솔직함과 남을 평가하는 것에 대한 인색한 면이 영향을 끼쳤으리라 생각한다. 당시 나 보다 훨씬 선배인 팀장님은 직원들 정신교육부터 다시 시작하자고 해병대 캠프를 제안하기도 했었고, 실제로 해병대 캠프를 가진 않았지만 본사 직원들만 모여 1박2일 워크숍을 통해 팀원들에게 진솔한 대화와 제안을 요구한 적이 있다. Y 세대들이 정확하고 솔직하게 타인을 평가하는 성향도 있지만 본인 평가에는 관대한 편이다. 정작 본인은 좋은 평가를 팀장에게 요구하는 면은 이중적인 잣대이기도 하다.

일부 Y 세대들은 자기인식 능력이 떨어지다 보니 성과 부진의 이유를 내적인 원인에서 찾는 능력이 부족하다. 항상 외부에서만 원인을 찾고자 하여 몇 해 전 퇴사한 직원은 성과 부진의 원인으로 팀장의 효과적인 코칭이 없었다는 이유를 들었다. 퇴사의 이유가 그것이라고 하니 해당 팀장님이 정말 실망하고 좌절하는 것을 옆에서 본 적이 있다. 물론 이슈가 많은 팀원이라 문제 되지 않았지만, 본인의 성과부진의 원인을 어떻게 외부적인 요인만 찾는지 이해가 되지 않는다. 팀원들과 1:1 면담을 하면 성과부진의 원인으로 외부적인 원인을 항상 먼저 이야기 하곤 한다. 외부적인 원인들은 안타깝게도 본인이 해결하지 못하는 일들이 대부분이다. 경기하락, 인구수 감소, 회사의 전략 부재, 유관 부서의 효과적인 지원 부재 등 주로 외부에서만 원인을 찾고 핑계를 댄다.

최근 전경련에서 관리자, 직원 간 저성과자 제도에 대한 인식 조사에서 기업 내 저성과자 원인은 상사는 역량 탓, 직원은 조직 탓이라는 조사결과가 발표 되었다.

조직 내 저성과자가 발생하는 원인에 대해 관리자와 직원의 인식이 엇갈렸다. 관리자는 해당 직원의 역량 부족 탓이라고 생각하는 반면, 직원은 조직관리에 문제가 있다고 보는 것으로 나타났다. 전경련국제경영원은 전경련 IMI HR 포럼에서 교육컨설팅 기업인 아인스파트너가 직장인 607명(관리자 161명, 직원 446명) 대상으로 실시한 관리자–직원간 기업 내 저성과자 제도에 대한 인식 차 설문조사를 공개했다.

조사 결과에 따르면 저성과자가 발생하는 이유로 관리자는 역량, 자질 부족과 같은 본인 문제(38.5%), 직무의 미스 매칭과 같은 조직의 문제(34.8%), 직속상사의 매니지먼트 능력문제(15.5%) 회사나 경영진의 관리 소홀 문제(11.2%) 순으로 지목했다. 직원의 경우 관리자와 달리 직무의 미스매칭과 같은 조직의 문제(32.5%) 역량, 자질 부족과 같은 본인의 문제(29.4%) 직속상사의 매니지먼트 능력의 문제(19.1%) 회사나 경영진의 관리소홀 문제(18.1%) 순으로 지목했다. 이렇듯 세대를 떠나서 저성과자의 원인으로 관리자와 직원의 입장은 차이가 있다.

요즘 Y 세대의 이혼율이 늘어나는 것도 모든 것을 남의 탓으로 돌리는 성향이 원인이다. 비단 우리만의 이야기는 아니다. 중국은 '바링허우'(Y세대,1980년 이후 태어난 30대 중반 세대)가 이혼율 상승의 주력으로 나타났다고 밝혔다. 바링허우의 경우 자기중심적인 성향이 강해 이러한 결과가 나타났다고 풀이했다. 1983년생인 가오보는 "바링허우들은 모두 외동자녀로 태어나 자기중심적인 성격에 자기 의견을 가장 중요하게 여긴다." 면서 "나 또한 아내와 끝없이 말다툼하다가 결혼 반 년 만에 이혼을 선택했다"고 말했다. 우리나라도 연령별 이혼사유를 살펴보면 20~30대의 이혼사유에는 배우자의 외도와 성격차이가 주를 차지하는 반면, 40~50대는 경제문제나 가정의 충실도 때문에 이혼이 많은 것으로 드러났다. Y 세대들의 이혼은 성격차이가 대부분인데, 이유는 남을 배려하지 못하고 모든 것을 남의 탓으로 돌리는 성향 때문이다. 한마디로 내 눈의 들보는 보이지 않고 남의 탓만 하는 것이다.

　우리 회사 팀장님들은 매년 팀원들로부터 360도 피드백 평가를 받는다. 많은 회사들이 팀장포함 팀원 전원 360도 피드백을 시행하고 있다. 이것이 인사고과나 직무평가에 포함되지 않는다 하더라도 팀장님들의 리더십과 코칭 역량 등 팀장으로서 갖추어야 할 여러 가지 부분에 평가를 받기 때문에 신경이 좀 쓰이는 것은 사실이다. 사실 평가 목표는 부족한 부분을 진단해 그 부분의 역량 발전을 목표로 한다. 부족한 부분을 보완하고 강점을 강화시켜 팀장의 역할을 잘 수행하기 위함이다. 그래서 평가를 겸허하게 받아들이고 노력함이 마땅하다. 나는 이 평가에서 부서 팀장님들 중에 2년 동안 하위권 성적을 받은 적이 있다. 그런데 팀 성과는 그 해에 항상 상위권이었다. 앞서 말한 우리 부서의 평가와 비슷한 상황이었다. 2년을 돌이켜 보면 팀 구성원들이 모두 Y 세대였다. 팀원들이 Y 세대라고 이런 평가가 나오지 않겠지만 하여튼 팀 성과에 비해 팀장 역량 점수가 낮아 매우 혼란스러웠던 적이 있다. 본부장님도 서베이 결과에 대해 이야기 할 때 약간 혼란스러워 하셨지만, 팀원들의 솔직하고 냉철한 평가 덕분에 코칭 역량과 리더십 역량을 키우기 위해서 노력하였고, 매 해 실천 사항을 체크 한다. 솔직한 평가를 해준 팀원 분들에게 진정한 감사의 말을 전한다.

제3장

미워도
다시 한번...

01 팀장의 자격

몇 년 전 '남자의 자격'이란 드라마가 인기리에 방영되었다. 남자의 자격은 무엇보다 여자를 책임질 수 있는 능력과 한 여자만을 사랑하고 배려할 줄 아는 마음이라고 생각한다. 평소에 남자의 자격에 대해 깊이 있는 고민을 못 했기에 나의 생각이 정답은 아니다. 그냥 가볍게 넘어가 주기 바란다.

'팀장의 자격은 무엇일까?'

우리 회사의 팀장 선발 자격조건을 살펴보겠다. 지난 여러 해 동안 과장급 이상의 직원들이 지원하여 해당 사업부의 부서장과 임원들이 면접을 통해 팀장을 선발한다. 면접에서 팀장 선발의 주요 평가 요건으로는 해당 업무의 전문성과 최근 3년간 인사평가, 지금까지의 평판, 그리고 심층 면접을 통해 심사숙고 끝에 선발이 된다. 어떤 회사든 이것만이 팀장의 자격요건은 아닐 것이다. 이 외에 많은 자격이 필요하겠지만, 어쨌든 공식화되고 객관적으로 자리에 알맞은 팀장을 선발하기란 쉽지 않다. 나도 면접을 통해 팀장에 선발되었고 지금 생각하면 운이 정말 좋은 케이스였다. 일부 기업들은 팀장 자격제를 도입해 팀장에게 폭넓은 교육 기회를 주고 이 교육을 수료한 간부들에게만 팀장의 자격을 주는 회사도 있다. 대표적으로 롯데그룹은 과거 보수적이라는 이미지를 벗고 공격적인 경영을 바탕으로 글로벌 사업 진출을 늘리고 있다. 이에 맞춰 내부 문화와 시스템도 대폭 개선하고 있다. 그 중심에는 팀장이 있다. 다음은 신문 기사의 일부이다.

롯데에서 팀은 기업 성과를 창출하는 가장 기본적인 조직이다. 롯데는 한 명의 탁월한 천재보다 강렬한 책임감과 변화를 꿰뚫어보는 통찰력, 부하직원을 몰입하게 만드는 리더십 있는 팀장이 위기 탈출의 기본적인 힘이라고 믿고 있다. 롯데 팀장에게는 현장에서 부하직원을 이끌어 여러 어려움을 극복하고 단기적인 성과를 만들어내야 하는 것은 물론이고, 회사의 장기적인 성장을 위해 부하직원들을 인재로 육성해야 하는 막중한 임무가 주어진다. 따라서 롯데에서는 회사를 오래 다녀 경험이 많다는 이유만으로 팀장 보직을 부여하진 않는다. 우선 팀장 보직을 받을 수 있는 직급에 있는 간부사원들은 혹독한 팀장 자격과정을 이수하고 자격을 취득해야 한다. 이 자격을 보유한 간부사원에 한해 팀장 보직을 부여한다. 롯데는 이 팀장 자격제도를 통해서 팀장의 자질과 역량을 육성하고 검증하는 데 주력한다. 팀장 자격을 취득하기 위해서는 10주간(매주 토요일 8시간) 교육과정을 이수해야 한다. 매주 반복되는 평가와 최종 종합평가를 거쳐야 한다. 하위 20% 성적을 받으면 무조건 탈락하고 재교육을 받아야 한다. 자격을 취득하지 못한 간부는 역량과 관계없이 팀장으로 보임될 수 없다. 팀장 자격과정은 팀장 역할 수행에 핵심적인 역할과 책임, 인사, 조직관리, 네트워킹, 변화 주도, 코칭 등의 내용으로 구성돼 있다. 2011년 이 제도가 도입된 후 롯데에서 팀장 자격과정을 이수하고 팀장 자격을 취득한 간부사원은 2300명이 넘는다. 롯데는 이 과정을 운영하면서 축적된 지식을 묶어 팀장 매뉴얼이라는 책을 시중에 발간해 다른 기업들과도 노하우를 공유하고 있다.

위의 신문기사를 보며 '팀장이 아니라도 회사를 오래 다닐 수만 있다면, 팀장이 안 되는 편이 오히려 낫지 않을까?' 하는 생각을 종종 한다. 이렇듯 많은 회사들이 팀장들에게 많은 희생과 자격 및 능력 개발을 요구하고 있다. 그만큼 팀장의 역할이 회사에서 가장 중요하다. 그래서 아무나 팀장이 될 수 없다. 내가 팀장이 되기 전에 가장 많이 들었던 조언은 나에게 희생정신이 없다는 것이다. 희생정신이 없으면 절대 팀장이 될 수 없다고 본부장님께서 회식자리에서 자주 이야기를 하셨다. '너는 너 일만 아주 잘한다.'고 하셨다. 차석으로서 팀장을 보필하고 후배들을 리드하고 도와주며, 희생하는 리더십을 키우라고 말씀하셨다. 그 말은 나 말고도 주위를 돌아보라는 말이었다. 아직 어려 내가 더 중요한 시기였다. 팀장이 되기 전 막연히 든 생각은 팀장이 되려면 희생정신이 필요하다는 것이다. 그 후에 나는 팀장이 되었고, 말로 백 번 듣는 것보다 한 번의 경험이 낫듯이, 팀장은 정말 희생이 필요한 자리라는 것을 피부로 느낀다. 이 글을 읽는 모든 팀장들은 대부분 공감 할 것이다.

중간 관리자로서 회사에서는 무한한 희생과 헌신을 요구한다. 회사는 항상 우리에게 희생을 기대한다. 희생이란 우리의 자율성을 포기함으로써 생기는 것이다. 우리가 자유롭게 쓸 수 있는 시간과 공간을 포기할 때 우리의 생각과 의지를 양보할 때 비로소 희생하는 것이다. 조직의 중간관리자로 회사를 위해 많은 자율성을 포기하면서 살아간다. 비단 팀장들뿐만 아니라 모든 회사원이 마찬가지지만 팀장들은 그 정점에 있다. 우리나라 대기업들의 팀장들은 많은 희생을 강요당하며 직장을 다니고 있다.

팀장으로서, 리더로서, 매니저로서 산다는 것은 말처럼 쉬운 일이 아니다. 내가 나의 마음도 모르는데, 남의 마음을 어떻게 내 마음에 들도록 컨트롤할 수 있겠는가? 처음부터 불가능한 일이다. 내일 아침 일찍 새벽 운동을 결심하고 잠자리에 들어도 다음날 일어나지 못하는 것이 다반사다. 내가 나조차 마음대로 컨트롤하지 못한다. 팀장이 데드라인을 명확히 주며 지시한 업무에 대해 모든 팀원이 100% 따르는가? 그렇지 않다는 것을 팀장들은 경험으로 안다. 이처럼 내가 직접 일하지 않고 남을 시켜 성과를 낸다는 것은 말처럼 쉬운 일은 아니다. 다들 내 맘 같지 않다. 세상의 모든 리더들이 같은 생각을 한다.

직장생활을 하다 퇴직한 50대 중소기업 경영자는 직장생활을 하면서 임원도 하고 많은 부하직원들과 일한 경험이 있어 직원관리에 자신이 있었다. 그런데 웬걸, 툭하면 지각하고 툭하면 그만두고 하는 직원들 때문에 골치가 아프다. 뭐 하나 시키려면 이리저리 핑계를 대고 하기 싫어하는 티가 역력하다. 이러한 직원들을 보고 있으면 젊은 사람들이 이렇게 일 욕심이 없어 어쩌나 싶다. 이런 사람들과 사업을 하려니 정말 막막하고 자신이 점점 없어지기도 한다. 내 맘 같지 않은 직원들과 일하려면 어떻게 해야 할지 항상 고민이다. 이렇듯 세상의 모든 리더들은 직원들 때문에 항상 고민이다. 하물며 예수님도 12제자 중 1명의 제자는 실패하지 않았는가? 그러나 대부분의 신입 팀장님들은 의욕에 앞서 모든 팀원들에게 내가 가진 모든 역량을 전수하여, 모든 팀원이 슈퍼 울트라가 되기를 바라고 남을 내 마음대로 조정할 수 있을 거라는 착각을 한다. 빨리 깨닫는 팀장이 리더로서의 적응도 빠르다.

팀장으로서 가장 중요한 자격요건은 무엇인가? 리더십 대가들의 좋은 의견들이 너무나도 많지만, 내가 생각하는 중요한 자격은 훌륭한 인성이다. 회사가 가장 좋아하는 인재 조건이 인성이듯이, 팀장의 가장 중요한 자격요건 또한 인성이다. 인성의 정의란 자신만의 생활 스타일로서 다른 사람들과 구분되는 지속적이고 일관된 독특한 심리 및 행동 양식이다. 인성은 내적 동기나 욕구와 이들의 표현을 조절하거나 제한하는 내외적 통제 간의 화해를 나타내는데, 이는 개인과 그의 환경 간에 안정적이고 호혜적인 관계를 유지하기 위해 기능하기 때문이다. 달리 표현하면, 인성은 일상생활을 유지하기 위한 개인의 방법을 특색 지우는 일련의 습관이라 할 수 있다. 몇 가지 요점을 살펴보면, 먼저 인성 개념은 심리학자들이 행동을 관찰하고 측정하기 위한 방법에 동의하기 위해 허용한 용어이며, 이는 모든 인간에게 공통적인 기능 속성뿐만 아니라 개인에게 독특한 속성을 나타낸다. 인성은 더욱 안정적이고 변화하지 않는 측면의 개인 기능(구조)과 더욱 유동적이고 변화하는 측면(과정)을 둘 다 포함한다. 인성은 개인의 인지와 정서, 그리고 외형적 행동과정 사이의 복잡한 관계에 관여한다.

다시 말해 인성이란 지속적이고 일관된 일상생활을 유지하기 위한 개인의 방법을 특색 지우는 일련의 습관을 말한다. 습관은 쉽게 바뀌지 않는다. 인성은 직장상사가 바꿔 줄 수 없다. 부모님도 바꾸지 못한 것을 어떻게 회사가 바꿀 수 있겠는가? 그래서 더욱 중요한 것이다. 인성은 바꾸는 것이 아니라 갈고 닦는 것이다. 인성도 훈련해야 한다. 지속적이고 반복적이고 계속해서 연습해야 하는 것이다. 팀원들의 감성을 터치하기 위해서는 남의 입장을 이해하고 배려하고 세심한 관찰과 관심이 필요하다. 이러한 인성과 포용력을 갖추어야 한다. 활발한 상하 커뮤니케이션과, 잠재력을 발휘시키고 조직을 위해 열심히 노력하도록 만드는 동기부여, 각 직원들의 개성을 존중하고, 개인적인 요구에 반응하는 과정이 민주적이고 원활해야 된다.

팀원이 일을 제대로 못하면 화부터 나는가?

팀원의 업무 마인드가 맘에 들지 않는가?

팀원이 일한 것에 신뢰가 가지 않는가?

팀원이 어떤 말을 해도 믿지 못하겠는가?

팀원이 미워 죽겠는가?

이 모든 것을 포용할 수 있는 여유와 배려를 가져야 한다.

02 충고와 답은
코칭이 아니다.

　요즘은 리더십에 관한 책이 많고 각 기업에서 팀장들을 대상으로
리더십 교육을 많이 한다.　그래서 티칭과 코칭의 차이를 모르는 팀
장들은 거의 없을 것이다. 다만 이를 실천하고자 하는 것이 쉽지 않
다. 저명한 대부분의 리더들은 인터뷰를 통해 티칭과 코칭의 차이를
잘 설명하고 있다.

　SK 김용희 감독은 선수시절 '미스터 올스타'라는 별명을 얻은,
대형 3루수 스타플레이어 출신이다. 그는 선수 때도 그랬지만 지
도자로서도 '그라운드의 신사'로 불린다. 항상 온화한 미소를 띠
는 감독이다. 김 감독은 야구 코치, 즉 야구 지도자의 역할에 대해

'코칭론'을 제시한다. 김 감독은 "(야구 지도자는) 선수들에게 '티칭'(teaching)을 하는 것이 아니고 '코칭'(coaching)을 해야 한다"라고 말한다. 선수에게 노하우만을 가르치는 지식 전달자나 평가 · 훈육의 역할이 아니라 선수들의 잠재력을 일깨우고 스스로 야구에 눈을 뜨도록 이끌어주는 역할을 강조한다. 그것이 티칭이 아니라 코칭이다.

국내의 고현숙 국민대 교수는 '티칭 하지 말고 코칭 하라'라는 저서를 통해 '코칭은 가르치려 하거나 훈계하는 대신에 상대방의 잠재력을 믿고 상대방 스스로 해법을 발견하고 실행해 나갈 수 있도록 지원하는 방법'이라고 정의한다. 코칭은 스스로 목표를 설정하고 달성하도록 도우며, 그 과정에서 경청과 질문이 중심이 되는 대화를 주요 도구로 사용 한다. 코칭은 티칭뿐 아니라 컨설팅, 상담, 멘토링과도 다른 개념이다. 컨설팅은 컨설턴트가 문제를 조사하고 해결책을 제시하는 경우가 많지만, 코칭은 스스로 문제를 탐색하고 해결책을 찾게 한다. 상담은 상대의 정서적 고통을 해결하는 경우가 많지만, 코칭은 정서적 문제뿐 아니라 성과 · 계획 등 일상생활의 다양한 주제를 다루고 고통 해결보다 목표를 달성하려는 목적성을 갖고 있다. 또 멘토링은 멘토가 해당 분야의 전문가이며, 선배인 경우가 많아 멘티에게 정보나 조언 등을 많이 전달하지만, 코칭은 코치가 꼭 해당 분야 전문가일 필요는 없고, 스스로 해결책을 찾도록 적절한 경청과 질문을 사용한다. 코칭은 이런 개념 틀을 갖고 있다. 코치는 팀원을 가르치는 것을 떠나 자식을 키우듯 자아의 발견을 도와주는 역할을 한다. 좋은 코치는 지식을 잘 전달하는 것이 아니라 개개인 내면의 정신 작용에 초점을 맞춰 잠재력을 최대한 끌어내도록 도와주는 사람이다. (스포츠서울 2015.5.12. 기사) 그러나 실제 회사에서의 팀장들은 코칭보다는 컨설팅, 멘토링 역할에 더 가깝다. 실제로 주어진 업무에 대한 결정과 솔루션을 때때로 빨리 급하게 주어야 하는 상황들이 많기 때문이다. 현실적 팀장의 코칭은 좀 더 장기적인 관점에서 팀원 스스로가 문제를 탐색하고 해결책을 찾을 수 있도록 도와주고 성과, 계획 등의 목표를 세우게 하는 경우가 많다. 이나마도 하면 아주 훌륭한 팀장이다.

코칭의 목적은 무엇인가? 팀원이 업무를 훌륭히 달성하였을 때 코칭이 끝났다고 생각해야 하는가? 배움의 길은 끝이 없고 코치나 코칭 받는 사람도 계속적으로 서로 배워야 한다고 생각하지만 그래도, 1차 목적을 설정해보자. 그것은 1명의 팀원을 그 회사의 리더로 성장시키는 것이다.

회사에서 많이 듣는 말이 있다. '쟤 내가 팀장으로 키웠잖아' '내가 팀장 만들어 줬어..' 직원이 조직 생활을 할 때 10년 동안 평균 몇 명의 팀장을 만날까? 신입사원 1명이 리더로 성장하기까지는 여러 명의 팀장으로부터 코칭을 받는다. 나도 지금까지 5명의 팀장을 만나 팀장이 되었고, 6명의 부서장을 모셔왔다. 신입사원이 입사해서 리더가 되기까지 평균 5명의 팀장으로부터 코칭을 받는다. 어떤 팀장은 씨를 뿌리고, 또 어떤 팀장은 거름을 주고, 비바람을 막아주고, 영양제를 주사하면서 신입사원은 리더가 되는 열매를 맺기도 하고 떨어져 나가기도 한다. 그러면 마지막에 열매 맺은 팀장이 리더로 성장시켰는가? 대답은 '아니다.' 그 친구를 거쳐 간 많은 팀장들의 공동 작품이다. 사람이 갑자기 몇 년 안에 팀장으로서의 역량을 성장시킬 수 없다. 코칭은 백년지대계 이다. 코칭의 1차 목적은 리더로 성장시키는 것이며, 우리가 직원을 코칭할 때 씨를 뿌릴 것인지 열매를 맺을 것인지 잘 판단하여 직원에게 적절하고 눈높이에 맞는 코칭을 하여야 한다.

실제 회사 같은 경우 팀장들이 해당분야의 전문성이 없어도 팀원들을 잘 코칭할 수 있을까? 많은 사람들이 쉽지 않다고 생각한다. 최근 메이져리그 감독 선임의 사례는 많은 점을 시사하고 있다.

지금, 메이저리그에서는 묘한 현상이 벌어지고 있다. 그 어느 자리보다 경험과 전략이 중요해 보이는 감독에 '초보'가, 그것도 메이저리그, 마이너리그를 통틀어 코치 경험조차 없는 이들이 감독으로 속속 선임되고 있는 중이다. 메이저리그 구단들은 단지 분위기를 바꾸기 위해 '모험'을 하는 것인가? 시험을 하는 것인가? 그것은 메이저리그 감독의 역할이 달라지고 있기 때문이다. 환경 변화에 따라 기업 조직의 역할이 달라지듯이, 그 조직을 이끄는 리더의 역할이 달라지듯이 메이저리그 감독의 역할도 바뀌고 있기 때문이다. 메이저리그 밀워키 브루어스는 2015시즌 큰 기대를 안고 출발했지만 시즌 초반 7승18패로 흔들렸다. 론 로에니키 감독이 경질되고, 새 감독으로 크레이그 카운셀이 임명된다. 카운셀은 2006년까지 애리조나에서 뛰었고 2011년까지 밀워키에서 뛰었다. 은퇴한 뒤 곧장 밀워키의 단장 보좌로 일을 하다가 처음 감독이 됐다. 초보 감독을 선임하는 것이야 흔한 일이다만, 마이너리그 코치, 감독 경험도 없고, 메이저리그에서 코치 생활을 한 적도 없다. 단장 보좌로서 일종의 '프론트' 경험만 있는 상태에서 곧장 감독이 된 것이다. 비단 카운셀의 경우에만 머물지 않는다.

시카고 화이트삭스는 2011시즌이 끝난 뒤 감독을 교체했다. 로빈 벤투라를 새 감독으로 선임했다. 벤투라 감독 역시 은퇴 뒤 오랜 시간이 있었지만 메이저리그, 마이너리그에서 코치, 감독 생활을 하지 않았다. 고향으로 돌아가 어린이들에게 야구를 가르친 것이 코치 경험의 전부였지만 화이트삭스는 벤투라 감독으로 선택했다. 이후 유행처럼 번져나가 디트로이트는 2013시즌이 끝난 뒤 포수 출신의 브래드 어스무스 감독을 영입한다. 어스무스 감독 역시 2010시즌을 끝으로 은퇴했고 이후 샌디에이고의 단장 보좌로 일했다. 감독, 코치 경험은 없다. 세인트루이스는 프랜차이즈 사상 최고의 명감독 중한 명이었던 토니 라루사 감독이 2011년 월드시리즈 우승과 함께 은퇴를 선언하자 부랴부랴 새 감독을 찾았다. 리그 최고의 명감독 뒤를 이을 감독으로 초보 감독이 선택됐다. 포수 출신 마이크 매시니 감독은 2007년 1월 은퇴를 선언한 뒤 고향으로 돌아가 유소년 야구팀 감독을 지내고 있었다. 역시 프로구단의 코치, 감독 경험이 없던 이의 '감독 직행' 길을 따랐다. 콜로라도를 이끌고 있는 월터 와이스 감독 역시 마찬가지다. 2000년 은퇴 후 콜로라도의 스페셜 인스트럭터 및 단장 보좌로 일하던 와이스는 2008년 가족과 더 많은 시간을 보내기 위해 구단을 떠났다. 고향에서 고교 감독을 맡는 중 2012년 11월, 콜로라도 로키스의 감독이 됐다.

이러한 변화는 야구 경기의 전략적 운영 능력보다는 '리더십'을 우선시한 것이다. 언제 어떤 투수를 집어넣을 것인가, 어떤 타자를 대타로 쓸 것인가, 지금 번트를 댈 것인가는 중요하지 않다. 선수들로

하여금 어떻게 열정을 끌어낼 것인가가 구단이 감독에게 요구하는 중요한 기능이자 역할이 된 것이다. 이러한 감독의 역할 변화에 대해 야구의 변화를 이유로 삼는다. 야구가 발전하고, 야구 기록과 관련된 각종 통계, 빅 데이터가 쌓이면서 감독의 경기 운영 방식이 어느 정도 정형화될 수밖에 없다는 것이다. 선수들의 열정을 이끌어내는 것, 선수들로 하여금 최선을 다할 수 있도록 만드는 것, 그것이 현재 메이저리그 감독의 역할이다. (세리프로, 야구멘터리, 메이저리그는 지금 어떤 감독을 뽑는가 참조)

기업도 마찬가지다. 경제 환경이 변하고 산업 환경이 바뀐다. 그 변화에 따라 세부조직을 이끄는 리더들의 역할도 바뀔 수밖에 없다. 전략적 결정은 수많은 데이터를 바탕으로 이루어진다. 기업가의 역할은 분명 중요한 최종 결정을 내리는 것이지만, 그에 못지않게 중요한 것은 조직원의 역량을 이끌어내는 것이다. 해당 업무의 경험 능력에 더해 해당 업종의 방향에 대한 확실한 철학을 지녔는지, 그 철학을 바탕으로 조직원의 열정을 이끌어낼 수 있는지를 더 고민해야 한다.

지금 자신의 팀원이 정보가 부족해서 일을 못한다고 생각하는가? 집에 있는 아이가 어떻게 하면 공부를 잘하는지 몰라서 공부를 못한다고 생각하는가? 지금 우리는 정보의 홍수 속에서 살고 있다. 팀원들은 정보가 부족해서 일을 못하는 것이 아니다. 알고 있지만 업무에 대한 자세와 마인드가 부족해서 못하는 것이다. 이러한 자발적이고 열정적인 잠재력을 끌어내는 것이 오늘날 팀장의 역할이다. 고로 우리는 티칭보다 코칭을 해야 한다. 그러나 이러한 사실에도 불구하고 실천을 하지 못하고 대다수 팀장들이 티칭할 시간도 부족해 문제 해결을 직접 하는 경향이 적지 않다. 이것은 기업의 조직문화에 많은 연관이 되어 있다. 너무 성급한 성과 기대와, 단기성과 위주의 평가가 팀장들을 직접 문제 해결을 하도록 부추기고 있다.

우리도 팀원들에게 티칭이 아닌 코칭을 해야 한다는 사실을 잘 알고 있다. 팀장이 직접 문제 해결을 하는 것이 직원 역량의 성장 발전에 전혀 도움이 되지 않고 직원들에게 업무를 배우는 기회를 뺏는다는 사실을 알고 있다. 그러나 과도한 스트레스와 성급한 조직문화가 우리 팀장들이 직접 문제 해결을 하게 만든다.

03 예측
가능하게..

　2001년 내가 신입이던 시절은 오늘 부서 회식을 하게 되면 1시간 전에 공지를 했었다. 1시간 전에 공지를 하여도 빠지는 인원은 거의 없었다. 어차피 매일 귀사를 하는 상황이었고 저녁에 개인적인 일상을 기대하지도 않았다. 매일 저녁 야근을 했으며 평균 퇴근 시간은 밤 10시 전후였다. 딱히 할 일이 있는 것도 아니었지만 당시 팀장님의 업무 원칙이라 따를 수밖에 없었다. 요즘과 같이 Work & Blance를 중요시하는 세대에게는 상상도 할 수 없는 일이다.

　10년 뒤 시간이 흘러 내가 팀장이 된 후에는 갑작스럽게 회식을 한 적도 거의 없지만 만일 일정에 없던 회식을 하고자 하면 당당히 본인의 일상적인 일정 때문에 참석이 힘들다고 말하는 팀원이 대부분이다. 갑작스러운 회식은 거의 불가능하다. 그만큼 조직의 문화가 많이 바뀐 것이다. 이런 조직문화를 나는 적극적으로 환대하고 찬성한다. 가능한 모든 일정을 사전에 공지하고 공유하고자 한다. 나의 주간 플랜과 회의일정 그리고 팀원과의 동행 일정도 매주 월요일에 팀원들과 공유하고 있다. 물론 회식 일정도 내가 정해 본 적이 거의 없다. 2~3주전에 팀원들을 통해 나의 일정이 공유되면, 팀원들이 일정을 정하고 나에게 공유한다. 그러면 보통 해당 날짜에 회식을 하게 된다.

매월, 매 분기의 업무 일정도 공유하고 팀원들이 월별로 분기별로 어떠한 일을 해야 하는지 예측 가능하게 하고, 스스로 업무 일정을 계획하여 해당 시기에 맡은 업무를 하게끔 플랜이 가능하게 한다. 갑작스러운 업무지시를 최대한 지양하고 모든 업무를 마감기한에 맞게 스스로 할 수 있는 업무환경을 만들어 주려고 노력한다. 팀원들의 피드백은 이러했다. 매주 일정을 공유하여 팀원들이 일정에 맞게 계획 할 수 있어 매우 효율적이며, 본인도 다음에 팀장이 되면 이렇게 하고 싶다고 이야기 하였다. 팀원들과 면담 시 건의가 가장 많은 내용도 사전 일정공유이다. 그만큼 갑작스런 업무지시를 요즘 팀원들은 힘들어 한다. 이러한 업무 일정관리로 인해 팀원이 듀데이트에 맞게 업무를 못 하였을 경우 팀원들 대부분은 핑곗거리가 없다. 그렇지만 항상 왜 업무를 일정에 맞게 하지 못하였는지 질문한다. 해당 업무에 대한 정보가 없어서인지 아니면 안 한 건지를 질문하고 일에 초점을 맞춰 피드백을 한다. 대부분 팀원은 본인의 실수를 인정하고 같은 실수를 하지 않기 위해 노력한다. 처음 나와 함께 일하는 팀원은 빡빡한 일정관리와 많은 내근으로 인해 힘들어 했다. 그러나 3개월 후 적응하면 갑작스러운 업무지시가 없기 때문에 오히려 더 편안해 한다. 팀원들의 개인적인 시간을 보장해주고 모든 업무를 예측가능하게 하여 스스로 마감기한에 맞게 계획해서 하기 때문에 오히려 더 편한 것이다.

요즘은 IT와 스마트폰의 공급으로 인해 일에 대한 시공간 개념이 없어지면서 업무에 대한 부작용이 속출하고 있다. 다음은 한 신문에 실린 기사이다.

카톡,카톡 12일 밤 10시 30분 김미영(30,여)씨의 스마트폰에서 메신저 알림 소리가 연이어 울렸다. 회사 상사로부터 온 업무 관련 메시지였다. 김 씨는 평소 다니던 영어 학원 수업을 마치고 집으로 돌아가던 중이었다. 그는 "몸도 마음도 피곤한데 늦은 시간 상사의 업무 지시를 받아 완전 짜증이 났다"라며 "늦은 밤이건 주말이건, 시도 때도 없이 카카오톡으로 지시해서 정말 스트레스다"라고 한탄했다. 결국 김씨는 귀가 후 집에서 업무를 보고 새벽이 되서야 잠을 청할 수 있었다. 직장인 K씨는 더는 카카오톡을 쓰지 않는다. 얼마 전 외국 출장을 갔을 때 임원까지 포함된 단체 채팅방을 만들었다가 밤낮으로 시달렸던 '악몽' 때문이다. 근무시간에 내리는 업무지시야 문제없지만, 업무가 끝났을 때에도 끊임없이 이것저것 주문이 들어왔다. 이게 쉬라는 건지 말라는 건지.... '카톡!', '카톡!'소리가 날 때마다 움찔했던게 트라우마가 됐다고 K 씨는 회상했다.

한 회사원은 이렇게 말한다. "스마트폰 때문에 퇴근 후 개인적인 시간이 사라졌습니다. 밥을 먹거나 아이들과 놀아주려 할 때도 끊임없이 회사에서 업무 경과를 지시하는 메시지가 오다 보니 매일 같이 야근을 하는 것처럼 느껴질 때가 많습니다. 아무리 무시하려고 해도 계속 스마트폰 화면을 쳐다보게 되고 이제는 24시간 스마트폰을 손에 쥐고 있어야 될 정도로 강박증까지 생겼습니다."이로 인해 메신저 피로증후군 혹은 메신저 강박증이라는 증상이 나타나고 있다. 네이버 지식백과에 올라와 있는 트렌드 지식사전에는 메신저 증후군에 대해 자세한 설명이 있다. 식사를 하거나 차를 마실 때는 물론이고 퇴근후나 휴일에도 스마트폰을 손에서 놓지 못하고, 메신저 내용을 수시로 확인한다면 메신저 증후군에 걸려 있을 확률이 크다.

직장인 10명 중 7명이 퇴근 후나 휴가중에도 메신저로 업무 지시를 받은 적이 있는 것으로 나타났다. 퇴근했지만 일에서 벗어나지 못하는 것이다. 온라인 취업포털 사람인(대표이정근)이 스마트폰의 메신저 사용 직장인 734명을 대상으로 '업무시간 외 모바일 메신저로 업무 연락받은 경험'조사 결과를 13일 발표했다. 조사 결과에 따르면 응답자의 68.5%가 업무시간 외 모바일 메신저로 업무 연락을 받은 경험이 있는 것으로 조사됐다. 메신저를 통한 업무 지시는 '퇴근 이후(78.5%, 복수응답)'에 가장 많이 받았다. 이어 '주말(56.1%)''연차 등 휴가기간(45.5%)''출근시간 전(32.4%)''점심시간(27.4%)'순으로 나타났다. 연락을 한 사람이 '직속상사(복수응답)'라고 답한 응답자는 70.2였다. 또 '소속 팀 동료(41%)''거래처(27%)''타부서 직원(26.2%)''CEO(17.3%)''소속팀 후배(12.1%)'등의 답변이 나왔다. 직장인의 절반 이상이 퇴근 이후 상사로부터 연락을 받은 이유는 업무 때문이었다. 연락 이유를 살펴보면 '업무 처리를 시키기 위해서(복수응답)'라는 응답이 51.9%로 1위를 차지했다. 이 외에도 '긴급한 상황이 발생해서(41.9%)''파일 위치 등 질문이 있어서(36.2%)''개인적 업무를 부탁하기 위해서(23.7%)''내가 처리한 업무에 이슈가 발생해서(23.3%)' 등이라고 답했다.

업무시간이 아님에도 오는 연락에 직장인들은 어떻게 대응할까.

응답자 중 절반 이상인 64.2%는 업무시간이 아닌 경우에 오는 메신저 알람에 대해 '무조건 받는다.'고 답변했다. '골라서 받는다.'는 29.6%, '거의 안 받는다'는 4.8%, '전혀 받지 않는다.'는 1.4% 등으로 나왔다. 이렇게 연락을 받은 직장인의 88.3%는 '연락을 받은 즉시 업무 처리를 완료한 경험이 있다'답했으며, 60.3%는 '해당 연락을 받아 회사로 복귀한 적이 있다'. 고 밝혔다. 퇴근해도 업무가 이어진 것이다. 이로 인해 직장인들은 스트레스를 호소한다. 최정수(가명, 27, 남)씨는 "회사 '단톡방(단체 카카오톡창)'이 있어 퇴근 후에도 수시로 들어가 공지를 확인한다."며 "퇴근을 한 건지, 안한 건지 헷갈린다. 귀찮아서 확인하지 않으면 공지를 듣지 못한 내 책임"이라고 불평했다. (파이낸셜뉴스 2016.5.23. 기사)

최근까지도 스마트폰에 익숙하지 못한 베이비부머 세대 직장상사들은 카톡 대신 휴일이든 아니든 수시로 휴대폰으로 전화해서 업무지시를 하거나 업무경과를 확인한다. 또한 휴일에 전화를 받지 않으면 불호령이 떨어졌다. 그래서 동료 팀장님은 휴대폰 강박증이 생기기도 했다. 나 또한 휴대폰을 수시로 확인은 하지 않지만 항상 몸 가까이 두고 있는 습관이 있다. 그래서 수신음이나 여러 확인음에 민첩하게 대응한다. 나도 메신저 증후군 초기인 것 같다.

직장인들이 이렇게 휴대폰이나 카톡에 스트레스 받는 이유는 조직의 시간배려 문화가 부족해서이다. 물론 예상치 못한 급한 일로 연락을 하거나 불가피한 상황에서의 업무지시를 피할 수는 없지만 어디까지나 예외 상황임을 인식하고, SNS나 메신저를 사용할 때 아무리 부하직원일지라도 예절을 지켜 접근해야 한다. 대부분의 리더들이 급한 마음에 실수를 하기도 하는데 한두 번쯤이야 이해한다 할지라도 여러 번 되풀이되면 팀원들의 원성을 사는 것은 시간문제다. 최근 우리 회사도 여러 번 팀장들에게 카톡으로 주말이나 휴일에 업무지시를 하지 말라는, 또한 휴가 중인 팀원을 저녁에 다른 일로 불러내지 말라는 당부가 있었다. 위의 기사가 남은 회사 일만은 아닌 것이다. 여전히 우리 주위에서 일어나고 있는 일이다. 나는 개인적으로 팀 카톡방을 쓰지 않는다. 그것이 편하다.

급한 업무지시 자체를 만들지 않으려고 노력하고 항상 사전에 예측가능한 일상적인 업무지시만 하려고 노력한다. 그렇다고 우리부서에 팀장들 카톡 방이 없는 것은 아니다. 카톡방을 통해 나 또한 업무지시를 받는다. 적어도 카톡방은 협업이 용이하고, 의사소통 과정에서 발생할 수 있는 오류를 줄여 시간낭비를 최소화 할 수 있을 때 운영하는 의미가 있다.

팀장들에게 부탁한다. 카톡방을 없애 버리는 것은 어떤지? 최소한 계속 필요하다면 카톡 방에서 중요한 업무지시 외에 다른 잡담들은 자제함이 어떤지? 거기에 답글 다는 팀원들의 스트레스를 생각 해 본적이 있는가? 제발 생각해보기 바란다.

04 칭찬은 팀원을
춤추게 한다

팀장 서베이를 하거나 팀원들에게 피드백을 받을 때면 나는 항상 칭찬에 인색하다는 평가를 받는다. 팀원들이 나에게 가지는 가장 큰 불만이 칭찬을 하지 않는다는 것이다. Y 세대들은 즉각적인 칭찬과 보상을 원한다. Y 세대는 만족을 지연 하는 방법을 배우지 못하며 자란 세대이기 때문에 칭찬과 인정을 더욱 더 갈망한다. 그 즉시 보상을 해 주어야 한다. 이러한 사실을 알고도 칭찬에 내가 인색한 이유는 전적으로 나의 잘못이다. 내가 칭찬에 인색한 이유는 그만큼 팀원들에게 높은 기대수준을 가지고 있기 때문이다. 그들이 하는 대부분의 업무는 당연히 해야 되는 업무로 느껴지고 그 정도 역량은 기본적으로 가지고 있어야 된다고 생각한다. 그러나 나의 팀원들은 나와 다르게 생각하기에 항상 칭찬을 갈망한다. 본인들 입장에서는 정말 힘들게 이룬 업무성과일 수도 있기에 리더에게 인정받기 원하는 것이다. 사람마다 능력 정도의 차이가 있음에도 불구하고 나는 나의 기대만 강조하고 인정 있는 칭찬을 자주 하지 못해 팀원들에게 원망을 듣는다.

내가 모셨던 대부분의 베이비부머 세대 상사들도 칭찬에 인색하기는 마찬가지이다. 베이비부머 세대 수하에 팀장으로 일하면서 칭찬은 기대 하지도 않았고 '쪼이지만 않으면 다행이다' 생각하고 '오늘도 무사히'를 속으로 되뇌며 매일 출근 하였다. 회식자리에서는 업무 얘기가 길게 이어져 재수없게 밤새 쪼이지 않으면 정말 다행이었다. 뭘 해도 끝에 가서는 욕만 먹었다. 특히 우리나라 사람들은 표현이 서툴러서 정확하게 표현하면 칭찬에 인색하다기 보다 칭찬에 서툴다. 특히 중년의 남자 리더들은 더욱 그러하다. 나의 동료 팀장님 중에도 칭찬에 정말 인색한 분이 계셨는데, 그 분의 최고 칭찬은 "그래 고생했다"라는 말 한마디였다. 이 말 조차도 거의 하지 않는 분이었다. 그래서 그 팀장에게 "고생했다." 라는 말을 들었다고 해서 팀원들이 만족하진 않았지만 팀장님이 업무 성과를 인정한다는 것으로 이해했다. '정말 잘했다' '너 밖에 없다'고 환한 얼굴로 칭찬해줘도 좋을 것인데 왜 그런 표현에 서툰지 모르겠다.

신입사원이 입사와 동시에 나의 팀원으로 발령이 난 적이 몇 번 있다. 신입사원이 오면 정말 재미있고 유쾌하다. 팀 내에서도 활력이 돌고 분위기도 좋아진다. 신입사원의 업무 실수가 그렇게 밉지 않다. 여자 팀원이 신입으로 입사했는데 이 직원은 출장만 가면 팀장인 나에게 수시로 하루에 12번도 넘게 전화했다. 거래처 방문 전에 전화하고 방문 후에 전화하고 거래처를 방문 할 때마다 전화를 하는 것이다. 그뿐만 아니라 수시로 전화해서 나의 위치를 확인하고 어떤 업무를 하는지 물어 보곤 하였다. 참 성가시긴 했지만 호기심에 언제까지 하려나 지켜보기로 했다. 전화의 내용을 유심히 들어보면 자기가 지금 현재 최선을 다해 열심히 일하고 종종 업무성과를 내고 있다는 내용이 대부분이었다. 일일이 보고 없이 퇴근 전에 보고 해도 되는데 자꾸 전화를 하는 것이다. 내 생각에 신입사원이 인정과 보상을 바란다는 느낌이 들어 "칭찬 받으려고 전화 했어?"라고 문득 물어 보았다. 여직원은 한 치의 망설임도 없이 "네 팀장님 빨리 많이 칭찬 해주세요."라고 말하는 것이다. 나는 크게 웃으며 엄청 많이 칭찬해 준 기억이 있다.

우리 리더들이 생각하는 것 이상으로 직원들은 칭찬과 인정에 목말라 있다. 사람의 성향에 따라 약간의 차이가 있고 세대에 따라 또한 차이가 있겠지만, 사실 칭찬과 인정을 싫어하는 사람은 없을 것이다. 묵묵히 일하면 언젠가 알아주겠지 하면서 나 자신을 다독 거려 가며 열심히 일을 하지만 그 또한 남이 알아주고 리더가 인정을 해 줄 때 더 힘이 나고 더 나은 성과가 나오는 법이다. 칭찬과 인정의 말 한마디 위로가 성과로 나온다는 것을 나는 경험으로 알고 있다. 많은 팀장들이 팀원들을 이해하고 격려해 주었을 때 뛰어난 성과가 나온 경험들이 있을 것이다.

나의 예전 팀원 중에는 근무지를 이동하여 나의 팀에 발령 난 직원이 있었다. 이 직원의 업무 피드백은 한마디로 근태였다. 그렇다고 역량이 부족하거나 인성에 문제가 있는 직원은 아니었다. 근태도 집안의 사정으로 인해 업무 집중도가 좀 떨어진 것이 아닌가라는 생각도 들었다. 이 직원의 말이 예전 지방 근무 시 처음으로 속한 팀장님에게 특별 관리를 받았다고 한다. 신뢰하고 일을 맡기기 보다는 철저한 지시와 통제, 관리가 있었던 것이다. 업무성과는 중간 정도였다. 처음으로 나에게 건의 한 것은 칭찬을 많이 해 달라는 것이었다. 본인은 잘한다고 종종 칭찬을 받아야 더 업무에 집중하는 스타일이라는 것이다. 관리와 통제 하에서는 업무성과가 잘 나오지 않는다고 하였다. 세상이 변해서 요즘은 팀원이 팀장에게 못 하는 말이 없다. 처음 나의 팀에 왔고 또한 새로 영입된 팀원들도 많았던 시기라 선입견을 갖지 않고 그 직원에게 무한 신뢰와 칭찬을 아끼지 않았다. 업무 경과를 확인할 때도 먼저 팀원의 생각을 들어보고 피드백을 주었고 일에 대해 초점을 맞추어 본인이 할 수 있는 일에 대해 못 하였을 때는 꾸지람과 칭찬을 번갈아 가면서 하였다. 예전 책에서 읽은 5~6번의 칭찬 코멘트에 1번 정도의 꾸지람이 들어가야 좋은 성과를 낸다는 말을 열심히 실천하였다. 이 직원은 전형적으로 사람에게 인정받기 원하는 성향이 강했기 때문에 누구보다 팀장의 업무방향에 잘 따라 와 주었고 그만한 성과도 충분히 내었다. 한 번씩 근태에 대한 지적을 받기도 했지만 전보다 발전하는 모습을 보여주었다. 사람이 가진 본성 중 가장 깊은 자극은 본인이 중요한 사람이라고 느끼고 싶은 욕망이다. 모든 팀원은 본인이 팀 내에서 중요한 사람이라고 인정받기 원한다. 나 또한 본부 내에서 가장 중요한 팀장이라고 인정받고 싶다.

칭찬의 효과는 위대한 복싱 트레이너 커스 다마토의 일화에서도 잘 나타난다. 불우한 유년시절을 극복하고 트레이너로 성공한 삶을 살아온 72세 마커스에게 교도소에서 한통의 전화가 온다. '제 실력으로는 다룰 수 없는 거대한 원석을 발견했습니다.'그렇게 14세의 불량하고 악랄한 소년을 만난 다마토는 그에게 아버지가 되어 주었다. '넌 내가 본 최고의 재능이다.' 끊임없이 칭찬과 무한한 사랑으로 소년에게 안정감을 주었다. 태어나서 처음 받아본 따뜻하고 인간적인 대우 속에서 소년은 자신의 모든 것을 복싱에 쏟아 부었다. 50승(45 K.O승)6패2무, 헤비급 최연소(만 19세) 세계챔피언, 마이크 타이슨이었다. 실제로 칭찬과 격려로 에너지가 발생하고 생산성이 올라간다는 사실을 학계에서 널리 인정하고 있다.(중부매일 독자편지 2015.11.29. 기사 참조)

한 여론조사에 의하면 '어떤 상사와 일하기 싫을까?'의 질문에 '불평 투성인 데다 후배들을 칭찬하는데 인색한 상사'(12.2%)가 2등을 차지했다. 취업포털 '커리어'가 구직자 416명을 대상으로 '직장인이 가장 듣고 싶은 특급 칭찬은?'이라는 질문으로 설문조사를 진행했다. 이에 응답자의 55.8%가 직장 상사로부터 가장 듣고 싶은 특급 칭찬은 업무와 관련하여 '다 자네 덕분이야'를 선택했다. 그리고 직장 후배가 직장 선배로부터 가장 듣고 싶은 말은 '역시 잘해낼 줄 알았어'가 29.1%로 가장 많았으며 다음으로 '자네는 기본이 잘 되어 있구먼'이 23.3%, '수고했어요'가 15.5% '이전보다 훨씬 발전했어'가 14.6%로 대부분의 칭찬과 격려의 말들 이었다.

동료와 선후배가 서로에게 고마움을 느끼는 순간은 언제일까? '나의 업무를 본인의 일처럼 도와줄 때'가 46.2%로 가장 많았으며, 다음으로 '따뜻한 격려의 말을 보낼 때'가 27.9%로 칭찬과 격려에 많은 사람들이 고마움을 느낀다.

업무적인 보고와 성과 결과만을 소통하는 직장문화는 끝났다. 항상 칭찬의 안테나를 켜고 팀원들에게 하루에 한번 정도 따뜻한 격려의 한마디를 건네보자. 칭찬에 서툴지 말자. 지금 당장 '다 자네덕분이야'라는 말 한마디 건넴이 어떨지?

05 리더가 팀원의 인생을 좌우한다

처음 팀장이 되었을 때, 부사장님이 처음으로 하신 말이 '팀장이 팀원의 인생을 좌우한다, 네가 너의 팀원의 인생에 현재 가장 큰 영향력을 주고 있으니 진지하게 생각하고 고심하여, 팀원의 인생을 책임지라.'고 하셨다. 지금 생각하면 신임 팀장이었던 나는 사람보다는 일과 성과 위주로만 생각 하였다. 지방에서 서울팀장으로 발탁되어 뭔가 성과로 보여줘야 한다는 생각이 지배적이었다. 팀원의 역량이 부족하면 잘하는 팀원으로 바꾸면 그만이라 생각하였고, 설사 못하는 팀원이라도 내가 코칭하면 누구보다 잘 하는 팀원으로 바꿀 수 있으리라 착각했다. 또한 왜 힘들게 저성과자와 함께 일해야 하는지를 이해하지 못했다. 사람중심이 아닌 일과 성과 중심이었다. 신임 팀장이면 누구나 경험하는 오류였다. 그 오류를 빨리 벗어나야 훌륭한 리더가 될 수 있다.

팀장이 팀원의 인생을 좌우한다는 말만큼 팀장의 무게와 책임을 표현하는 말이 또 있을까? 팀장이 어떻게 하는지에 따라 팀원 인생의 방향과 노선이 바뀌는 것을 보았기 때문이다.

모든 신입사원은 실수투성이다. 시행착오를 겪으면서 배우기 마련이다. 그렇지만 신입사원의 실수에 대한 주위의 반응은 천차만별이다. 어떠한 실수를 했는지 정확하게 체크해주고 개선사항에 대해 피드백을 주어 똑같은 실수를 하지 않도록 다시 한 번 확인하고 더불어 칭찬과 격려를 해주는 팀장이 있다. 또한 잘한 일에 대해서는 같이 공감해주며 다독거려 신입사원의 역량이 성장할 때까지 기다려주는 팀장 밑에 있는 신입사원은 회사에 빨리 적응하고 제 역할을 하는 직원으로 커 나갈 수 있다.

반면에 실수할 때마다 야단치고 윽박지르고 인격모독을 하고 기다려 주지 않고 부정적인 피드백만 준다면 그 팀원은 퇴사를 진지하게 고민하게 되고 이 업무와 보직이 본인의 적성에 맞는지 의심하게 된다. 그러면서 악순환은 되풀이 되고 결국 퇴사하고 대학원을 진학하여 새로운 인생 설계를 하게 될지도 모른다. 물론 대부분의 사람들은 외부환경과 인간관계를 뛰어넘어 자신만의 인생을 설계한다. 하지만 팀장이 의미 있는 영향력을 팀원에게 미치게 된다는 것은 부정할 수 없는 사실이다.

중국 춘추 전국 시대 초나라 영왕(靈王)이 가는 허리를 좋아하자 그의 신하들이 앞다투어 살을 빼느라 하루에 한 끼만 먹느라 얼굴이 누렇게 뜨고 수척해져 담장을 잡고서야 겨우 일어날 정도였고, 목숨을 걸고 살을 빼려고 애쓰다 굶어 죽는 여인들도 있었다고 한다. 또한 진(晉)나라 문공이 소박한 것을 좋아하자 그 신하들이 모두 거친 무명옷에 암양의 갑옷을 걸치고 가죽 끈으로 칼을 차고 거친 두건을 썼다고 한다. 또 월나라 구천(句踐)이 용맹한 것을 좋아하자 그의 병사들은 목숨을 내던지는 것도 마다하지 않았다고 한다.

이는 지금도 마찬가지다. 박근혜 대통령이 시장에서 산 가방이나 신발은 유행을 불러일으키고, 미국 부시 대통령이 휴가 동안 신은 크록스 신발은 글로벌 슈즈가 됐다. 이렇게 작은 부분에서도 리더들의 영향력이 막강한 것을 보면 정치, 경제, 사회에서 그들이 미치는 영향력은 말할 필요도 없을 것이다. 이처럼 사회적 리더들의 일거수일투족이 세인의 주목을 받으며 지표가 된다. 따라서 리더의 역할은 정치, 경제, 사회를 막론하고 전 분야에서 매우 중요하다. (프라임경제

　오래전 우리 팀의 신입사원은 팀장님의 업무 스타일에 상당이 고민이 많았고, 본인의 보직에도 항상 많은 의구심을 가지고 있었다. 본인은 잘하고 싶고 인정받아 어떻게든 배우고 싶은데 어떻게 해야 할지 모르겠고, 팀장님은 솔루션은 주지 않고 항상 어려운 일만 지시한다는 것이다. 모든 신입직원들이 그러하듯 직장생활에 대한 이상을 가지고 있었고 이상과 현실에 대한 괴리감이 너무 크기에 많이 혼란해 하고 있었다. 그 직원은 나에게 멘토가 되어 달라고 부탁했고, 나는 기꺼이 멘토가 되어 주었다. 당시 내가 부정적인 영향을 주고 회사의 불만에 대해 같이 토로하면서 대충 일하라고 했다면, 지금 그 직원이 나와 같이 계속 회사를 다니고 있을지 없을지 모를 일이다.

　나비효과라는 말이 있듯이, 하찮은 언행이라 할지라도 팀장의 행동과 말이 팀원에게는 인생의 방향이 바뀔 수 있는 중요한 순간일 수도 있다는 생각을 늘 하고 있어야 한다. 당시 그 직원에게 나는 팀장님의 업무 스타일에 대해 구체적으로 무엇이 불만인지 물어 보았고, 왜 팀장님이 그러한 업무지시를 할 수 밖에 없는 상황인지에 대해 팀장의 입장에서 설명해 주었다. 본인이 생각하는 보직의 주요역할을 정리하였으며 적성 따위는 3년 정도 해보고 다시 생각 하라고 하였다. 내가 준 조언이 도움이 되었는지 그 직원은 차차 적응해 나갔고 다음 해에 나와 함께 최우수사원에 선정되었다.

예전에 팀원이 1명 있었다. 혼자 생활하며 정말 열심히 직장생활을 하는 직원이었다. 업무 역량도 뛰어났고 부지런하고 아주 검소한 직원으로 기억하고 있다. 나의 팀원이 되었을 때 입사 3년 차였고 아직 미혼이었다. 평소 대화를 많이 하는 편이라 대학시절부터 부모의 도움 없이 장학생으로 대학을 졸업했고, 어학연수도 현지에서 아르바이트를 하면서 생활비를 조달하여 공부를 한 친구였다. 자립심이 뛰어났고 본인 업무에 대한 확실한 책임감과 인생설계에 대한 자신감이 있는 직원 이었다. 평소 배우자에 대한 이상형은 부모의 도움을 받지 않은 자수성가한 남자와 결혼하는 것이었고, 자기도 부모의 도움을 절대 받지 않을 것이라고 입버릇처럼 얘기하는 친구였다. 정말이지 마음가짐이 요즘 세대 같지 않은 훌륭한 친구였다.

나는 팀원에게 업무를 떠나 사적인 생활도 가끔 조언을 해주곤 했는데 '여자는 남편 팔자가 전부이고 남자는 부모 팔자가 반이다'라는 주위 어른들이 농담으로 애기하는 말을 평소에 하곤 하였다. 자수성가가 요즘 시대는 말처럼 쉽지 않고, 주변에 능력 있는 사람이 있으면 적절하게 도움을 받는 것이 더 빨리 기반을 잡을 수 있다. 그래서 시댁이 잘 사는 것도 그 남자의 능력이 될 수 있다고 다른 의견을 애기 하곤 하였다. 부잣집에 시집가서 평안히 아이들 키우면서 현모양처가 되는 것도 여자로서 실패한 인생을 사는 것은 아니라고 선택의 폭을 넓혀 보라고 우스갯소리로 얘기 하였다. 나중에 이 직원은 시집과 동시에 직장을 그만두게 되었고 팀으로는 무척 힘든 상황이었지만, 재력가의 집에 시집가서 아주 잘 살고 있다. 내가 그때 그 팀원의 마인드가 너무나 훌륭하다며, 스스로 성취하면서 열심히 사는 삶 외에는 다른 선택지가 없다고 말 했다면 아마 그 직원은 아직 우리 회사를 다니고 있을지도 모른다. 너무 비약 일수 있으나, 이처럼 팀장의 말 한마디가 팀원의 인생 노선에 어느 정도 영향을 미칠 수도 있다.

이렇듯 한 사람의 인생은 아무도 예측 할 수 없기에 팀장의 말 한마디가, 어떻게 전개 될지 모르는 그 사람의 인생에 어떤 식으로 영향을 끼칠지는 아무도 모른다. 내가 팀장을 하면서 생각해보면 너무 생각 없이, 고민 없이 팀원에게 던진 말 한마디가 그 사람에게 상처만 됐으면 그나마 다행인데, 인생관에까지 부정적 영향을 끼쳤을 수도 있을 거라 생각하니 많이 죄송한 마음이 든다.

지금까지 팀원에게 현재의 잡이 너의 적성에 맞지 않다는 말을 두 명의 팀원에게 한 적이 있다. 그 당시 최선이라 생각했고, 나의 판단이 옳다고 생각 했다. 많이 고심하고 한 말이었다. 고민하고 또 고민해서 꺼낸 말이었지만 이들의 인생에 아주 중요한 영향을 줄 수 있다는 것을 생각지 못한 것이 죄송하다. 지금 둘 다 다른 회사에 근무하고 있지만 나의 말 한마디가 이들에게 약간의 영향도 끼쳤을 것이라 생각이 든다. 물론 외부환경에 따른 본인의 생각과 선택이 가장 중요한 역할을 했을 것이다.

팀장의 생각과 행동이 업무와 성과에 엄청난 영향력을 행사하는 것은 이루 말 할 수 없다. 전체 워크샵을 하면서 임원 분이 중요하다고 재차 강조하는 업무에 대해, 팀장이 강조하지 않고 재차 지시를 하지 않는다면 그 업무는 그 팀 전체가 하지 않을 가능성이 50%다. 하물며 팀장이 그 업무에 대해 필요 없다고 말하는 순간, 100%의 팀원이 그 업무를 실행하지 않게 된다.

당신은 용기 있는 리더인가? 긍정적인 리더인가? 부정적인 리더인가? 당신은 헌신하는 리더인가? 당신은 인성이 훌륭한 리더인가?

그렇지 못한가? 당신은 팀원의 인생에 영향력이 있는가? 없는가?
내가 착각의 늪에 빠지지 않았는가? 나는 항상 옳은가?

사람이 온다는 건
실은 어마어마한 일이다.

그는
그의 과거와
현재와
그의 미래가 함께 오기 때문이다.
한사람의 일생이 오기 때문이다.

부서지기 쉬운
그래서 부서지기도 했을
마음이 오는 것이다.

그 갈피를
아마 바람은 더듬어 볼 수 있을 마음
내 마음이 그런 바람을 흉내낸다면
필경 환대가 될 것이다.

정현종 시인의 '방문객'이라는 시다. 팀장에게 팀원이 온다는 것은 어쩌면 이런 의미가 아닐까?

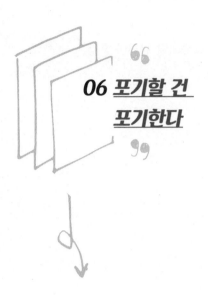

06 포기할 건
포기한다

예전 나의 팀장님은 업무 스타일 자체가 꼼꼼하고 세밀한 계획, 분석, 팔로우 업을 정확하게 하시는 분이셨다. 본인의 스타일에 맞게 업무도 차분하고 모든 리스크를 감안해서 일을 추진하셨기 때문에 여간 해서는 맡은 일에 대한 실수가 없었다. 대부분 팀장들이 마찬가지지만 업무에 대한 실수에 관해 누가 챌린지하지 않아도 본인 스스로 스트레스를 받는 경우가 많다. 이것이 프로의 모습이다. 누가 이야기 하지 않아도 스스로 업무의 성과기대와 피드백을 정리해서 똑같은 실수를 하지 않으려 노력한다.

이렇게 업무적으로 완벽에 가까운 팀장님이 업무 역량이 기대 이

하로 부족한 팀원들과 같이 일하면 답답하지 않을까? 하여 그런 팀원을 보면 어떤 생각이 드시냐고 질문을 한 적이 있다. 그 때 너무나도 솔직하게 '포기한다'라고 말씀하셔서 좀 의외라는 생각이 들었다. 덧붙여 하시는 말씀이, '너도 나중에 팀장이 되면 알겠지만 팀장의 기대치에 100% 부응하는 팀원은 이 세상에 단 한명도 없다' 라고 하셨다. 제 각각 살아온 환경이 다르고 일과 문제에 대해 생각하는 방식이 다르며 업무 스타일도 천차만별인데 어떻게 100% 기대치를 따라 오냐고 반문하셨다. 다만 방향을 제시하고 기다려 줄 뿐이다. 리더의 포기는 기다림을 뜻한다고 말씀 하셨다. 그러면서 네가나의 기대치를 가장 충족하는 팀원 중에 한명이지만, 그래도 70%쯤된다고 하셨다. 본인이 경험한 베스트 팀원 TOP 5에 들어간다고 칭찬해 주셨다.

예전에 히트를 쳤던 넘버쓰리라는 영화가 기억 날것이다. '박상면'이라는 배우가 재떨이라는 역할로 무명을 벗어나 배우로서 이름이알려진 영화이다. 여기에서 주연을 맡은 한석규는 조직의 서열싸움을 항상 재떨이와 하고 있었다. 영화의 중간 중간에 한석규의 와이프가 한석규에게 자신을 몇 % 믿느냐는 질문을 하면, 한석규는 항상51% 만 믿는다고 대답을 한다. 답변에 몹시 속상해하는 와이프의 장면이 자주 영화에 나온다. 영화의 마지막 장면에서 한석규는 51%의 의미에 대해 '51%만 믿으면 다 믿는 거'라는 독백으로 영화가 끝이 난다.

51%? 지금 생각하면 타인과 51% 정도의 신뢰만 가지고 있어도 굉장히 신뢰하는 사이라는 생각이 든다. 어떤 사람이 나와 50% 만 생각이 비슷하고 공감대를 형성해도 그 사람은 나와 둘도 없는 직장동료나 친구가 될 것이다. 나와 50%이상 생각을 같이하고 서로 신뢰하는 사람을 사회에서 만나기는 그리 쉽지 않다.

이런 현실에서 팀장은 다른 사람의 마음을 움직여 목적을 실행하게 만드는 사람이다. 말처럼 다른 사람의 마음을 움직인다는 것이 쉬운 일인가? 예전 베이비부머 세대의 리더십과 같이 일방적인 업무 지시와 관리 통제로 팀원들의 마음을 움직이면 목적을 효과적으로 실행할 수 있을까? 아니면 상당한 하이 포퍼머 능력의 팀장이 팀원들에게 업무역량을 모두 전수하고 반복하면 다들 기대에 부응해 모두 열심히 노력해서 성과를 달성할 수 있을까? 나도 막 팀장 직을 맡았을 때, 무조건 트레이닝하고 효율적으로 관리와 통제를 하면 된다는 오류 가득한 생각을 하던 시절이 있었다. 팀원들을 보면서 제대로 못 배워서 일을 할 줄 모른다고 생각했다. 그러나 지속적인 시행착오를 겪으면서 더 근본적인 문제들이 있음을 알게 되었고, 이러한 문제들이 단기간에 회복되기는 어려운 문제라는 것도 알게 되었다. 또한 내가 해결 할 수 없는 문제들도 있음을 알게 되면서 팀장으로서 팀원을 어떻게 이끌지 갈피를 잡지 못하는 시절도 있었다.

팀원들의 업무에 대한 마인드와 애터튜드도 차이가 있었고, 근태가 있는 직원, 동기부여가 전혀 안되 퇴사를 고민 중인 직원, 가정에 문제가 있는 직원, 회사의 잡에 불만인 직원 등 여러 수많은 경우의 수를 경험하고 나서야 드디어 나도 포기의 의미를 알게 되었다. 포기라는 의미는 부정적인 뜻이 절대 아니라, 마음의 여유와 기다림의 지혜와 배움을 이야기한다는 것을. 나와 다르다고 해서 틀린 것이 아니라 그냥 다른 것이라는 것을 생각하게 되었다. 생각의 도구를 넓게 되었다. 다양한 사고법으로 사고하려고 노력하고 개인의 본성과 성향에 대해 관심을 가지는 계기가 되었다.

'내가 공부하는 이유'라는 책에는 옛 성인의 경험이 잘 담겨 있다.

공자도 두명의 제자에게 같은 질문에 다른 답을 하였다. 제자 자로와 염유가 공자에게 배운 것이 있으면 바로 실행에 옮겨야 합니까? 라는 똑같은 질문을 던졌다. 그런데 자로에게는 '부모님과 형제가 있는데 어떻게 바로 실행에 옮기겠느냐?' 하고 답한 반면, 염유에게는 ‘바로 실행에 옮겨야 한다.’ 라고 답했다. 다른 제자가 왜 같은 질문에 다르게 대답했는지를 묻자 공자는 이렇게 대답했다. 염유는 소극적이기 때문에 적극적인 태도가 필요하다. 자로는 너무 나서기 때문에 절제가 필요하다. 공자는 제자들의 성향이 제각각 다르기 때문에 각자의 성향에 맞는 다른 답을 주어야 한다고 생각했다.

 ‘만약 당신이 가진 도구가 망치 하나뿐 이라면 당신은 모든 문제를 못으로 보게 될 것이다.’ 라는 말이 있다. 그만큼 어떤 문제를 해결할 때 다양한 사고법을 적용하라는 것이다. 포기도 그 중 하나일 것이다. 도종환 시인은 그의 시(詩) ‘흔들리지 않고 피는 꽃이 어디 있으랴.’에서 이 세상 그 어떤 아름다운 꽃들도 모두 바람에 흔들리고 비바람에 젖으며 피어났듯이 우리네 인생 역시 비바람에 젖으며 간다 했다. 시련과 포기가 없는 리더는 없다.

 세상 어떤 사람도 내 맘대로 움직여 주는 사람은 없다. 하물며 나도 내 마음대로 못하는데 남을 어떻게 내 맘대로 자유자재로 움직일 수 있겠는가? 수년간 조직생활을 하면서 제일 먼저 깨달은 한 가지가 다 내 맘 같지 않다는 것이다. 친한 입사동기도 마찬가지이고 직장상사나 후배, 팀원도 다 마찬가지이다. 그들도 다 나와 같이 생각한다. 각자 본인들의 입장이 있고 다 다른 법이다. 그렇다고 다 포기

하라는 것은 아니다. 나는 팀원 각자의 업무 스타일과 장단점을 파악하려고 노력하였고 어떤 업무가 새로 오면 누구에게 가장 어울리고 잘 할 수 있을까? 하는 고민을 하게 되었다. 팀장은 직원을 성장시켜야 하기에 각자의 스타일에 맞는 코칭 방법을 고민하게 되었고, 어제보다 나아지는 팀원을 만들기 위해 많이 고민하였다. 업무 역량이 성장하여 본인이 원하는 직무로 가게 되거나 회사에서 탁월한 성과로 팀원이 하이라이트를 받으면 팀장으로서 보람도 느꼈다.

기다려 주고 배려하고 공감하고 격려해 주는 팀장이 필요한 시대이다. 상대방을 100% 배려하고 공감하기란 쉽지 않다. 그렇지만 관심을 가지고 그 팀원이 무엇이 잘못인지 어떠한 도움이 필요한지 물어보고 세밀하게 관찰한다면 팀장과 팀원의 생각의 격차는 점점 줄어들고 팀원도 마음의 문을 열어 팀장이 알지 못한 속내를 이야기하게 될 지도 모른다.

송나라 농부의 유명한 일화는 우리에게 많은 생각을 하게한다. 자신의 논에 벼가 빨리 자라기를 소망한 농부는 어느 날 보니 다른 논의 벼가 자기 논의 벼보다 훨씬 빨리 잘 자라는 것 같은 느낌이 들어그만 조바심이 나고 말았다. 어떻게 하면 논의 벼가 빨리 자랄지 고심 끝에 논으로 들어가 벼 포기를 일일이 잡아 조금씩 뽑아 주었다.

만족함을 안고 집으로 돌아가 다음 날 가보니 논의 벼는 모두 시들고 말았다.

경쟁심에 사로잡혀 준비도 되지 않은 팀원을 너무 내몰지는 않는지 다시 한 번 생각해 보아야 한다. 성과 위주의 조직문화가 더욱 더 이러한 조바심을 부추기고 있다고 해도 과언이 아니다. 그러나 팀장으로서 위에서 내려오는대로 아래로 모두 다 흘려보낼 수는 없다. 팀원이 한명만 있는 것은 아니지 않는가? 팀 전체의 밸런스를 유지하면서 기다림과 여유를 가져보자.

리더십은 사랑이다. 사랑은 오래 참는다. 비록 포기라는 단어로 우리의 맘을 드러내지만 어느 부모가 자식을 포기할까? 절대 포기하지 않는다. 기다려 주고 자식이 자신의 목적을 달성 할 수 있도록 계속해서 도와주며 항상 옆에서 지켜보고 있다. 진심으로 잘 되기를 바라면서…. 리더는 부모와도 같은 존재이다. 팀원을 사랑하라. 아껴줘라.

07 왜 하는지 알려 줘라, 직원은 생각보다 똑똑하다.

당신은 일반적으로 무엇(what)을 어떻게(how) 하라고 지시한다.

하지만 가장 중요한 것은 그 이유(why)를 말하는 것이다.

우리는 이유를 말해주는데 서툴다.

무엇은 머리로 참여하게 만들고,

어떻게는 손으로 참여하게 만든다.

그리고 이유는 마음을 움직이게 하고

정서적인 유대관계를 형성한다.

-그레그 크리드, 타코벨 CEO -

TV 건강 프로그램을 누구나 한 번씩은 보았을 것이다. 최근 유전자 길이로 인간의 수명을 예측 하며 각 패널들의 유전자 길이를 조사하는 프로를 본 적이 있다. 우리의 유전자들은 끝에 텔로미어라는 물질로 둘러싸여 있다. 이 텔로미어의 세포가 분열을 하게 되고 나이가 들수록 짧아진다. 갓 태어난 신생아의 텔로미어의 길이가 가장 길다. 텔로미어의 길이가 점점 짧아지면 세포가 사멸하게 되는데, 결국 텔로미어의 길이가 인간의 노화와 수명을 결정짓게 된다는 내용이다. 텔로미어의 길이도 노력 여하에 따라 다시 길어 질 수 있다는 방송이었는데 새로운 내용이 나의 시선을 사로잡았지만 어떻게 텔로미어의 길이를 늘려 노화를 예방하고 수명을 연장하는지에 대해서는 내가 예상하고 있는 것과 너무나 똑같은 답을 주었다. 먼저 식습관을 개선하여 탄수화물 섭취를 줄이라는 것, 그리고 생활습관을 개선하여 1주일에 최소 5일 운동을 하고 하루 30분 이상 걷기가 제일 좋다는 것, 그리고 비타민 섭취였다. 최근 건강에 관심이 높아져 이 정도는 모든 사람이 다 알 것이라 생각한다. 우리가 정보가 없어서 못하는 것은 아니다. 다만 왜 해야 하는지 동기를 못 찾는다. 혹은 의지가 약하여 지행합일(志行合一)이 안 될 뿐이다.

우리 딸은 나를 닮아 수학을 못한다. 하지만 예습, 복습을 철저히 시키고 부족한 부분은 학원 수업을 통해서 보충하며 매일 2시간이상 꾸준히 수학을 공부한다면, 당장 성적이 오르지 않는다 하더라도 다음 시험에 상당한 발전이 있을 것이다. 내가 딸의 수학 성적을 올리려고 매일 수학 공부를 몇 시간 했는지 체크하고 또, 수학성적을 올릴 수 있는 방법을 딸아이가 잘 모르고 있다고 생각하여 계속해서 조언을 반복한다면 과연 딸의 수학 성적이 오를까? 우리 딸은 중2라서 아마 집을 나갈 수도 있다. 딸이 수학 공부에 대한 정보가 없어서 수학을 못하는 것은 아니다. 다만 공부할 필요를 못 느끼는 것이다. 재미도 없고, 살면서 그리 필요한 것 같지도 않다고 생각한다. 나 역시 고등학교 때 수학을 포기했다. 다른 과목으로 부족한 성적을 대체해야만 서울에 있는 대학을 갈 수 있었다. 딸에게 중요한 것은 수학을 공부해야 하는 이유이다. 왜 공부해야 되는지에 대한 이유이다. 그래야 자발적 추종으로 본인의 의지로 수학을 정복 할 수 있을 것이다. 본인이 하고자 하는 의지와 자발적 동기 유발을 지시와 통제만으로 컨트롤 하기는 어렵다.

많은 팀장님들이, 아니 많은 회사들이 업무량이 너무 많고 오늘 안으로 처리해야 하는 문제들이 산더미 같아서 직원들에게 이 일을 왜 해야 하는지에 대한 이유를 말하는 것을 너무나도 아끼고 있다. 군대처럼 '까라면 까야지'라고 생각 할 수 있으나 왜 하는지를 모르니 모든 팀원들이 업무를 무슨 학교숙제 하듯이 하고 있다. 왜 하는지 왜 이러한 자료가 필요한지에 대한 충분한 설명이 빠져 있으니 애초에 팀장의 의도에 맞지 않게 업무의 방향이 엉뚱한 방향으로 처리 되는 경우도 많고, 갈수록 업무서류 관리도 힘들고 엉망이 된다. 한 여론조사에 따르면 직장인의 72.6%는 업무용 문서관리에 어려움을 겪고 있다.

특히 이른바 많이 배우고 '똑똑한' Y세대 직원일수록 충분히 설명해 줘야 한다. 이들은 모든 문제에 대한 정보를 찾고 그 해답을 얻을수 있다. 또한 자기 주도 성향이 강해 누구의 지시보다 자기 판단에 따라 행동하는 경향이 강하다. 이 때문에 보스의 지시를 수용하는 다른 직원들에 비해 상대적으로 시행착오를 많이 겪는다. 이들의 시행착오를 줄이려면 상황을 이해하고 자발적으로 개선할 수 있도록 지속적으로 설명하는 노력이 필요하다. 강제한다는 느낌이 들면 반발할 가능성이 매우 크다.

프랑스 작가 베르나르 베르베르의 '상상력 사전'에서 재미있는 침팬지 실험이 있다.

천장에 바나나가 매달린 방에 침팬지 5마리를 넣는다. 침팬지가 바나나를 따기 위해 사다리를 타고 오르면 센서가 작동돼 천장에서 찬물이 쏟아진다. 이렇게 몇 번 같은 일이 반복되면서 침팬지들은 사다리를 타고 오르면 방에 있는 모두가 물벼락을 맞는다는 것을 알게 된다. 5마리 침팬지 중 1마리가 나가고 새 침팬지가 들어온다. 신참 침팬지가 천장에 매달린 바나나를 따기 위해 사다리를 타고 올라가려고 하는 순간 물벼락을 맞게 될 것을 아는 4마리의 침팬지는 신참 침팬지를 끌어 내린다. 신참 침팬지는 먼저 와 있는 침팬지들이 사다리를 올라가지 못하게 막는 행위를 이해할 수 없어서 기존 침팬지들과 다투게 되고 이 과정에서 뭇매를 맞는다. 이유도 모르고 봉변을 당하는 신참침팬지는 물벼락을 경험한 1마리를 더 내보내고 신참 침팬지를 방에 들인다. 그러자 첫째 신참 침팬지가 둘째 신참 침팬지에게 뭇매를 가한다. 첫째 신참 침팬지는 자신이 맞은 것을 '신참에 대한 신고식'이라고 해석을 하였다.

다시 물벼락을 경험한 1마리를 방에서 내보내고 침팬지 1마리를 새로 들인다. 셋째 신참 침팬지도 첫째와 둘째의 신참 침팬지에게 뭇매를 맞는다. 봉변을 당한 둘째 신참 침팬지도 자신이 당한 것을 신고식이라고 생각했기 때문이다. 이렇게 해서 바나나, 물벼락과 관계없이 계속해서 뭇매만 맞고 있다. 새로이 들어온 침팬지는 왜 맞는지에 대한 이유를 알지 못 한다. 어쩌면 유일한 소통 수단이 바나나를 따먹지 못하게 하기 위한 뭇매였을지도 모른다. 때려서라도 바나나 근처에 가지 못하게 하기 위해서이다. 침팬지는 왜 올라가면 안 되는지 소통할 방법이 없어 올라가지 못하게 하기 위해 뭇매를 했을지도 모른다.

그러나 회사생활에서는 왜 하는지에 대한 충분한 소통 방법이 있음에도 불구하고 뭇매를 자주 사용한다. 흔히들 당연히 해야 하는 업무를 왜 하는지에 대한 설명이 필요한가? 라고 생각 할 수 있다. 그러나 그 당연히 해야 하는 일도 왜 하는지를 모르는 사원과 팀원들이 예상외로 많다. 밥은 당연히 먹어야 된다. 그러나 6세 어린이는 배도 안고프고, 지금 먹기도 싫고, 맛이 없어서 싫다고 투정부리는 경우가 있다. 그러면 대부분의 엄마는 왜 먹어야 되는지를 충분히 설명하지 않고 설득과 권장의 의사소통 수단을 방치한 채 혹 때리거나 가지고 있는 장난감을 빼앗거나 꼭 애들을 울리면서 밥을 먹인다. 위의 침팬지와 크게 차이 나지 않는다.

영업사원이 매월 마감을 하는 것은 당연한 일이다. 입사 후부터 계속 매월 해오던 업무이다. 모든 팀원이 어떻게 하면 마감을 잘 할 수 있는지 정보는 충분하다. 몰라서 못 하는 것은 아니다. 어떻게든 제쳐 두고 왜 해야 하는지를 팀원들에게 잘 설명 해 본 적이 있는가? 현재의 회사의 상황이라든지 세일즈 트렌드, 마켓 쉐어, 향후

전망, 우리의 목표, 우리의 한계치, 각자의 플랜 등을 잘 설명해 준다면 마감에 임하는 자세가 조금은 달라 질 것이다.

어떻게 보다 왜가 항상 우선이다. 팀원들에게 일방적 지시를 멈추어라.

08 자존심을 살려주는
피드백

필리핀에서 또다시 한국인 피격 사건이 발생했다. 2일 필리핀 수도 마닐라 외곽 카비테주 인근의 한마을에서 한국인 교민 부부가 총에 맞아 숨진 것으로 알려졌다. 50대 남편은 자택에서 총격을 받아 사망하고 40대 부인은 괴한을 피해 도망치다가 숨진 것으로 전해졌다. 필리핀 주재 한국대사관은 담당 영사를 보내 사건 경위 파악에 나섰다. 이번 사건으로 올해 들어 필리핀에서 살해된 한국인은 10명으로 늘어났다.

나의 직장 후배는 필리핀에서 어학관련 사업을 하고 있다. 후배의 말에 따르면 필리핀 사람들이 겉으로는 항상 미소를 보이지만, 자존심만큼은 세계 최강이라고 한다. 필리핀 현지 직원이 수십 명 있지만 항상 꾸지람을 할 때는 사람들 앞에서 한 적이 한 번도 없다. 개인적으로 자존심을 건드리지 않고 업무적인 부분에 있어서만 주의를 주려고 노력한다. 그래야지 뒤탈이 없고 무책임하게 그만두는 일도 적다. 필리핀 사람들은 자존심이 너무 상하면 살인도 저지르는 경우도 간혹 있다고 하는데, 최근 우리나라 사람이 필리핀에서 피살 사건이 많은 것이 이것과는 무관하리라 생각한다. 어쨌든 국적을 넘어 사람의 인격을 존중하고 배려하는 것은 항상 중요한 점이다.

팀장을 하다 보면 정말이지 어처구니 없는 실수를 하는 직원을 많이 경험한다. 팀장은 엄청 화가 나있지만 분위기 파악 못하고 웃는 직원도 있고, 정말 무엇이든 상상 그 이상으로 항상 팀장들을 실망시킨다. 말도 안 되는 변명과 실속 없는 업무보고, 또 바쁜 상황에 휴가들은 왜 이리 많이 내는지 정말 잔소리를 하려고 하면 끝도 없다. 그럴 때 마다 잔소리를 하고 팀원들을 쪼면 사내에서 엄청 깐깐한 팀장으로 소문이 난다. 정말이지 나는 아직 시작도 안 했는데 팀원들은 다 힘들다고 불평한다. 동료 팀장님은 엄청 화가 나는 순간에는 팀원과 전화 통화를 하거나 면담을 하지 않는다고 한다. 경험상 그런 분위기에서 항상 본인이 팀원의 감정을 건드려 서로 마음이 상한 적이 있다고 한다. 듣는 팀원도 기분이 안 좋겠지만 부정적인 피드백을 해야 하는 팀장도 마음이 편하지 않다.

나는 팀원에게 부정적인 피드백을 팀원과의 좋은 관계를 유지하려고 미루거나 안 준 적이 있다. 당장은 팀원과의 관계가 편하겠지만, 그 팀원과 나는 발전의 기회를 잃어버리는 것이다. 솔직함이란 불편함까지 같이 감수하는 것이다. 불편 할수록 팀장은 팀원과 마주 앉아야 한다. 반대로 감정을 참지 못하고 부정적인 피드백을, 많은 사람들 앞에서 준적도 있다. 올해에만 벌써 두 번 그런 경험을 했다. 팀원을 챌린지 하거나 업무의 부족한 부분에 있어 부정적인 피드백을 주고자 할 때 논리가 아닌 감정을 앞세우고, 편견을 바탕으로 논리를 전개 하려고 한다면 그 팀원은 팀장의 조언을 받아들이지 않을 것이다. 또한 그 팀원도 부정적인 감정으로 팀장을 응대 할 가능성이 높고, 서로 마음에 상처만 남는다. 나는 몇 번이고 다짐하고 결심하여 다시는 팀원 앞에서 감정을 드러내지 않겠다고 하지만, 말처럼 쉽지는 않다. 대화를 하다 보면 본인도 모르게 감정이 격해지는 것을 누구나 한 번은 다 경험 하였을 것이다. 나는 차분하게 대화를 주도 하였다고 생각 하여도 팀원들의 피드백은 그저 오늘 팀장님이 화가 났다는 것 이상도 이하도 아니다.

전화로 업무를 체크하거나 팀 미팅을 하거나, 팀원과 함께 거래처를 같이 방문 할 때, 한 번씩 업무 사항을 체크하면서 실망 할 때가 있다. 예전 같으면 즉시 팀원에게 부정적인 피드백을 주겠지만 요즘은 항상 3일을 지켜본다. 같은 실수를 하지 않는지, 그 때의 실수는 1회성 이었는지, 현재 잘 하고 있는 업무는 어떤 것 인지, 혹 내가 모르는 개인적인 사유가 있는지, 지켜보다가 3일 뒤에 1:1로 면담을 한다. 그 때의 상황에 대해서 본인의 업무처리의 만족도는 어떤지? 대부분이 업무 실수를 인정하면 같은 실수를 반복하지 말라고 꼭 당부한다. 그래도 팀원들은 반복해서 똑 같은 실수를 하곤 한다. 그러면 메모를 하고 다음에 같은 실수를 반복하는 이유에 대해 물어보고, 반복되는 실수가 너의 평판과 인사평가에 어떠한 영향을 끼칠지 생각을 해보라고 피드백을 준다. 이렇게 하면 대부분 팀원의 나쁜 업무습관을 고친다. 업무도 습관이다.

항상 팀원에게 피드백을 줄 때 염두에 두어야 하는 점이 있다. 일단 항상 일과 업무에 중점을 두고 얘기해야 한다. 사람에 중점을 두고 얘기 하면 하마터면 사람 자체에 대한 부정적 피드백을 줄 수 있다. 너는 뚱뚱해서 게을러서 이것도 제 시간에 처리 못하냐? 라고 말하면 팀원은 마음속에 욕만 하고 있을 것이다. 대신 '이 업무는 내가 언제까지 하라고 했는데 왜 아직 처리가 안 되어 있지?' 하고 물어본다. 그리고 나서 팀원의 합리적인 이유를 충분히 듣고 얘기를 해도 늦지 않다. 업무의 성과 여부는 팀원의 얘기를 직접 듣기 전에 판단하지 않는다는 원칙을 세워 놓으면 부정적인 성과도 다시 돌아보게 된다. 팀원이 능력이 있어서 혹은 능력이 없어서 좋은 성과를 하지 못했다는 점이 키포인트가 아니다. 능력이 없어서 못했으면 팀원의 능력을 개발하지 못한 팀장의 잘못이다. 능력이 없어서 못했다는 부정적인 피드백은 자칫 팀원의 사기저하와 업무에서 멀어지는 현상을 불러 올 수 있다. 모든 팀원이 그렇지는 않겠지만 팀원은 일단 팀장에게 인정과 칭찬을 받을 때 힘이 나는 법이다.

팀원의 능력보다는 했냐 하지 못 했냐에 포인트를 잡아야 한다. 그러면 본인이 충분히 할 수 있는 일을 하지 않은 것이 되기 때문에 본인의 책임이 되는 셈이다. 팀장은 그냥 네가 충분히 할 수 있는 업무를 무슨 이유로 하지 못 했는지 물어 보면 된다. 그러면 대부분 팀원들은 업무의 개선이 이뤄진다.

옥스퍼드 대학의 팬들턴 교수의 피드백의 법칙을 보면 긍정적인 메시지는 반드시 부정적인 메시지 이전에 주어야 한다. 이 접근법을 명확하게 시도해보려면 피드백을 줄 때 다음의 내용을 지침으로 사용해 보기 바란다. (Y세대 코칭전략 책 참조)

1. 팀원에게 자신의 강점이나 스스로 잘하고 있다고 생각하는 점에 대해 생각해 보도록 한다 .

2. 팀장은 팀원이 내놓은 강점을 더 칭찬해주고, 그 외에도 다른 강점이 있다면 이야기해 준다.

3. 팀원에게 스스로 개선할 점에 대해서 파악해 보도록 한다.

4. 팀장은 팀원이 이야기한 개선영역에 대해 함께 논의해보고 그 외에도 또 다른 개선점이 있으면 이야기 해 준다.

최근 한 매체의 설문조사에 따르면 '부하직원이 죽도록 미울 때는 언제인가'라는 질문에는 '의무는 뒷전이고 권리만을 주장할 때'라는 의견이 28.12%로 가장 많았다. 다음으로는 '매사에 불평불만을 달고 다닐 때'(25.04%), '일을 제대로 못해서 내가 챙겨줘야 할 때'(18.75%), '말로만 그럴 듯하게 업무처리를 할 때'(15.65%), '툭하면 잘못은 감추고 변명만 늘어놓을 때'(9.38%)로 조사 결과가 나왔다. 대부분 업무에 관한 얘기이다. 모든 선배들은 일단 일 잘하는 후배들을 좋아한다는 증거이다. '최악의 후배 유형'에 대한 조사에서도 '지각과 자리 비움을 밥 먹듯 하는 불성실한 후배'가 42.4%로 가장 많았다. '권력이 있는 상사에게만 잘하는 후배'가 22.6%로 2위였다. 이어 '제대로 모르면서 물어보지 않고 업무를 진행하는 후배(19.2%)' 등이 최악의 후배 유형에 들었다. 역시 불성실하고 일을 못하는 후배들이 최악이 후배 유형에 들어갔다.

　위의 사례는 대부분 팀원에게 주기 힘든 부정적 피드백이다. 분명 팀 내에 1~2명은 부정적인 유형이 꼭 있다. 팀원에게 부정적 피드백을 주는 것을 더 이상 두려워하지 말자. 그것은 팀원도 배우고 리더들도 배우는 좋은 기회가 될 것이다. 감정을 앞세우지 말고 편향된 사고를 버리고 논리적인 피드백 전략으로 팀원들을 자존감을 세워주며 일에 대한 자신감을 가지게 하자.

제4장

그래도
성과를..

01 실행도 습관이다.

　내가 예전 모시던 임원이 나에게 질문을 한 적이 있다. 회사에서 '전략과 실행 중 어느 것이 더 중요하다고 생각하느냐?' 그 당시 나는 리더로서 결정과 방향에 대해 계속 고민하던 중이라 깊은 생각 없이 전략이 더 중요하다고 대답하였다. 그러나 임원은 단호하게 'No' 라고 대답하셨고 전략이 10%이면 실행이 90% 라고 말씀하셨다. 더 나아가 팀장으로서 직원들이 어떻게 구체적 전략을 실행하는지 팔로우 업 하는 것이 가장 중요하다고 말씀하셨다. 리더라면 조직을 어떻게 푸시 할지 늘 고민 하고, 어떻게 직원들을 발로 뛰게 만들지, 어느 부분을 건드려야 직원들을 일 하게 만들지 늘 고민을 해야 한다고 하셨다.

애플의 스티브 잡스와, 중국의 알리바바 그룹의 마윈 회장에게 회사를 경영할 때 '전략이 중요한가? 실행이 중요한가?' 물었다. 대답은?? 두 사람 다 '실행이 더 중요하다'고 말하였다. 그러면 '불완전한 전략이라면 어떻게 하겠냐?'는 질문에 그래도 '실행에 옮긴다'고 대답하였다. 아무리 아이디어가 좋고 완벽한 전략이 있어도 직원들이 실행에 옮기지 않으면 아무 소용이 없다. 요즘 대부분의 회사들이 직원들의 포퍼먼스 강화를 위해 각 부서의 핵심성과지표를 만들고, 이를 실행 한 후 평가와 함께 인사고과에 반영한다. 이 모든 것이 직원들의 실행력을 높이기 위한 수단이다.

팀장은 팀 내 전략이 잘 실행이 되는지 체크하기 위해서는 세밀하게, 집요하게, 구체적으로 팔로우 업 해야 한다. 팀원들은 이상하게 한번만 이야기 하면 몇몇 팀원을 제외하고는 그 업무 자체를 잊어버린다. 팀 미팅 때 이것, 저것 업무지시를 하면서 나중에 내가 잠시 잊어 반복적으로 확인하지 않은 업무가 얼마 후 다시 생각 났을 때, 일의 진행 여부를 확인 하면 대부분의 팀원들이 업무 자체를 잊어버리고 있다. 팀원들은 반복하지 않으면 중요하지 않다고 판단하는 것이다. 대부분의 팀장님들은 이런 경험이 있을 것이다. 하물며 나도 상사가 업무에 대해 반복해서 얘기 하지 않으면 그 해당 업무를 잊어버릴 때가 있다. 이 말은 즉 팀장이 반복해서 이야기 하지 않는다면 팀원들은 이 업무가 중요하지 않다 생각하기 때문에 중요한 일은 반드시 팀장이 계속해서 반복해서 되풀이 하고 팔로우 업 하여야 한다. 체크하고 또 체크해서 일의 진행상황을 파악하고 자신의 의견을 명확하게 알려 주어라. 잭 웰치 회장은 똑 같은 얘기를 10번 하라고 하였다. 최소 그 정도는 해야 원활한 소통을 기대 할 수 있다.

팀의 주요 업무가 회사의 플랜대로 실행이 되기 위해 반복적인 확인은 필수이다. 반복적인 확인이라고 해서 지시와 관리, 통제를 강화하라는 의견은 아니다. 사전에 권한 위임된 업무라 할지라도 팀장이 일의 진행 상황은 충분히 체크 할 수 있다. 또한 모든 팀원이 아니라 각 팀원의 성향에 맞게, 업무의 성격에 맞게 팀장이 판단하여 팔로우 업 해야 한다.

나는 팀원들에게 언제나 높은 기대치를 가지고 있다. 높은 기대치 때문에 팀원에게 자주 칭찬을 못해 원망도 들었다. 내가 가지고 있는 여러 기대치 중에 하나는 하이 레벨의 업무습관이다. 나는 업무도 습관이라 생각한다. 공부도 100% 습관이다. 공부 잘 하는 학생들을 유심히 관찰해 보면 매일 공부하는 습관이 잘 되어 있다는 것을 발견할 수 있다. 하루 일과 중 본인의 의지에 따라 언제 어디서든지 공부하는 습관이 되어있는 친구들이 공부를 잘한다. 그리고 좋은 습관을 꾸준히 실천하는 학생들이 좋은 대학을 간다. 나는 공부를 하는 습관이 없어서 좋은 대학을 가지 못했다. 그렇지만 회사에 취업한 뒤로는 좋은 업무 습관을 가지려고 노력하였고 지금도 꾸준히 실행하고 있다.

어느 신문에 나온 인터뷰 기사이다.

이 과장은 항상 정리정돈을 철저히 하는 습관이 있다. 회사에서 사용하는 책상부터 화주와 주고받는 메일까지 깔끔하게 정리정돈을 하고 있다. 특히 업무 직원들에게 화주들과 주고받는 메일은 업무에서 가장 중요한 자료다. 이 때문에 이 과장은 자신만의 룰을 통해 메일 정리를 완벽하게 해 나가고 있다. "업무에 관한 모든 내용이 메일에 담겨있다고 해도 과언이 아니에요. 업무 직원에게 메일 정리는 빼놓을 수 없는 중요한 일이라 생각합니다." 이 과장은 출근시간인 아홉시 보다 더 일찍 출근해 밤새 세계 각국의 지사에서 보내 온 메일을 정리하며 하루를 시작한다. 이는 이 과장이 물류업계에서 몸 담아오며 만들어온 습관이다. 이 과장이 지난 8년간 길러온 좋은 습관은 업무 효율을 높이는 데 큰 도움이 되고 있다. 이 과장은 좋은 업무습관이 최고의 업무비결이라고 얘기한다.

"성공하는 사람들의 공통점은 출근하기 전에 이미 많은 일들을 한다." 영국 텔레그래프가 성공하는 사람들의 부지런한 아침 습관에 대해서 보도했다.

세계지식포럼(WEF)의 발표 자료를 인용한 이 기사는 "성공한 사람들은 아침 식사를 하기도 전에 14가지의 일을 해낸다."라고 전한다. 아침 운동, 가족들과 짧게라도 시간 보내기, 커피를 마시며 사람들과 대화하기 등이 이에 속한다. WEF는 "일로 성공하는 사람들은 이와 같은 규칙을 충실히 따르고 있다는 사실을 발견했다"라며 "그날 하루 반드시 해야 하는 일을 아침부터 해야 한다고 생각을 하기 때문"이라고 말했다.

나는 팀원들에게 항상 좋은 업무습관을 기대한다. '지각 하지 말라', '약속시간을 지켜라', '일찍 일을 시작하라', '마감기한을 철저하게 지켜라', '숫자를 틀리지 마라', '미리미리 하라', '정해진 시간 내에 최선을 다하라', '하루하루 계획을 세워라', '월, 분기 플랜을 세워라', '약속한 것은 반드시 실행에 옮겨라' 는 등 나의 기대치를 항상 이야기 하였고, 팔로우 업 하여 평가에 반영하고 있다. 아주 힘든 업무도 많이 주었다. 다른 팀에서 하지 않는 프로젝트도 많이 진행 하였다. 물론 모든 팀원이 잘 따라 와 주었지만 팀 내에 불만이 생기기도 한다. 그렇지만 이 모든 것이 팀원들이 실행력을 높이고 좋은 업무습관을 가지게 하기 위한 것이었다. 역량이 성장하여 다른 직무로 가거나 다른 팀에 가서도 좋은 평가를 받는 팀원을 보면 보람도 느낀다.

한국경제 신문에 실린 일 잘하는 직원들의 공통점이다.

제1습관은 계획성 있게 업무를 수행한다는 점이다. 계획성 있게 일하는 습관이 몸에 배어있는 인재는 월 단위 목표, 주간계획 등 실적 관리에 투철하다. 주간계획 달성을 위해 일일 단위 업무수행 계획을 수립해 일한다. 하루의 시작과 끝의 30분을 잘 활용한다. 매일 의미 있는 일 한 가지를 발굴해 실행한다.

제2습관은 업무정보와 자료수집·정리·분석·활용 메커니즘에 익숙하다는 점이다. 자료 분석 및 활용 능력도 뛰어나다. 평소 자기계발에 열심이다. 정보관리, 활용 메커니즘을 업무 효율 향상과 자기계발의 기회로 승화시킨다.

제3습관은 업무 실행 우선순위를 잘 정해 실행한다는 점이다. 주 단위로 진행 업무, 미결 업무를 점검해 업무 실행 우선순위를 정한다. 업무실행 우선순위 결정이 뛰어나다. 기본 업무수행 중간 중간에 부여된 추가업무에 대한 대응 능력이 뛰어나다.

제4습관은 평소 업무 수행 과정에서 다른 사람의 손이 가지 않게 업무를 처리한다는 점이다. 업무 1차 담당 선에서 빈틈없이 일을 처리하려는 마인드를 갖고 업무에 임한다.

제5습관은 평소 업무를 신속하게 추진한다는 점이다. 남들보다 일찍 출근해 하루를 준비한다. 쓸데없는 일에 시간을 낭비하지 않는다. 시간을 효율적으로 관리한다. 맡은 업무를 정해진 시간 안에 반드시 처리한다.

제6습관은 그날 할 일을 내일로 미루지 않는다는 점이다. 평소 미결을 최소화 한다. 선행업무 지연으로 추후 발생 업무에 영향을 미치지 않도록 바로 바로 일을 처리한다.

제7습관은 평소 성과 중심적 업무 수행 자세를 견지한다. 책임감 있는 업무 자세를 견지한다. 타인을 의식하지 않고 솔선수범한다. 관련 부서, 동료 직원과 잘 융화하고 업무협조에 상호 적극적이다. 탁상 기획을 지양하고 필드의 의견을 최대한 반영해 실현도 높은 업무를 기획하고 실행한다. 자신이 처리한 업무 결과에 대해서는 항상 피드백 해 자가 점검하고, 향후 업무추진에 개선하고 반영한다.

이런 습관들이 과연 교육으로, 잔소리로 실현될 수 있을까? 불가능한 일이다. 일상 업무를 시스템화하고 이런 일 잘하는 습관이 몸에 배도록 해야 한다.

02 적성(適性)보다 적성(赤誠).

 팀을 이끌다 보면 정말 이 일이 적성에 맞는지 의구심이 드는 저 성과자 팀원을 만날 때가 가끔 있다. 팀원은 정말 열심히 하는데 안 되는 것인지, 아니면 이 업무가 정말 적성에 맞지 않는 것인지 관심 있게 지켜보아야 한다. 그 팀원의 인생을 위해서라도 하루빨리 좋은 피드백을 주어야 하는데, 이러지도 저러지도 못할 때가 있다. 그런 데 내가 읽은 책 중에는 적성을 정확히 확인하려면 적어도 최소 3년 은 그 일을 해야 한다고 서술한다. 그러나 사실 나는 두명의 팀원에 게 이 일이 적성에 맞지 않다고 채 2년이 되기 전에 말한 적이 있다. 사실 적성에 안 맞는 이유도 있었지만 다른 이유도 있었다.

적성(適性)의 사전적 의미는 어떤 일에 알맞은 성질이나 적응능력 또는 그와 같은 소질이나 성격을 말한다. 어떠한 일을 할 때 적응 능력이나 소질이 없으면 좋은 성과를 내기 쉽지 않다. 그와 더불어 더 중요한 것은 일을 바라보는 태도와 마음가짐이다. 일에 대한 긍정적인 마인드가 부족하면 아무리 적성이 좋아도 그 일은 결국 본인의 적성에 맞지 않게 되는 것이다. 결국 적성(適性)보다 적성(赤誠)이 (마음에서 우러나오는 참된 정성) 더 중요하다. 내가 팀원에게 이 일이 적성이 맞지 않다고 말한 이유는, 소질이나 성격이 안 맞는 것도 있었지만 일을 바라보는 마음도 부족하기에 이야기를 한 경우이다.

차라리 반대로 업무에 대한 태도와 마음가짐은 훌륭한데 정말 적성이 맞지 않는 친구가 있다면 책에서 이야기하는 것처럼 적어도 3년은 참고 기다려야 한다. 그러나 마음가짐이 부족한 직원은 1년을 같이 일하는 것도 힘들다. 본인만 못 하면 다행인데 주위 사람에게 부정적인 영향까지 줄 경우는 정말 심각하다. 실제로 많은 회사들이 적성(赤誠)에 문제 있는 직원들 때문에 열심히 근무하는 직원에게 부정적인 영향을 주는 사례는 얼마든지 있다. 실제 신문에 실린 기사이다.

한 은행 영업점에 근무하는 이모 부지점장(48)은 책임자(과 · 차장)가 된 지 15년이 지났지만 여전히 차장이다. 통상 책임자가 된 뒤

10년이 지나면 부장으로 승진을 하는데, 승진할 기미가 없다. 동료들 사이에는 "입사 초기부터 몇 차례 금융사고에 연루되면서 앞으로도 부장승진이 어려울 것"으로 알려졌다. 최근 은행 영업점 직원이 부족해져 직접 손님을 응대하는 창구에 앉게 된 이 부지점장. 다른 직원들이 고객 3~4명의 업무를 처리하는 동안 그는 2명 분량의 업무도 처리하지 못했다. 손님 한 명을 붙들고 10분 이상 잡담하는 일도 다반사였다. 그와 같은 지점에서 근무 중인 김모 과장은 "이 부지점장의 업무처리가 늦어지는 바람에 창구에서 근무하는 직원들이 식사시간을 놓칠 때가 한두 번이 아니다"라며 "복장이 터지는데, 뭐라고 할 수도 없고…"라고 안타까워했다.

한 자동차 회사에 다니는 박모 과장(37)은 자신의 팀에 속한 김 모 대리 때문에 스트레스가 이만저만이 아니다. 40대 중반인 김 대리는 과장 진급을 포기하고 노동조합원으로 남았다. 회사 방침상 과장을 달면 노조를 탈퇴해야 한다. 김 대리는 야근은 물론 주말 출근도 없다. 팀 성격상 팀원끼리 서로 공조해야 하는 업무가 많은데도 팀장은 그에게 일을 맡기기 꺼린다. 팀장과 입사 동기다 보니 잡다한 업무에는 대부분 열외다. 아침에 출근해 인터넷 서핑이나 하다가 오후 6시만 되면 칼 퇴근하는 게 김 대리의 일상이다. 직급은 박 과장이 위지만 임금체계가 호봉제라 연봉은 오히려 김 대리가 더 많다.

박 과장은'이런 식이면 내가 대체 승진을 왜 했을까'하는 생각마저 든다.라며 "이렇게 놀고먹는 직원이 많은데도 회사가 제대로 굴러가는 게 신기할 정도"라고 말했다.

한 대형 회계법인 6년차 회계사인 김모 회계사(34)는 장래 파트너까지 승진해 이름을 날려보겠다는 꿈을 안고 있다. 하지만 한 후배 팀원 때문에 요즘 곤혹스럽다. 클라이언트와의 약속에 늦고, "몸이 아프다"며 지각하는 게 다반사다. 마감을 앞두면 야근과 추가 근무가 필요한데도 "친척이 상을 당했다" "임신한 아내가 아프다"라며 요리조리 빠져나가기 일쑤였다. 큰맘 먹고 혼을 내기도 해봤지만, 한 귀로 듣고 한 귀로 흘렸다. 그러던 가운데 김씨는 얼마 전 동료들로부터 충격적인 얘기를 들었다. 이 후배가 김씨 몰래 공기업으로 이직을 준비하고 있다는 것. "이직을 고민하느라 근무평가에도 신경을 놓은 지가 오래"라고 했다. 자산규모가 100억원이 넘는 부자 아버지가 "힘든 회계사 할 바엔 공기업에서 몇 년 편하게 일하면서 유학을 준비하라"라는 제안을 했다고 한다. 김씨는 후배가 이직을 할 때 어떻게 하면 불이익을 줄 수 있을지 고민 중이다.

예전 팀원의 경우는 적성(適性)도 맞지 않았지만 적성(赤誠)도 부족한 직원이 있었다. 같은 팀원을 배려 할 줄 모르고 업무에 협력도 하지 않고, 도움만 받으려고 하였다. 업무능력이 떨어져 배려 차원에서 작은 일을 맡기면 자기는 일이 일찍 끝났다고 동료들에게 자랑하고 일찍 퇴근 하였다. 본인 위주로만 생각하고 시기와 허영심도 많았다. 자기인식 능력도 부족하기에 타 부서의 중요한 자리에는 항상 자기가 가야 된다고 생각하고 기회만 되면 타 부서로 옮기려고 하였다. 2년 후에 이 일이 적성에 맞지 않는 것 같으니 사람과 소통할 일이 적고 주로 혼자 업무를 보는 잡으로 가면 어떻겠냐고 제안하였지만, 결국 고사하였다.

반대로 적성(赤誠)이 좋은 친구는 항상 본인이 먼저 일을 찾아서 한다. 팀장이 지시하기 전에 본인이 자기의 할 일을 정리해서 순서대로 실행에 옮긴다. 팀장이 갑작스러운 업무 지시를 가끔 하여도 중요도 순으로 능동적으로 일을 처리한다. 근무시간 외에도 일 할 때가 많으며 초과 근무를 하여도 손해라고 생각하지 않는다. 본인이 해야 할 주요 업무는 끝까지 포기하지 않고 완수한다. 항상 긍정적이고, 도전적이고, 책임감이 강하다. 업무처리가 창의적이고 다른 사람과 대인관계가 좋고, 이러한 직원의 거래처를 방문하면 팀장인 나도 항상 대접을 받는다. 기분이 좋다.

이러한 업무습관이 항상 고성과를 만들고 그로 인해 자신감이 생기며 이 과정이 반복되면서 선순환이 이어진다. 스스로 동기부여를 하여 일의 성과를 통해 성취감을 느낀다. 팀원에게 왜 이리 열심히 하냐고 질문을 한 적이 있다. 팀원의 대답이 '일이 재미있다'고 한다. '성과가 좋으니 일이 재미있고 일을 통해서 뭔가를 배우는 것이 즐겁다.'고 한다. 항상 얼굴이 밝다. 이미 좋은 업무습관은 몸에 배어 있다. 자기가 남들 보다 2배로 더 열심히 하는지 모른다. 남들도 다 이렇게 일 하는지 알고 있다. 팀장으로서 '도와 줄 일이 있는가?'라는 질문에는 자주 거래처에 안 나오셔도 된다는 말만 할 뿐이다.

최근 직장인들이 일에 대한 마음가짐과 태도가 베이비부머 세대나 X 세대 같지 않은 이유는 직장에서의 비전을 찾지 못해서 나타나는 현상 일 수도 있다. 가까운 일본에서도 언론들이 '승진에 관심없는 직장인들이 늘고 있다.'는 설문조사와 보도를 냈다. 26일 일본 닛테이비지니스와 취업포털 리쿠르트 나비(NAVI)는 최근 일본 Y 세대에서 승진, 출세 등을 꺼리는 기현상이 나타나고 있다고 보도 했다. 최근 일부 직장인들은 일보다 자신의 삶을 선택하고 있다고 했다. 자신을 20대 신입사원이라고 밝힌 사용자는 또래 동료나 친구들을 보면 "일보다 삶이 먼저라는 생각이 늘고 있다" "일에 대한 부담이 적고 돈은 취미 등 생활을 위한 수단으로 생각하는 사람도 상당수 있다"라고 말했다. 또 다른 사용자는 "가난했던 과거 일본은 출세해서 부자가 되는 것이 일생일대 목표였다"라며 지금 4,50대 중년 대부분은 이와 같은 생각을 했을 것이다. 하지만 세대가 변했다. 출세를 안 한다고 해서 인생을 대충대충 사는 것은 아니다. "즐기고 싶은 것 뿐"이라고 선을 그었다.

이어 "그들(4,50대 직장상사 등)이 있는 이상 슬프지만 즐겁게 일할 수 있는 환경조성이 어렵고, 지금은 고도 성장기와 달리 그들처럼 일해도 반드시 성공하리란 보장은 없다"라고 냉소적인 말을 했다. 리크루트 나비는 성인남녀 300명을 대상으로 설문한 결과 "승진 등 출세하고 싶나?"란 질문에 과반이 넘는 66.7%가 '아니다'라고 답했다고 밝혔다. 일부 언론의 발표이고 또한 일본의 보도 내용이라 우리나라 현실과는 좀 괴리가 있다고 생각 하지만, 모든 직장인들이 성공과 승진을 위해서만 일 하지는 않는다. 일에 대한 태도와 마음가짐과 여러 가지 의견에 대해 생각과 수용의 자세를 바꿔야만 한다.

일은 돈만 벌기 위해 다니는 곳은 아니다. 일을 통해서 사람이 성장한다. 일을 통해 돈과 비교도 안 되는 경험과 지혜를 얻는다. 또한 열심히 일하는 만큼 배우는 것도 크다. 본인이 열심히 하는 만큼 배우게 된다. 힘들어서 피하면 배움의 기회를 잃게 되는 것이다. 단언컨대 직장에서 일을 통해 성장하고 배우지 못한 사람은 직장을 나가서도 하는 일마다 실패 할 확률이 90%다. 모든 선배들이 한결 같이 하는 말이다. 이러한 사례는 내가 수십 개 정도 이야기 할 수 있다. 일일이 언급하지 않겠지만 리더들은 적성(赤誠)스럽게 일하여 일을 통해 성장하는 팀원을 키워야 한다.

03 짬짜면 리더쉽

    나는 8년 동안 팀장을 하면서 직장상사를 다섯분이나 모셨다. 늘 그렇듯 나도 선배를 통해 배우고 성장한다. 그들의 리더십 스타일을 내 스타일과 비교하면서 장단점을 흡수한다. 한분은 여성이셨고 네 분은 남성이셨다. 이중 두분이 베이비부머 세대였다. 나는 다른 팀장들이 흔히 겪지 못하는 여성 직장상사를 모셨다는 것이 참 좋은 기회였다고 생각한다. 이 당시 임원도 여성분이라서 나는 두분의 여성 상사를 동시에 모시고 있었다. 참 흔치 않는 케이스지만 외국계 회사에서는 종종 있는 일이다. 리더십 스타일에 있어 여성과 남성의 차이가 확실히 있고 남성이 가지지 못한 여성 특유의 리더십 스타일을 배울 수 있다.

여성 리더는 관계를 중시할 뿐만 아니라 배려심이 뛰어나 타인의 마음을 읽고, 소통하는데 탁월하다. 여성이 남성보다 감성 리더십에는 훨씬 더 뛰어나다. 실제로 나는 생일날 직장 상사에게 선물을 받기는 처음이었다. 팀장들 생일까지도 일일이 다 챙겨 주셨다. 임원은 집으로도 초대해 파티도 자주 하셨다. 팀장들에게 권한위임을 확실히 해 주셨고, 개인적인 상황이나 어려운 업무까지 세밀히 팀장뿐 아니라 팀원까지 세밀하게 챙겨 주셨다. 그렇다고 조직이 개인적인 터치만으로 돌아간다는 얘기는 아니다.

그에 비해 남성 리더는 조직 안에 서열관계가 확실하고 피라미드식 상명하달에 익숙하다. 회의만 해도 팀장들이 3시간 넘게 토론하고, 상황을 조율하고 결론을 내어도 임원 말 한마디면 즉시 결론이 바뀌는 경우가 많다. 한마디로 권위적인 리더십으로 결단력, 추진력, 통제력으로 조직을 장악한다. 그러나 요즘 같은 시대에 필요한 리더십은 남성과 여성의 장점을 골고루 가진 리더이다. 시대는 양성성의 리더를 요구하고 있다.

아주 재미있는 실험 결과가 있다. 책 '히든브레인'에 나오는 이야기로 뉴욕대학교의 헤일만은 실험 참여자 집단을 둘로 나눠 어떤 매니저를 더 선호할 것인지를 측정하는 실험을 했다.

한 집단에게는 '하급자들은 매니저 안드레아를 강인하면서도 사교적이면서 품위 있는 사람으로 평가했다.'고 말했고 다른 집단에게는 안드레아라는 이름을 제임스로 고쳐 똑같이 말했다. 두 집단에게 하는 설명에서 차이가 있다면 한 집단은 안드레아라는 여자이름을, 다른 집단에게는 제임스라는 남자이름을 사용한 것뿐이었다. 실험참여자 약 80%가 매니저로 제임스를 선호했다. 안드레아가 호감을 받지 못하는 이유는 단지 여성리더라는 점이었다고 헤일만은 결론짓는다. 즉 정상에 오른 여성이라면 기질이 드셀 것이라는 이유로 여성은 배척당한다는 것이다. 아직까지 성차별적 요소가 남아 있는 것이니 여성분들은 오해 없으시기 바란다.

남성이 자신의 남성성을 유지하면서 거기에 여성이 갖는 감성을 보태면 이상적인 리더로 평가받을 수 있다. 남성의 장점인 결단력, 추진력, 통제력 여성의 장점인 상호 존중, 배려, 조화를 갖춘 리더가 이 시대가 필요로 하는 리더십이다. 팀장이 된 후 상사를 모시면서 여성과 남성, 세대를 떠나 여러 리더십의 차이를 많이 보고 배웠다. 연세대학교 정동일 교수가 쓴 '사람을 남겨라' 책에는 여러 리더십의 스타일을 잘 설명하고 있다.

첫째 강압적 권력, 지나치게 일방적인 리더란 여러 가지 제재나

처벌 혹은 부정적인 결과 들을 통해 타인에게 영향력을 행사하는 리더를 말한다.

둘째 합법적 권력, 조직이 부여한 지위에 기대는 리더란 직원에게 일을 시키면서 회사의 지위를 바탕으로 영향력을 행사하는 경향의 리더를 말한다. 주로 지위하는 힘에 의존하는 것이다.

셋째 보상적 권력, 물질적 보상에 기반 한 리더란 직원들에게 파격적인 보상으로 동기부여와 성과 창출에 의존하는 리더이다.

넷째 전문적 권력, 역량을 전수하는 리더란 자신의 전문적인 기술이나 지식, 정보, 그리고 업무에 필요한 노하우 등을 직원들과 공유하고 이를 바탕으로 영향력을 행사하는 리더이다.

다섯째 준거적 권력, 존경할 수 있는 리더란 권력의 원천이 리더가 가진 개인적 매력과 존경심을 바탕으로 한 준거적 권력이다. 준거적 권력은 자발적 협조와 헌신 같은 성과창출에 반드시 필요한 반응을 지속적으로 이끌어내는 가장 훌륭한 영향력의 원천이다. 준거적 권력은 자신이 가진 인간적인 매력에서 출발한다. 인간적 매력은 상대방으로 하여금 저

사람과 함께 시간을 보내고 싶다는 마음이 들게 하는 요소
이다.

사실 물질적 보상에 기반 한 리더십은 팀장 스스로 하기에 한계
가 있어 차지하더라도 나머지 4가지 스타일은 모든 팀장들이 조금
씩 가지고 있는 스타일일 것이다. 하지만 교수님은 최고의 리더십
스타일을 준거적 리더십 스타일로 뽑고 있으며 지시와 통제보다는
자발적 추종을 유도하는 리더십을 강조하고 있다. 시대에 따라 세대
에 따라 회사의 처한 상황에 따라 조금 더 강조 되는 리더십이 있을
수 있고, 리더 개개인의 성향에 따라 조금 더 강점을 나타내는 스타
일이 있을 것이다. 내가 경험한 베이비부머 세대의 리더십 스타일은
조직이 부여한 합법적 권력과 강압적이고 일방적인 리더십과 동시
에 전문적 권력 스타일이 많았고, 세대가 바뀌어 X세대 리더로 넘어
오면서 전문적 권력과 준거적 권력으로 점차 바뀌고 있는 중이다.

모든 업무 역량과 해결책을 리더가 다 줄 수 없다는 것과 새로이
입사하는 직원들의 스펙과 역량이 팀장을 넘어 서고 있다는 점, 전
략적 결정이 점차 데이터에 의존하는 것을 고려 할 때 전문적 리더
십에도 한계가 있다. 시대가 점차 준거적 리더십의 중요성을 요구한
다. 다시 말해 팀장이 업무에 대한 전문적 지식이 없다 하더라도 준

거적 리더십을 통해 충분히 리더가 될 수 있다는 가능성이다. 앞서 언급한 최근 메이저리그 감독 선임에 있어 경험이 전혀 없는 젊은 리더로 교체가 되는 것이 좋은 예이다.

나의 친구는 인텔에서 근무하는 엔지니어다. 팀 내 팀장이 있지만 프로그램 제작에 대한 전문적인 지식은 거의 없다고 한다. 단지 제작 스케줄을 조정하고 직원들의 애로사항을 경청하여 해결하고, 거래처 요구사항을 프로그램 제작에 적용 가능한지 여부를 확인하고 조율하며 팀원 간의 분쟁을 해결하고 팀워크를 올리며 팀원들을 동기부여 하는 것이 주요 업무이다. 한 마디로 프로그램 제작에 대한 전문적인 역량은 없다.

우리 회사 팀장의 가장 중요한 업무는 직원 코칭이다. 코칭을 하려면 일에 대한 인사이트와 전문적인 경험이 있어야 가능하다. 그래서 요구되는 리더십은 전문적 리더십과 준거적 리더십 2가지 모두이다. 전문적 리더십은 팀장이 되기 전 업무성과와 경험에 의해 평가 되며 준거적 리더십은 평소 그 사람의 인성과 평판에 의해 평가된다. 안타까운 것은 요즘도 조직이 주는 합법적 권력과 일방적이고 강압적 권력을 행사하는 리더가 있다는 것이다. 직원들이 바뀌고 세대가 바뀌면 리더십 스타일도 바뀌어야 한다. '나쁜 리더를 제거하는 일이 좋은 리더를 기르는 것보다 중요하다'라는 말이 있다. 리더 입장에선 여간 부담이 되는 말이지만 다 같이 좋은 리더가 되기 위해 한 가지 스타일만이 아닌 여러 스타일이 섞여 있는 짬짜면 리더십을 생각할 때이다.

팀원들은 나의 리더십 스타일을 어떻게 평가할까? 항상 궁금하지만 팀원들에게 자주 피드백을 받지 못하는 것이 안타깝다. 여러 가지 평가가 있을 수 있겠지만 팀원들의 의견 중 자주 나오는 피드백은 나는 마이크로 매니지먼트를 한다는 것이다. 나도 인정하는 부분이다. 팀장이 너무 세심하게 직원들을 관리하기 때문에, 직원들이 핑계 댈 구실이 없고 업무가 계획대로 진척이 되지 않을 시 직원들이 심하게 스트레스를 받을 수 있다고 팀원에게 피드백을 받은 적이 있다. 하지만 일에 대해서는 나는 단호하다. 나의 기대치를 항상 명확히 주고 기대치에 따라 올 때까지 팀원들을 독려하며 거기에 대한 평가를 객관적이고 정확히 하려고 노력한다.

나도 예전에 마이크로 매니지먼트를 하는 임원을 모신 적이 있다. 밑에 있을 때 항상 긴장했고 업무에 대한 끈을 놓치지 않았다. 그래서 더 피곤하고 힘들었던 것도 사실이다. 항상 하시는 말씀이 '직원을 못 믿는 것이 아니라 일을 못 믿는다.'고 하셨다. 팀원은 일을 성사하기 위해 열심히 노력하지만, 일이란 것이 항상 예상치 못한 변수가 있어 조그마한 실수로 쉽게 틀어지기 때문에 항상 타이트하게 관리 하셨다. 반대로 매크로 한 스타일의 상사를 모신 적도 있는데 항상 방향 설정만 해주시고 팀장들에게 많은 권한위임을 하셨다. 결과를 만들어 오라고 하셨고 나중에 결과 중심으로 평가하셨다.

2가지 스타일이 모두 다 장단점이 있다. 동료 팀장님들 중에서도 마이크로 와 매크로를 양분하는 스타일의 팀장님들도 있고 또한 팀원의 역량에 따라 매니지먼트 스타일이 얼마든지 달라질 수 있다. 어느 한 가지가 중요하다는 것이 아니고 팀장이라면 상황에 맞게 팀원에 따라 마이크로 & 매크로 를 동시에 할 수 있어야 한다. 팀원 중에는 방향만 설정해 줘도 잘 따라오는 팀원이 있는 반면에, 세세하게 방법을 가르쳐주고 목표관리와 플랜 체크도 해줘야 하는 팀원이 있다. 이 직원이 부족하고 신뢰가 가지 않아서가 아니라 일에 대한 중요도와 일을 바라보는 관점을 조정해주기 위해서이다.

매일경제 신문의 매경춘추란에 서울이란 도시는 강북과 강남으로 두 가지 종류의 도시 형태를 하나에 담고 있어 음식으로 치자면 자장면과 짬뽕이 한 그릇에 담겨 있는 짬짜면 같은 도시라고 기고한 글을 읽은 적이 있다. 또한 한강은 짬짜면 그릇의 칸막이 역할을 한다. 이것이 서울의 경쟁력이고 도시에 대한 가치를 더한다는 재미있는 글이었다. 리더십 또한 리더의 마음에 양성성을 비롯한 여러 스타일의 짬짜면을 담기 바란다.

04 최고의 성과가 동기이다.

경영학 측면에서 보면 수요를 창출하기 위해 즉 수요의 동기유발을 위해 제일 먼저 해야 하는 것은 시장조사이다. 시장조사란 소비자의 욕구를 파악하는 것으로, 파악된 욕구 충족이 되어야 고객만족이 되고 다시 수요가 증가하며 그 기업이 생존 할 수 있다. 인간의 내면도 마찬가지이다. 인간의 욕구가 먼저 파악이 되어야 하고 욕구가 만족 할 수준만큼 되어야 효과적인 동기부여가 될 것이다.

많은 책에서 인용되는 매슬로우의 인간 욕구 5단계를 보면 1단계 생리적 욕구 즉, 먹고 마시고 편안히 자는 원초적인 욕구를 말한다. 2단계 안전욕구 즉, 일관적인 생활이 유지 되는 것, 3단계 사회적 욕구, 조직에 속하고자 하는 인간관계의 욕구, 4단계 존경의 욕구, 다른 사람에게 존경 받고 인정받고자 하는 욕구, 5단계 자아실현의 욕구, 자신의 삶을 온전히 자신이 지배하는 것 자신의 삶의 목표를 이루고자 하는 욕구이다.

한양대 송영수 교수님은 자신의 저서 '리더가 답'이라는 책에서 매슬로우의 인간 욕구 단계를 직장 생활에 적용에 다음과 같이 기술하고 있다. 생활을 위해 취업을 하는 1단계를 거치고 나면 안전하고 안정된 삶을 유지하고 싶은 2단계에 접어든다. 어느 정도 업무가 익숙해지고 나면 인간적인 유대 관계를 맺고 사회적인 소속 활동에 대한 욕구가 높아지는 3단계로 발전한다. 관리자가 되면 승진에 대한 욕구를 해소하기 위해 노력하는 4단계로 넘어 가고 그 이후에는 자아실현을 위해 자신의 사업을 펼치는 5단계에 이르게 된다. 이론에 따라 회사에서 인간욕구 5단계를 최상위 수준은 아니라 할지라도 최소한의 만족을 충족을 해주면 직원들의 동기부여는 저절로 될 것이다. 그러나 최근 기업의 환경은 직원들에게 아주 초기 단계수준조차 충분히 만족 시켜주지 못하는 기업들이 늘어나고 있다.

최근 국내 대기업에서 급변하는 비즈니스 환경을 이기지 못해 20~30대도 구조조정의 대상이 된다. 다음은 관련 기사이다.

팀에서 어린 직원부터 '찍어서 퇴직'(찍퇴) 시키기 시작해 불안감이 있었는데, 실제 언론에서 보던 실직 노동자가 될 줄은 꿈에도 몰랐습니다. 두산인프라코어 3년차 대리 A(30)씨는 지난 9일 임원의 갑작스러운 호출에 등줄기에서 식은땀이 흘렸다. 3,000여명을 대상으로 한 희망퇴직으로 팀원 10여명 중 절반이 이미 회사를 나간 상황이었기 때문이다. A씨는 면담에서 "희망퇴직 대상이다. 내년에는 정리해고를 할 예정이라 위로금을 줄 테니 지금 나가라"는 통보를 받았다. "(나가지 않으면) 내년에 없어지는 부서로 보내겠다."는 말도 들었다. 사실상 정리해고 된 그는 17일 "앞서 퇴직한 선후배와 동기들도 아직까지 재취업을 못한 사람이 태반이라고 들었다."라며 "경력직 면접장이 두산인프라코어 퇴직자 모임이 될까 걱정된다."하소연 했다. 최근 두산인프라코어 희망퇴직 과정에서 상대적으로 '안전지대'에 있던 1,2년차 신입사원과 3~5년차 대리급까지 대상에 포함돼 젊은 직장인들 사이에서 불안감이 확산되고 있다. 어려운 취업 관문을 뚫고 대기업에 입사한 사회 초년생들도 손쉽게 직장을 잃을 수 있다는 우려가 현실이 됐기 때문이다. 20,30대는 가급적 구조조정이나 문책 대상에서 배제해주던 대기업 문화가 조금씩 바뀌고 희망퇴직을 접수 중이다. 삼성물산도 건설부문을 중심으로 나이와 관계없이 구조조정을 진행하는 것으로 알려졌다. 최근 경기 불황 여파 속에 실적 부진을 겪는 건설과 조선업들에서 이러한 현상이 두드러진다. 사정이 이렇다 보니 2030 세대 젊은 직장인 사이에선 '우리도 예외가 아니다'라는 자조 섞인 목소리가 나온다. "회사에서 실적 경쟁과 상사의 비위 맞추기가 과열될 것 같아 걱정"이라고 말했다.

위의 사례와 같이 가장 기본적인 욕구가 충족이 되지 않는 직장에서는 여러 가지 부작용이 발생한다. 직원들은 관리자에게 겉으로는 충성하는 척하지만 내면으로는 그렇지 않다. 언제 정리될지 모른다는 불안감이 늘 내면에 자리 잡게 되고, 일에 대한 집중력이 떨어지고 '카더라' 통신에 업무 분위기가 흐려진다. 동료들과의 관계도 마찬가지이다. 자신의 장점을 내어놓고 서로 협력을 증진하기보다, 상대방을 경쟁자라 인식하고 몸을 사리게 된다. 특히 인원이 더 작은 관리자급에서 이러한 성향이 두드러진다. 남의 약점이 나의 강점이 된다고 착각하기 때문이다. 그래서 사내 정치가 난무한다. 업무와 일에 집중하지 못하고 사람에 의존하게 되는 것이다. 안타까운 현실이다. 이러한 상황에서 팀장들이 직원들을 리드하기란 정말 쉽지 않다. 본인의 자리도 장담 못 하는데 어떻게 리더십을 발휘하겠는가?

우리 회사도 위의 경우와 별반 다르지 않았다. 업계 전체가 불황에 시달리다 보니 매년 구조조정하는 회사가 늘고 있다. 우리 회사는 2년마다 구조조정을 하고 있고, 전 직원 대상으로 구조조정을 한 것은 벌써 2번째이다. 입사한지 5년이 안 되는 직원들을 포함해 모든 직원들이 희망퇴직 대상이다. 나를 거쳐 간 팀원들 중에도 구조조정의 한파를 피하지 못하거나 혹은 자의에 의해 희망퇴직을 한 팀원들도 있다. 팀원이 줄면 팀장 자리도 당연히 줄어드는데, 내가 팀장이 된 이후로 반으로 줄었다. 그만큼 나의 선임 팀장님들이 많은 구조조정의 대상이 되었다. 구조조정의 부작용으로 능력이 없는 사람을 자르려고 했는데 아이러니하게도 회사에 필요한 사람들이 나간다. 시장가치가 높은 인재들은 구조조정 이후에 나간 사람의 몫까지 업무가 가중될 것이라고 예상하고 이직을 고민하게 된다. 사정이 이렇다 보니 혹 실적이 떨어지거나 평가가 저조한 팀장들과 팀원들은 마음이 더 조급해진다. 혹 이러다 잘리는 것은 아닌지 늘 불안하다. 구조조정이 끝난 후에도 또 언제 구조조정을 할지 안심하지 못하고 미리 걱정을 한다.

이런 상황에서 팀장은 팀원을 어떻게 리드해야 하는가? 한 가지 확실한 사실이 하나 있다. 팀장들은 논외지만 성과 있는 팀원은 절대 잘리지 않는다. 최고의 성과는 최고의 동기부여이다. 메슬로우의 인간 욕구 단계를 보더라도 사람은 존경받고 인정받고자 하는 욕구가 있다. 최고의 성과를 통해 스스로 성취감을 느끼며 주위 사람에게 인정받고 그것을 통해서 셀프 동기부여를 하는 것이다. 동기부여는 리더만이 해 줄 수 있는 것이 아니라 스스로 하는 것이 대부분이다. 리더는 그런 환경을 만드는 사람이다.

이러한 최근 비즈니스 환경 속에서 성과를 통한 성취감을 통해서 안정감을 느끼며 팀장과 임원의 인정과 칭찬이 최고의 동기 부여가 얼마든지 될 수 있다. 그렇다고 단기적인 성과에만 치중한 나머지 미래지향적 사고를 하지 말라는 것은 아니다. 나는 지금까지 팀장을 하면서 11명의 팀원을 해당 업무 내에 전국 1등으로 만들었다. 내가 만들었다기보다는 팀원이 성취하였다. 성과를 통한 성취감도 경험한 직원이 그 맛과 기쁨을 알고 계속해서 하려고 노력한다. 경험하지 못한 직원은 관심도 없다. 오히려 불평불만이다.

재미있는 사실은 성취한 경험이 있는 직원이 지속적인 성과를 낸다는 것이다. 성취감도 습관이다. 최고의 동기부여는 성과를 통해 팀원들이 성취감을 맛보게 하는 것이다. 그래서 스스로 동기부여 할 수 있는 팀원을 만들어야 한다. 또한 회사에서는 돈과 보상으로 동기부여를 하고 있지만, 보상을 통한 동기부여는 직원들이 그만큼 보상에 빨리 적응하기 때문에 성취감이 오래 가지 못한다. 습관이 되지 않는다.

성취감의 기쁨을 나 또한 경험으로 알고 있는 사람이다. 마음으로 기억하고 있다. 팀장들 대부분은 팀장이 되기 전에 업무적인 성과로 대부분 인정받은 사람들이다. 그 기분을 기억하고 있지 않는가? 나는 기억하리라 믿는다. 옛날의 전설적인 무용담들을.. 그 기분을 그 느낌을 직원들과 공감해야 한다. 직원들이 그 기분에 중독이 되고 습관이 되게 만들어야 한다. 그러한 업무 환경을 만들 줄 아는 리더가 되어야 한다. 칭찬과 인정은 보너스이다.

05 당신은 전략가 입니까?

팀장과 리더의 가장 필요한 역량 중 하나는 전략적 사고다. 이렇게 생각하는 이유는 앞에서 언급한 준거적 리더보다 전문적 리더가 개인의 노력으로 되기가 쉽다고 생각하기 때문이다. 준거적 리더가 갖추어야 할 인성은 타고나는 것이 많다. 인간적인 매력과 존경심이 노력한다고 하루아침에 되는 것은 아니다. 그렇지 않은가?

리더가 가지는 전략적 사고에는 시장분석력, 미래 예측 능력, 위기관리능력, 창의성 등 모든 것이 포함된다. 시장을 정확히 보는 통찰력이 있어야지 이 모든 것이 가능하다. 예를 들어 시장이 급변하게 변하여 향후 우리제품의 재고 이슈가 생길 것을 미리 예상하여

각 팀원들에게 거기에 대한 대비책을 미리 준비한다든지, 가까운 미래의 정부정책의 변화로 인해 회사 전략의 수정이 필요할 때 미리 플랜을 세우고 대비책을 마련하는 등 팀장이 가지는 전략적 사고가 거시적 차원에서 큰 도움이 되지 않더라도, 최소한 갑작스러운 이슈가 생겼을 때 팀원들이 우왕좌왕하지 않고 조직의 에너지를 적절하게 쓸 수 있다는 장점이 있다. 그러나 현재의 비즈니스 환경은 너무나도 급변하기 때문에 리더의 판단과 결정만을 믿고 따를 수는 없다. 리더의 통찰력에만 의존하다 리더가 잘못된 결정을 하는 순간 그만큼 비용과 손실이 크기 때문이다.

지난 30여 년 간 120여 편의 논문과, 13권의 경영학 책을 쓴, 인사 분야의 구루로 추앙 받는 스탠퍼드 대학의 경영학 교수 제프리 페퍼는 2006년에 출간한 Hard Facts라는 그의 저서에서, 그는 경영자들에게 오직 데이터가 말하는 사실을 믿고, 유행을 따라가지 말라고 당부한다. 우리나라 경영자들도 트렌드를 쫓아 태양광이나 해양플랜트 사업에 무리하게 진출했다가 지금 곤욕을 치르는 몇몇 기업들이 있다.

그러면 전략과 리더십은 별개의 것인가? 하버드 경영대학원의 교수인 신시아 A 몽고메리 교수는 그의 저서 '당신은 전략가 입니까?'

라는 책에서 리더십과 전략은 불가분의 관계에 있다고 설명하고 있다. 리더는 전략이 목적이나 해결책이 아니라는 사실을 알아야 한다. 전략은 해결되고 조정되어야 할 문제가 아니다. 그것은 하나의 여정이다. 전략은 간헐적이 아닌 지속적인 리더십을 필요로 한다. 훌륭한 전략은 결코 확정된 것이 없고 훌륭한 전략가는 이런 지속적인 과정을 이끌어 가고 계속 주시하면서 확인하고 평가하고 결정하고 조치를 강구하는 일을 반복해야 하는 사람이다. 한마디로 전략은 90%의 팔로우 업을 필요로 한다. 내 개인적으로는 전략과 실행을 따로 구분하고 이해했지만 전략이란 의미에 실행이 포함이 되어 있다. 한마디로 실행과 실천이 없는 전략은 전략이 아닌 것이다. 실행하면서 전략은 얼마든지 수정되고 반복 될 수 있다. 급변하는 환경 속에서 전략도 유연해야 한다.

삶 전체에서 전략적 사고는 우리가 알지 못하는 사이에 많이 일어나고 있다. 예를 들어 오늘 내가 예기치 않는 상황에서 늦잠을 자서 평소보다 30분 늦게 일어났다면 회사에 늦지 않게 가기 위해 어떻게 할 것인가? 잠이 채 깨기도 전에 선택을 해야 한다. 평소처럼 세면을 다 할 수는 없다. 꼭 필요한 것들만 선택해서 세면을 해야 한다. 최소 출근에 필요한 준비를 해야 하기 때문이다. 여기에 필요한 정보는 평소 경험으로 알고 있어 선택과 집중을 할 수 있다. 평소처럼 차를 가지고 나갈지 대중교통을 이용하기 전 지하철을 탈지, 버스를 탈지를 빨리 선택을 해야 한다. 여기에 중요한 정보가 필요하다. 이 시간대에 자가용 이용은 회사까지 얼마나 걸리는지, 지하철은 사람들이 붐비는 시간대인지 아무튼 선택해서 빨리 행동을 옮겨 일단 집 밖으로 나와야 한다. 내가 선택한 교통수단이 뭐든 늦지 않고 회사에 도착해서 안도의 한숨과 함께 약간의 희열을 느껴 본 적이 없는가? 반대로 예상과 다르게 너무 늦게 회사에 도착한 나머지 팀장님께 꾸지람을 들으면서 '아! 지하철을 탔어야 하는데' 후회한 적은 없는가? 나는 둘 다 경험이 있다. 회사에 늦지 않게 가기 위해서도 많은 정보가 필요하고 정보에 따른 전략적 선택이 필요하다.

전략적 사고란 정확한 계획이다. 정확한 계획을 위해서는 현 상황에 대한 확실한 정보가 필요하다. 전략도 내가 아는 만큼 보이는 것이다. 팀원들에게 항상 마켓 쉐어, 세일즈 트랜드를 파악하게 시키는 것도 이 때문이다. 거래처 마다 경쟁사가 파악하지 못하는 정보를 우리가 가지는 순간 우리가 아는 만큼 전략의 선택 폭도 넓어진다. 이를 위해 시장과 고객에 대한 강박 수준의 관찰력이 필요하다. 팀원들에게 분석을 하고 전략을 세워 향후 플랜을 제출하라고 하면 자기가 아는 정보만큼만 액션 플랜이 나온다. 또한 정보가 부족하면 전략도 차별화 되지 않고 시기별, 개인별 전략도 모두 똑같아진다.

항상 열심히 하는 팀원이 있다. 다른 팀에 근무하다 나의 팀에 발령이 났다. 전 팀장의 피드백은 열심히 하는 팀원이라는 것. 제일 먼저 출근하고 거래처 방문도 가장 열심이다. 인성 좋고 부지런하고 팀원과도 잘 지낸다. 그런데 성과는 좋지 않다. 정말 지금 생각해도 코칭이 힘든 직원이었다. '무엇이 문제일까?' 항상 고민했다. 나의 상사도 항상 '저 친구 무엇이 문제냐?'고 물어보곤 했다 '정말 열심히 하는 친구인데, 왜 이리 성과가 나오지 않냐?'고 궁금해 했다. 계속 지켜 본 결과 무조건 열심이만 하는 것이 그 팀원의 단점이었다.

플랜 대비 정확도가 항상 떨어 졌고, 그만큼 시장에 대한 분석이 부정확하고 거래처마다 차별화 전략도 없었다. 일에 대한 중요도 순위도 없는 친구였다. 선택과 집중의 전략적 마인드가 부족했다. 그러나 다른 장점도 많은 친구였다. 1분기 정도 같이 플랜을 세우고 시장분석을 해 주었다. 그래서 일에 대한 중요도 순위와 거래처마다 차별화 전략을 세울 수 있도록 코칭 해 주었다. 결과적으로 성과는 많이 좋아졌다. 좋아진 이유가 전략적 사고가 향상이 된 것인지 아니면 팀장이 본인 일에 너무 간섭을 해서 견디기 힘들어 정말 열심히 노력한 결과인지 여전히 약간의 의문으로 남아있다.

처음부터 업무습관이 잘못되어 있는 팀원들을 보면 안타깝다. 정말 처음부터 일을 잘 배워야 한다. 팀원의 업무습관이 팀장 하나 잘 만났다고 해서 갑자기 바뀌는 것은 아니다. 그리고 팀장이 생각하는 업무 스타일이 모두 다 옳다는 것도 아니다. 팀장도 자기의 업무 스타일에 팀원들을 전부 맞추려고 하면 절대로 안 된다. 다르다고 틀린 것은 아니기 때문이다. 이 모든 것을 고려하고 생각해도 정말 업무 습관이 좋지 않은 팀원들을 보면 매우 안타깝다. 전략적 사고가 부족한 팀원이 갑자기 좋아 질 수는 없다. 그래도 계속 노력은 해야 한다. 본인이 스스로 해야 한다. 매일 직장 상사가 따라다니면서 계속 대신해 줄 수는 없기 때문이다.

'당신을 전략가입니까?' 몽고메리 교수는 그의 저서에서 모든 기업의 리더들에게 질문하고 있다. 나도 나 자신에게 묻고 싶다. 당신은 팀장으로서 팀에 대한 전략이 항상 있는가? 팀장이라면 반드시 답해야 하는 질문이다. '당신과 직원들이 아무리 열심히 일해도, 기업 문화가 아무리 훌륭해도 회사 제품이 아무리 좋아도, 당신의 동기가 아무리 고상해도, 기업이 전략을 제대로 세우지 못하면 당신이 하는 모든 일은 위험하다.'고 몽고메리 교수는 그의 저서에서 이야기한다. 전략의 깊고 넓은 의미와 역할에 대해 지금 논하기에는 나의 능력이 너무 부족하다.

전략적 사고를 키우기 위해서는 스스로 노력해야 한다. 스탠리 리글리 미국 드렉스대 교수가 쓴 '전략적 사고 기술(strategic thinking skills)'이란 책에서 그는 "전략적 사고는 절대 저절로 얻어지지 않는다."라고 강조한다. 스티브 잡스 전 애플 최고경영자(CEO)와 존 F 케네디 전 미국 대통령, 나폴레옹 보나파르트 1세, 에이브러햄 링컨 전 미국 대통령 등 성공한 개인들도 무수한 노력을 통해 전략적 사고를 키웠다. 목표를 설정하고, 장기 계획을 짜고, 뜻하지 않는 변수를 추려내고, 이에 대한 대응책을 강구하고, 목표를 달성하기 위해 심지어는 적과도 손을 잡는 방안을 끊임없이 반복하면서 전략적 사고의 틀을 완성을 위해 노력하였다.

'내가 공부하는 이유'라는 책에서 유명한 철학자 소크라테스도 본인 스스로 누구를 가르친 적이 없다고 말한다. 그가 사람들에게 가르친 것은 '스스로 생각하는 법' 이었다. 전략적 사고는 스스로 생각하고 노력함으로써 얻어 지는 것이다.

06 원칙이 있어야 한다.

요즘 시대는 원칙이 난무한다. 정치인들 사이에 주로 하는 말이 '원칙에 입각하면' 혹은 '원칙만 말씀 드리겠다'는 등 원칙만 지나치게 강조되어 서로 겉돈다는 느낌도 받을 때가 있다. 직장생활에서의 내가 생각하는 원칙이란 적어도 이것만은 어떤 상황에서도 지켜 줘야 하는 것, 흔히 선배들이 얘기 하는 선을 넘지 말라 할 때, 그 선을 의미 하는 것이 아닐까 생각한다. 물론 직원평가나 상벌에 관련된 원칙과는 서로 약간 의미가 다를 수 있다. 내가 이야기하는 원칙의 의미는 전자에 가깝다.

총각네 야채가게의 이대표는 과일가게를 운영함에 있어 제일 중요한 원칙이 2가지가 있다. 먼저 '총각네'의 모든 매장에는 냉장고가 없다. 값보다 맛과 품질로 승부해 당일 구입한 제품은 100% 그날 다 팔아치운다. 그날 물건이 잘 안 나가면 오후 3시쯤 전 직원이 트럭과 오토바이를 몰고 노점 판매에 나설 정도로 '무재고 경영'을 원칙으로 하고 있다. 또한번 찾은 고객은 바로 '단골'로 만드는 서비스 정신으로 무장돼 있다. '총각네' 직원들은 매장에 들어선 모든 주부 고객들을 '누님'과 '어머니'라 부르면서 살갑게 대한다. 반면 매장 직원들은 '사위' '이장' '열정' '패기' 등의 닉네임으로 불린다. "고객들이 어떤 맛을 좋아하는지, 집안에 무슨 일이 있는지 시시콜콜 물어보고 기억해둬요." 이러한 원칙으로 매년 성장하고 있고 대기업에서 벤치마킹을 하고자 찾아오는 경우가 많다고 한다. 이렇듯 리더의 원칙은 조직에 생기를 주고 전 직원을 올바른 방향으로 이끈다.

심지어 회식을 할 때도 원칙이 있는 회사가 있다. 일본 교세라의 창업주 이나모리 가즈오가 직원들의 소통과 단결을 위해 내세운 해결책으로 이 회사는 회식을 본사 건물 12층에서 한다.

회식의 원칙으로는 첫째, 전 직원의 참석은 필수. 회식은 동료들 간 관계구축 및 회사발전을 위해 고민하는 자리이므로 전원참석이 아니면 무의미 하다. 둘째, 테마가 있는 회식. 회식 전 테마를 미리 결정 관련된 이야기만 허용한다. 셋째, 이타(利他)의 정신으로 임하라. 상대방의 생각을 경청하고 이해하는 이타의 마음을 강조한다, 넷째, 시간표와 좌석표. 회식시간은 1~2시간 정도로 하며 각 테이블마다 리더를 선정 나머지 자리는 제비뽑기로 결정하고 건배제창, 뒷정리 등도 제비뽑기로 결정하여 모든 참석자가 평등하게 주인의식을 갖도록 한다는 원칙이다. 그리고 가장 놀라운 것은 본인 돈으로 회식에 참가한다는 것이다. 이렇게 회식에 원칙을 세운 것은 창업주가 회식이 그만큼 중요하고 회의실에서 못한 이야기를 회식자리를 통한 기회를 줌으로서 보다 더 직원들 간의 소통과 화합을 강조했기 때문이다.

잠깐 나의 팀 회식에 대한 원칙을 이야기하자면, 팀 회식도 잠깐의 힐링이 되어야 한다고 생각하기 때문에 무조건 팀원 위주이다. 날짜도 장소도 팀원들이 결정해서 통보를 해주면 내가 그 날짜에 일정을 맞춘다. 참석하면 진심으로 분위기를 편안히 해주려고 노력하고 팀원들 위주의 회식이 되게끔 하려고 노력한다. 가끔 팀장을 위해서 회식을 하는지 팀원을 위해서 회식을 하는지 헷갈리는 팀이 있다. 팀원들을 위해서 해주기 바란다.

나도 팀장이 되기 전 원칙이 있었다. 내가 3년 차 일 때 처음으로 같은 팀에 신입사원이 입사했다. 나도 대학 졸업 전에 바로 취업을 한 상황이었지만 후배도 졸업 전에 입사를 하였고 같은 대학 후배였다. 나도 사회경험이 많지 않은데 나름 직장생활을 2년 먼저 했다고 후배를 불러 놓고 원칙을 운운 했던 것이 기억이 난다. 그 당시 내가 후배에게 말한 원칙이다.

첫째, 거짓말하지 말라, 절대 거짓보고 하지 말라. 업무 실수까지도 모든 것을 솔직하게 얘기하라. 거짓말에 대한 사안은 책임져주지 않는다.

둘째, 주어진 시간 안에 최선을 다하라, 야근하지 마라. 한 예로 일본 인텔에서 근무하는 내 친구를 얘기를 해주었다. 내 대학 동기는 인텔에서 프로그래머로 일하고 있는데 인텔의 프로그래머는 절대로 야근을 하지 않는다. 야근을 하는 자체가 주어진 시간 안에 업무를 끝낼 수 있는 능력이 부족하다고 생각하는 것이다. 최고의 프로그래머로서 자존심이 허락하지 않는다는 것이다. 인텔 직원은 차라리 집에 가서 야근을 해도 회사에서는 절대 하지 않는다. 그만큼 회사에 있을 때 집중해서 효율적으로 일을 한다는 의미이다. 후배에게 집중에서 일하라고 하였다.

셋째, 약간의 긴장감을 유지하라. 너무 긴장해도 안 되지만 약간의 긴장은 건강에도 도움이 된다. 신입사원을 떠나서 항상 약간의 긴장감을 유지하라고 말하였다. 센스 있게 고객과 선배들을 잘 모시라는 뜻이다. 3년차인 내가 이런 말을 하기에는 좀 거창한 것도 있지만, 신입사원이라 스펀지처럼 잘 받아 들였다. 후배와 나, 둘 다 해당되는 원칙이기에 기본적인 원칙을 지키면서 노력하여 그 해에 우리 팀은 성과가 매우 좋았다. 그 다음해에 2명의 신입사원이 입사했을 때도 똑 같은 원칙을 이야기 해주었고, 우리 팀은 기본적인 원칙을 지키며 열심히 재미있게 근무하였다.

지금 생각하면 내가 말했던 원칙들은 직장인으로 지켜야 할 태도에 관한 것이다. 모든 신입사원의 기본적인 근무 태도를 바로 잡게 해 주었다. 이렇듯 태도에 관한 원칙이 당연히 팀원들의 생산성에 긍정적인 영향을 줄 수 있다.

팀장으로서 해가 바뀌면 팀원들 일부가 변경이 되고 조직 변화가 있을 때마다 매번 팀 운영방안에 대해 PT를 한다. 그 안에는 팀 미팅 방법, 직원 평가 방안, 팀 예산관리, 주요평가지표, 타겟팅 등, 내가 팀원들에게 원하는 기본적인 회사생활에 대한 업무원칙도 포함이 되어 있다. 내가 정확히 팀원들에게 기대하는 Expectation이다. 매년 초에 항상 이런 시간을 갖는다. 이때 이야기한 사항에 대해서 최선을 다해 지키려고 노력한다. 이것이 나의 작은 원칙이 되는 것이다. 팀원이 내 생각을 예측하고 내가 원하는 방향으로 실행 할 수 있다. 내가 방향만 바르게 잡았다면 우리 팀은 업무 집중이 배가 되는 것이다.

이러한 소소한 가이드라인도 있겠지만 내가 팀원들에게 생각하는 업무 원칙은 크게 3가지이다.

첫째, 근태는 용납하지 못한다. 열심히 안 하는 팀원은 나랑 같이 일할 수 없다. 그 친구가 그만두든가 내가 그만두든지 해야 한다. 주어진 시간 안에 무조건 열심히 해야 한다.

둘째, 일을 잘 해야 한다. 열심히 하는 것도 중요하지만 성과가 있어야 한다. 선생님들은 잘 가르쳐야 하고 영업사원은 영업을 잘 해야 한다. 각자 맡은 업무에 대한 책임감을 강조한다.

셋째, 모든 결정은 객관적 자료, 합리적인 데이타로 한다. 판단과 평가는 데이타로, 내 개인 감정을 배제한다. 팀원들도 마찬가지다. 나에게 평가에 있어 인간적인 감정을 기대하지 않는다. 이러한 원칙들은 평소 이야기하지 않아도 팀원들이 나에 대해 느끼는 것들이다. 나의 팀원이라면 나의 행동과 이야기를 통해 나에 대해 이미 알고 있는 부분이다.

자발적으로 되지 않을 때 원칙이 더 필요하다는 말이 있다. 우리 팀은 매번 월요일 팀 미팅을 8시에 한 적이 있다. 8시에 하면 아무도 늦지 않지만 9시에 하면 꼭 지각하는 팀원이 있다. 한 번은 팀원이 팀미팅 시간을 9시부터 하자고 건의를 해서 9시로 변경한 적이 있었다. 단 조건이 있었다. 9시 미팅시간에 1명이라도 늦으면 다시 미팅시간을 8시부터 하는 것이었다. 후로 모든 팀원이 9시 미팅에도 늦지 않았다. 이렇듯 원칙은 사람들의 습관을 바꾼다.

'사람은 무엇으로 성장하는가?' 라는 책에서 뭐든지 일관성 있게 꾸준히 실천하려면 매일 반복하는 습관보다 원칙이 더 중요하다고 말한다. 원칙을 세움으로써 무조건 하게 만드는 것. 그것이 사람을 성장시킨다. 직장인으로서 매일 성장하는 사람이 되기 위해 어떠한 원칙을 세우고 실천하고 있는가? 리더로서 팀 운영에 대한 어떠한 원칙을 가지고 있는가? 팀원을 발전 성장시키기 위해 어떠한 것을 실천하고 있는가? 리더라면 반드시 고민 하여야 할 문제이다.

07 스스로 성장하는 팀.

　새로운 직장을 선택할 때 사람들이 가장 중요하게 생각하는 요소가 뭐라고 생각하는가? 2014년 7월 월스트리트 저널에 따르면 직장인들은 연봉 다음으로 고용 안정성을 가장 중요하게 생각했다. 하지만 정작 이들을 고용하는 회사의 입장은 다르다. 회사는 직원채용 시, 직원들의 경력개발 기회부여를 가장 중요한 요소로 생각했고, 고용 안정성의 중요성을 가장 낮게 인식하고 있었다. 경기가 어려워질수록 사람들은 고용 안정성을 중요하게 생각하지만 회사는 고용 안정성을 보장해주기 어렵다는 입장이다. 이렇듯 회사의 입장은 경력개발의 기회를 부여하는 것 즉 직원들의 역량을 발전시키고 성장시키는 것을 가장 중요시 한다. 꼭 이러한 조사결과가 아니더라도 이미 우리는 한 직장에서 오랫동안 고용안정을 보장 받을 수 없다는 것을 알고 있다. 몸담고 있는 동안 최대한 많이 배우고 성장하고 인맥을 관리하는 것이 중요하다.

예전 다른 팀의 직원이 퇴사할 때 팀장이 제대로 일을 가르쳐주지 않았다는 피드백을 준 적이 있다. 진심인지 모르겠으나 사실이라면 팀장님도 물론 잘못이 있지만 그 팀원의 태도에도 문제가 있다고 생각한다. 우선 배우고 성장하는 것은 스스로 하는 것이 기본이다. 일찍이 공자도 제자들에게 강조했던 첫 번째 원칙은 '스스로 공부하라'이다.

'스스로 분발하지 않으면 알려주지 않고, 스스로 답답해하지 않으면 말해 주지 않는다. 네 귀퉁이 가운데 하나를 보여 주었는데 나머지 세 귀퉁이를 스스로 깨닫지 않으면 다시 가르쳐 주지 않는다.'

'스스로 어찌할까 생각하지 않는 사람은 나도 어떻게 할 수 없다.'

소크라테스도 가르친다는 것은 스스로 생각하는 법을 가르치는 것이라고 하였다.

스스로 조급해 하고 배우고자 하는 열정이 있으면 일에 대한 관심도 자연히 늘어난다. 그냥 가만히 있는데 가르쳐 줄 사람이 있을 리가 없고, 가르치는 사람도 재미가 없는 것은 당연지사이다. 신입사원이 들어오면 처음에 인상을 본다. 외모를 보는 것이 아니고 인상이 밝은지 살펴본다. 인상이 어두우면 대부분 부정적 생각을 하는 사람이 많고 밝은 인상이면 적극적이고 긍정적이다. 다음으로 보는 것은 신입사원이 질문을 얼마나 많이 하는지 지켜본다. 단언컨대 후배가 질문이 많다고 절대로 귀찮아하지 마라. 귀찮아하는 순간 후배는 질문을 하지 않게 되고 모르는 것도 그냥 넘어가 나중에 큰 사고로 이어진다. 모르는 것이 잘못된 건 아니다. 열심히 질문에 답해 주기 바란다.

그런데 질문을 전혀 하지 않는 신입직원이 있다면 더 걱정이 된다. 배울 자세와 의지가 부족하거나 소극적이다. 선배가 친절히 먼저 가르쳐 줄 것이라는 건, 정말 안일한 생각이다. 스스로 질문하고 배워야 한다. 관리자로 올라 갈수록 가르쳐 주는 사람은 아무도 없다. 스스로 학습하고 스스로 배우고 성장해야 한다. 내가 책을 쓰기 시작 한 이유도 리더십에 관해 훨씬 더 관심을 가지고 배우게 될 좋은 기회라고 생각했기 때문이다.

나는 팀장이 되기 전에 후배가 먼저 질문하기 전에 가르쳐 주지 않았다. 그 당시에는 팀장님도 계셨고 굳이 질문도 없는데 내가 먼저 이래라 저래라 하면 꼭 후배에게 잔소리 하는 것 같은 느낌이 들어서였다. 물론 나의 업무도 무척이나 바쁜 상황이었다. 그러나 질문을 먼저 하는 경우에는 질문하지 않은 것까지 친절하게 모든 경우의 수를 설명 해 주었다.

예전에 두명의 신입직원이 발령을 받았다. 두 직원이 너무 대조적이었는데 한명은 질문을 너무 많이 하고 한명은 질문을 전혀 하지 않는 스타일 이었다. 너무 질문을 하지 않는 직원은 도대체 일에 관심이 있나 할 정도로 무심하였다. 그런데 성과는 질문을 하지 않는 직원이 훨씬 좋았다. 질문이 많은 직원은 이런 상황조차도 나에게 질문하였다. 나는 향후에 질문을 많이 하는 직원이 성과가 훨씬 좋을 것이라 예상하고 있었다. 역시 그 다음해에 질문이 많은 열정적인 직원은 전국 1등 사원이 되었다. 질문을 많이 해서가 아니라 자기 일을 빨리 배우고자 하는 열정적인 업무 자세가 성과 좋은 직원으로 만들었다. 이렇듯 스스로 관심을 가지고 열심히 배우려는 자세가 업무 스킬도 빨리 습득하고 남들보다 빨리 성장한다.

직원의 성장이 경험이 많다고 근무경력이 길다고 역량이 더 좋다고 생각하는 팀장은 아마 없을 것이다. 과, 차장이라서 주임, 대리보다 업무역량이 반드시 높다고 생각하는 리더는 없다. 나의 경험으로 보건대, 직원의 성장은 근무 연차수와 아무런 상관이 없다. 경험이 양이 중요한 것이 아니라 경험의 질이 중요하다. 신입시절부터 얼마나 치열하게 본인 업무에 관심을 가지고 열심히 역량을 쌓았는지가 지금의 나의 역량을 평가하는 기준이 된다.

매일경제 신문에 실린 기사이다. 다음 조리법 가운데 잘못된 것을 고르시오.

1. 깍두기를 담글 때 무는 3cm 크기로 팔모썰기를 한다
2. 미역국을 끓일 때 미역은 찬물에 불려 4cm 길이로 썬다
3. 도라지 오이생채에 들어가는 도라지는 6cm 길이로 얇게 찢어 소금을 넣고 주물러 씻는다
4. 감자볶음을 할 때 감자는 0.5cm 당근과 양파는 0.3cm 두께로 썬다

정답은 몇 번인가? 정답은 1번이다. 중학생이 배우는 기술·가정 교과서에는 깍두기에 들어가는 무는 2cm 크기로 팔모썰기를 한다고 분명히 적혀 있다. 깍두기뿐이 아니다. 감자볶음, 미역국, 도라지

오이생채 등 다양한 음식에 들어가는 식재료 크기가 영점(0.) 몇 ㎝ 단위까지 자세히 적혀있다. 수도 없이 깍두기를 담그고, 미역국을 끓여온 베테랑 주부도 맞힐 수 없는 문제다.

　나는 이 기사를 보고 중학교 교육의 문제는 언급 할 필요도 없지만, 내가 혹 팀원들에게, 위의 교과서처럼 업무지시나 코칭을 하지 않는지 스스로 반성하게 되었다. 팀장들 대부분이 디테일한 경향이 있어 팀원에게 이런 식의 업무지시를 하는 경우가 있다. 교과서 사례는 학생들의 창의력을 갉아 먹는다. 이러한 업무지시는 팀원들의 사고력을 저하 시킨다. 지시하지 않으면 스스로 무언가 할 수 없는 팀원으로 전락하고 만다. 나는 업무적으로 문제해결을 대신 하지 않고 조언만 주려고 노력한다. 게으른 팀장이 되려고 하지만 말처럼 쉽진 않다. 공자의 말처럼 네 귀퉁이 가운데 하나를 보여주고 스스로 세 귀퉁이를 깨우치게끔 하려고 노력한다.

　물론 신입팀장 때는 내가 직접 문제 해결을 하고 직접 성과를 올리고 팀원들이 스스로 할 때까지 기다려주는 여유가 없었다. 그러나 지금 생각하면 내가 직접 해결 하나 팀원들이 하나 속도 면에서 큰 차이는 나지 않는다. 성과가 장기적으로 지속 유지되려면 팀원이 창의적으로 문제 해결을 하게 하는 편이 훨씬 좋다. 스스로 유지하는 능력을 키우는 것이다. 주요 거래처를 방문해도 한군데 정도 툭 건드려 준다. 그리고 팀원 스스로 방법을 찾아 해결할 때까지 기다려 주고, 철저히 과정에 대한 팔로우 업은 잊지 않는다.

스스로 성장하는 팀원이 많이 있을수록 팀장은 더욱 더 게을러지게 된다. 자연히 지시와 통제도 줄어들게 되고 팀원들도 스스로 일을 찾아 하게 된다. 자발적 추종이 이루어지게 되는 것이다. 팀장은 항상 그러한 분위기와 환경을 만들어 주어야 한다.

존 맥스웰의 '사람은 무엇으로 성장하는가?' 의 책에서 목표를 달성하려고 노력할 때 많은 사람들이 단번에 꿈을 이룰 대승리, 홈런, 마법의 해법을 찾는 것 같은 잘못을 저지른다 . 대승리를 거두려면 반드시 그 전에 작은 승리를 많이 거둬야 하는 법이다. '성공은 대개 어마어마한 행운이 아니라 단순하고 점진적인 성장에서 비롯된다.' 라고 말하였다. 성장은 점진적인 것이다. 포기하지 않고 꾸준히 해나갈 때 팀원도 팀장도 같이 성장한다.

08 우리는 무리
지어 사냥한다.

모든 회사는 핵심인재를 원한다. 핵심인재란 문제해결 능력과 창의성이 있는 인재를 말한다. 기업 인사담당자 311명을 대상으로 설문조사를 하였을 때 인재경영의 70%는 채용에 달려있다고 대답했다. 채용 후 육성도 중요하겠지만 무엇보다 기업은 핵심인재를 잘 뽑아야 한다.

2014년 8월 Psychological science지에 The-Too-much Talent effect라는 재미있는 논문이 실렸다. 논문의 내용은 스타급 선수의 비중과 팀 성과의 상관관계를 분석한 것이었다. 초기에는 스타급 선수가 늘어날수록 팀 성과도 향상되지만 스타급 선수비중이 일정 수준을 넘어서면 오히려 팀 성과는 하락한다는 내용이다. 이유는 팀원 간 지나친 서열경쟁이 팀 협력을 저해하기 때문이다. 종목별로 스타급 선수의 비중과 팀 성과의 상관관계를 분석했을 때 농구는 스타급 선수가 50%를 넘었을 때 팀 성과가 하락되고, 축구는 스타급 선수가 70%를 넘었을 때 팀 성과가 하락되고, 야구는 스타급 선수가 많을수록 팀 성과는 비례하였다. 그만큼 팀워크가 가장 필요한 스포츠는 농구이며, 축구가 그 다음이었다. 야구는 그에 비해 개인이 하는 스포츠라고 볼 수 있다. 위의 결과에서 알 수 있듯이 스타급 인재와 성과는 정비례하지 않는다. 스타급 인재가 많다고 기업이 무조건 잘 되지는 않는다는 뜻이다. 그 이유는 스타급 인재가 넘쳐나는 조직에서는 조직 개개인이 자기 능력에 맞는 역할을 찾지 못할 가능성이 증가하기 때문이다.

그러므로 역할에 대한 적절한 조화가 받쳐줘야 창의적인 성과로 연결된다. 이것이 바로 조직과 리더가 해야 할 역할이다. 역할에 대한 적절한 조화와 팀워크를 통해 팀의 성공이 나의 성공이라는 인식이 확장될 때 팀원 개개인의 역량이 최대한 발휘되고, 그 팀의 성과는 팀원 간의 협력으로 더 놀라운 성과가 발휘된다. (세리프로, 창조가들 이병주소장, 스타급인재 다다익선 vs 과유불급 강의 참조)

일례로 미시간대 미식축구팀 스켐 베클러 감독은 언제나 개인보다 팀을 중시했다.

'우리는 이번 시즌에도 우승을 원한다. 그리고 팀으로 우승할 것이다. 최고의 선수들이 쏟아져 나오지만 가장 최고는 팀이다. 아무리 뛰어난 선수도 팀보다 뛰어나지 않다. 아무리 뛰어난 감독도 팀보다 중요하지 않다. 팀. 팀. 팀. 팀만이 전부다.' 스켐 베클러 감독의 선수선발 원칙은 팀을 위해 희생할 수 있는 성품을 가장 중시했다. 고교 최고의 선수가 엄마에게 무례한 것을 보고 선수 선발을 포기 한 일화는 유명하다. 그만큼 남을 배려하고 존중하는 인성을 중요시 한 것이다.

팀은 하나의 공동 유기체이다. 팀원이 많고 적음을 떠나서 팀장과 팀원들끼리는 서로 감정과 스프릿의 상호작용을 한다. 특히 팀장이 팀에 주는 영향력은 가장 빈번하고 강력하다. 팀장이 인상을 쓰고 있으면 그 팀 전체가 조용하고 분위기가 냉랭해 진다. 팀 미팅 시 팀장이 한 번 언성을 높이는 순간, 팀 분위기는 금세 가라앉는다. 팀원들은 분주해 지고 눈치를 보며 서로 눈을 마주치지 않고 컴퓨터 모니터만 바라본다. 팀 미팅 때 언성을 높이는 것을 최대한 자제해야지 하면서도 올해만 2번 정도 미팅 때 언성을 높인 기억이 있다. 그럴 때 마다 팀 분위기가 냉랭해지는 것은 말할 것도 없다.

팀원들도 서로간의 감정과 공감대를 통하여 충분히 서로 영향력을 행사 하고 있다. 팀은 하나의 감정공동체이며 같은 목표를 위하여 동일한 실행을 하는 성취감의 공동체이다. 팀의 성공이 나의 성공이며 나의 평가이다. 팀원 중 한명의 성과와 성공경험이 다른 팀원들에게 긍정적 영향력을 행사하며, 성과를 통한 성취감이 다른 팀원들에게 전이 될 때 팀원 각자가 성과를 위한 최대한의 노력을 집중하게 된다. 팀원간의 공감대가 뛰어날수록 같은 성취감을 느끼는 팀의 공동체에 속하려고 더욱더 노력하기 때문이다.

팀은 하나의 감정 공동체라는 훌륭한 사례가 있다.

마이크 아빌레스는 최근 미국 메이저리그 아메리칸 리그 중부지역의 클리블랜드 인디언스 팀에서 최고의 내야수로 활약했다. 야구에 특출난 재능을 보이던 그는 갑자기 부진한 성적으로 구단과 동료들의 걱정을 샀다. 계속되는 실수는 팀에 악영향을 끼쳤다. 구단주는 그를 자신의 사무실로 불렀다. 알고 보니 그는 쌍둥이 딸 중 한명인 아드리아나의 백혈병 판정으로 심리적 불안감에 휩싸인 상태였다. 모든 사실을 알게 된 클리블랜드 구단주는 그에게 열흘간의 특별한 휴가를 줬다. 마이크 아빌레스는 머리카락이 빠지고 있는 딸을 안심시키기 위해 직접 삭발을 감행했다. 딸은 삭발한 아버지 모습을 보며 비로소 안심할 수 있었다.

예정된 휴가 기간은 끝났고 그는 다시 구장으로 복귀했다. 얼마 후 클리블랜드와 텍사스 경기에서 모든 클리블랜드 선수들, 감독과 코치진, 구단주는 한 명도 빠짐없이 전부 삭발을 하고 등장했다. 이것이 팀이다. 같은 공감대와 감정을 가지는 것.

팀원 모두는 백혈병을 투병하는 딸을 가진 아버지의 마음을 자신의 마음에 투영했을 것이다. 딸을 위하여 삭발하는 아버지의 마음을 모든 팀원들은 기꺼이 받아들였고 우리는 너와 같은 감정과 생각을 가진 팀이라는 것을 보여주고 싶었을 것이다. 슬픔과 기쁨을 공유하는 감정공동체가 팀인 것이다. 이러한 감정공동체를 긍정적인 방향으로 이끌어 주고 서로 배려하고 협력하는 팀과 조직의 문화는 팀장뿐만 아니라 팀원까지도 적극적으로 만들어야 한다.

모든 스포츠에는 팀워크가 중요하다. 팀워크가 중요하지 않은 스포츠는 없다. 코치와 선수간의 1:1 팀워크도 무엇보다 중요하다. '김연아 드림팀'의 리더 브라이언 오서 코치는 김연아라는 팀원을 어떻게 리드했을까? 이는 오서 코치가 연아를 정식으로 첫 지도할 때 했던 말을 살펴보면 잘 알 수 있다.

"처음 함께 일을 했을 때 연아는 그리 행복해 보이지 않는 선수였다. 우리의 첫 번째 목표는 연아를 행복하게 만들어 주는 것이었다."

또한 오서 코치의 자서전에는 "그녀의 불행해 보이기까지 하는 얼굴이 내내 마음에 걸렸다"라고 회상하기도 한다. 그렇다. 브라이언 오서 코치는 김연아에게 스케이팅 기술을 가르친 것이 아니라 스케이트를 통해 행복해지는 법을 가르친 것이다. 실제 안무가 데이비드 윌슨은 오서 코치와 뜻을 함께하여 연아를 위해 코미디언이 되길 자처하며 최선을 다해 연아를 웃게 해주었다.

이러한 노력으로 김연아는 오서 코치를 매우 신뢰하게 되었고, 이제는 선수로서 본인이 해야 할 명확한 행동과 마음가짐이 무엇인지 스스로 알게 되었다. "오서 코치는 내가 얼음 위에 있을 때 무슨 생각을 하는지 가장 잘 아는 사람이다."라는 김연아의 말과 여기에 대해 "내가 살아오면서 들은 최고의 찬사이다."라는 오서 코치의 답변은 얼마나 그들이 서로를 신뢰하고 파트너십이 두터운지 잘 보여준다. (뉴스한국 2010.03.04. 기사 참조)

이처럼 성공의 열쇠는 팀워크이다. 벤처 캐피털의 투자 제왕인 존

듀오는 '위대하게 될 벤처기업과 쉽게 사라질 벤처기업의 차이는 팀워크에 있다.' 라는 말을 했을 정도로 한 신생기업의 흥망은 팀워크에 있다 해도 과언이 아니다. 팀장이라면 공감능력과 신뢰감을 키워 감정과 성취감의 공동체인 팀을 만들어야 한다.

제5장

그럼에도
불구하고

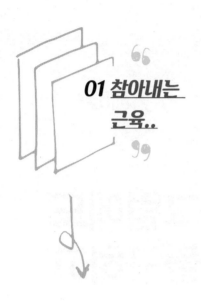

01 참아내는 근육..

    울분!! 팀장으로 생활하다 보면 여러 가지 짜증 나고 화가 나는 일이 종종 있다. 참아야지 하면서 마인드 컨트롤을 잘 하다가도 마음을 통제하지 못하고 한 번씩 무너질 때가 있다. 우리 세대는 드라마에 자주 묘사되는, 사무실에서 재떨이가 날아가고 서류가 날리는 것을 신입시절부터 왕왕 보면서 회사를 다녔다. 지금의 베이비부머 선배들에게 항상 큰소리로 꾸지람을 들으며 직장을 다녔다. 그 때는 그것이 별로 불편한 줄 몰랐지만, 회사와 조직의 문화는 많이 변화되었다. 여성들의 사회 진출이 늘어 나면서, 내가 신입시절에는 부서에 한명도 없던 여직원들이, 지금은 나의 팀에만 세명이나 있다. 예전처럼 큰소리로 꾸지람을 하면 아마 팀장을 오래 하지 못할 것이다.

신입사원 시절이나 지금이나 회사생활에서 가장 먼저 배우는 것은 인내심이다. 사원 시절 후배에게 직장생활에서 제일 먼저 배우는 것은 인내심이라고 일러 주었다. '네가 무엇을 상상하든 그 이상의 인내심이 필요하다'고 하였다. 실제 나는 입사 후 제일 먼저 배운 것이 인내심이다. 나의 짧은 생각이라 할 수 있지만, 이유 없는 야근이 불만이었고, 습관적이고 갑작스러운 회식을 이해하지 못했다. 회식을 하기 10분전에야 통보 받았다. 거의 매일 야근이었기에 다른 약속도 없었고, 차라리 회식이 나을 수 있었다. 그 외에 여러 가지 이해할 수 없는 업무지시와 무조건 시키는 대로 해야 하는 업무환경 때문에 회사를 그만두고 싶은 마음도 많았다. 그러나 그 시절을 잘 인내 하였기에 오늘의 내가 있다고 생각한다. 완벽한 조직은 없다는 사실을 몰랐기에 더욱 버티기 힘든 시절이었다. 그 시절 내가 가진 권한이라고는 먼지만큼도 없었기에, 참을 수밖에 없는 상황이었고 팀장이 된 지금 팀원들과 생활하며 또 인내심을 배우고 있다. 정말이지.. 팀원들 또한 무엇을 상상하든 그 이상이다. 생각지도 못한 상상할 수 없는 실수와 고의인지 분간 못하는 여러 일들을 저지른다. 정말 이해할 수 없는 상황들이 많이 연출 된다.

모든 팀장들에게 같은 경험이 있을 것이다. 중요하다고 몇 번씩이나 강조한 업무를 하지 않은 팀원이 있는가 하면, 같은 실수를 계속 반복적으로 되풀이하는 팀원도 있다. 지각하는 팀원은 외부의 중요한 미팅에도 항상 늦게 온다. 어제 지시한 사항을 오늘 잊어버리고 안 하는 팀원도 있고, 2주간의 휴가를 다녀와서 아프다고 병가를 내는 팀원도 있다. 자료의 수정을 몇 번이나 요청해도 끝까지 수정 안 하는 팀원도 있고, 개인적인 권리와 회사로부터 받을 수 있는 이익은 칼 같이 챙기면서 일에는 무심한 팀원도 있다. 물론 사람이기에 실수를 할 수도 있지만 같은 실수를 계속 반복하는 경우는 아무리 인격이 훌륭한 팀장이라도 한계에 부딪치게 된다. 화를 낼 수밖에 없다.

팀장으로서 몇몇 팀원에게 크게 화를 낸 적이 있다. 지면을 빌려 용서를 구한다. 아무리 내가 옳다 하더라도 팀원에게 나의 감정을 절대로 폭발 시키면 안 된다. 팀원이 너무 상처를 받는다. 팀장이 생각 없이 하는 말도 팀원의 인생을 좌우하는 계기가 될 수 있다. 팀장의 영향력이 팀원의 인생에까지 미칠 수 있다고 생각하면, 항상 신중하여야 한다. 화부터 내지 않고 조용히 논리적으로 이야기하여도 팀원의 내상은 우리가 생각하는 이상으로 크다. 그러므로 화를 낼 필요가 전혀 없다. 그러나 팀장도 부족한 사람이기에 알면서 실수를 한다.

나는 중2를 키우는 학부형이다. 자녀 교육세미나에 참석한 적이 있는데, 강사가 한 가정을 예로 들면서 자녀가 매일 학교에 지각을 해서 너무 스트레스를 받는 학부형이 상담을 왔다. 학부형에게 "자녀가 지각을 하면 죽기라도 한답니까? 왜 그렇게 스트레스 받으세요? 죽을 일도 아닌데.."라고 얘기를 했다고 한다. 그러면서 강사는 우리가 너무 사소한 일에 스트레스를 많이 받고 있다고 한다. 죽을 일이 아니면 걱정하지 말라고 한다. 강사는 사소한 예를 들면서 '의식 확장'의 필요성을 강조 하였다. 의식의 확장이란 생각의 폭을 넓히는 것이고 다름의 차이를 존중하는 태도이다. 요컨대 지각이 그렇게 심각한 문제만은 아니라는 것이다. 의식을 확장해서 생각하면 한 부분으로 편협하게 생각했던 것들이 오히려 다르게 받아들여지기도 하고 이와 같은 사고 과정을 통해 남을 이해하고 배려하는 능력도 확장 된다.

직원이 매일 습관적으로 지각을 하면 지각을 한 자체는 꾸지람을 들어야 마땅하지만 너무 흔한 변명 외에 직원이 몸이 불편한 곳은 없는지 아니면 집안에 우환은 없는지 여러 가지 상황들을 가정 하에 직원에게 질문 할 수 있다. 이런 질문을 하다 보면 직원 스스로 반성을 하게 되며 질문을 하는 사람도 마음이 점차 차분해 지는 것을 느낄 수 있다. 팀원에게 먼저 질문해서 상황을 듣기까지는 직원의 잘 잘못을 팀장이 먼저 판단해서는 안 된다. 그렇지 않으면 편협적이고 이원적이며 꽉 막힌 상황을 만들고 둘 다 스트레스를 받는다.

　의식의 확장과 함께 화를 잘 다스려야 한다. 신문에서 발췌한 기사에 따르면 분노조절을 못하고 화를 내는 것은 성격과 관련이 있다. 화나 분노가 무서운 것은 바로 '중독성'과 '전염성'때문이다. 최근들어 인터넷 발달과 사이버공간 확장으로 더욱 촘촘한 네트워크로 묶여진 현대사회는 한 사람의 잘못된 화풀이나 분노표출이 주위 사람들에게 엄청난 정신적인 피해를 주고 있다. 분노를 해결하는 방법에 따라 △불같이 폭발하는 A형 스타일, △자기 의사를 표현하지 못하고 꾹 참는 B형 스타일, △화를 느끼지만 적절히 조절하고 자기 의사를 잘 표현하는 C형 스타일 등 3가지 유형으로 나뉜다. 다혈질인 A형은 혈압이 올라가거나 갑자기 쓰러지기 쉽고, B형은 울화가 쌓여 신경성 질환에 잘 걸려 화병과 소화불량, 두통을 앓는 경우가 많다. C형 스타일은 가장 바람직한 형태다. '우종민' 서울백병원 교수는 분노가 생기면 스스로에게 '이 상황이 내 건강과 바꿀 만큼 중요한가?' 앞서 말한 죽기라도 하는 것인지? 이 분노가 정당하고 의로운가? 화를 내는 것이 문제해결에 효과적인 방법인가? 등 세 가지를 자문해보라고 조언한다.

틱낫한 스님이 저술한 '화' 라는 책에는

화가 났을 때는 무엇보다 자신과 대화하는 것이 중요하다. 화는 날감자와 같은 것이다. 감자를 날 것 그대로 먹을 수는 없다. 감자를 먹기 위해서는 냄비에 넣고 익기를 기다려야 한다. 화도 마찬가지이다. 당장 화가 났다고 감정을 주체하지 못해 괴로워하지 말고 일단 숨을 고르고 마음을 추슬러야 한다. 화가 났을 때는 내 마음을 돌보는 것이 가장 중요하다. 그리고 상황을 파악하여 무엇이 나를 화나게 했는지 상대방이 내게 화를 내는 이유는 무엇인지 그리고 그와 내가 무엇 때문에 싸우게 되었는지 헤아려야 한다.

팀원 때문에 화가 나면 일단 템포 조절이 필요하다. 한 템포 쉬어야 한다. 숨을 고르고 사색에 빠져 화를 다시 생각해보자. 그리고 차분히 나의 의견과 기대치를 천천히 얘기 해 주어야 한다. 굳이 오늘 얘기 할 필요는 없다. 언제든지 피드백을 천천히 주면서 팀원의 생각을 들을 수 있다. 내가 경험해보니 참 좋은 방법이다. 서로간의 오해도 줄이고 신뢰감도 쌓을 수 있다. 그리고 팀원에게 배려할 줄 아는 좋은 팀장이 된다. 그리고 술자리에서는 화가 나면 즉시 집으로 가라! 계속 술을 마시면 십중팔구 큰 사고가 난다. 물론 나의 경험은 아니다.

내가 화가 난 이유를 계속 곱씹어 생각해 보면 결국 두려움 때문이라는 생각이 든다. 팀원을 제대로 컨트롤 하지 못한다는 두려움, 팀원이 팀장을 무시 하고 있다는 두려움, 성과에 대한 두려움, 평판에 대한 두려움 등. 그러나 실제로 내가 두려워하는 것은 실제로 일어나지 않은 일이 대부분이다. 미리 걱정해서 화를 내고 있는 경우가 많다. 프레이밍을 달리해서 의식을 확장한다면 충분히 극복 할 수 있다.

팀원의 입장에서는 화를 내지 않고 차분히 할 이야기를 논리적으로 모두 다 말하는 팀장이 더욱 더 두려울 것이다.

02 나는 어떠한 리더인가?

시중에 코칭과 리더십에 관한 책이 넘쳐 난다. 아무리 많은 책을 보더라도 실제로 사람을 리드해보지 않으면 리더의 마음을 쉽게 이해하지 못한다. 어릴 적 반장이나 청소부장, 예상치 못한 선생님의 지시로 미화부장 같은 것을 해본 경험이 누구나 있을 것이다. 그러면 당혹감과 함께 무엇을 해야 할지 고민하게 되고 반 학우들이 말을 듣지 않아 속상했던 경험이 한 번쯤 있을 수 있다. 이처럼 남을 움직이게 만드는 것은 어릴 때나 팀장이 된 지금이나 힘이 들기는 마찬가지이다.

코칭을 공부로 배울 수 있을까? 물론 배울 수 있다. 코칭을 머리로 습득 할 수 있을까? 물론 습득 가능하다. 그러나 코칭을 배우는 가장 좋고 확실한 방법은 코칭을 직접 하면서 배우는 것이다.

나는 직장생활을 처음 시작할 때, 2년만 다니고 나의 사업을 하는 것이 목적이었다. 어느 정도 직장생활을 경험하면 독립할 정도의 능력이 생기리라 착각했다. 철없고 세상모르는 계획이었다. 그런데 2년 만에 신입사원이 입사를 했다. 신입사원을 보니 가르쳐 보고 싶다는 욕구도 생기고, 후배가 들어와서 앞으로 회사생활이 재미있을 것 같다는 느낌도 들어 몇 년을 더 다니기로 결정했다. 그러는 중에 지금의 회사로 옮기게 되었고 조직생활에 잘 적응이 되어 18년이나 다니게 되었다. 어느덧 나도 모르게 월급에 중독되어 나만의 사업이라는 목표는 두려움과 불확실성의 대상이 되고 말았다. 그러나 그만두고 사업을 시작하기 전에 팀장이라는 직책을 꼭 하고 싶다는 욕망이 생겼다. 어쩔 수 없이 퇴사하더라도 팀장이라는 직책은 꼭 경험을 해야 할 것 같은 의무감 같은 마음이 들었다.

모든 것이 사람이라는 것을, 모든 사업이 사람에 의해 좌지우지된다는 것을 이때쯤 깨달았다. 그래서 사람을 다루는 스킬과 사람의 마음을 움직이는 리더의 경험을 퇴사 전에 꼭 해야 한다는 중압감마저 들었다. 역시 나의 생각은 옳았다. 팀장을 하기 전과, 후의 나의 생각과 역량은 몰라보게 변했다. 리더로서의 경험은 누구에게나 권장하고 추천하고 싶은 자리이다. 기회가 된다면 리더로서의 경험을 무조건 해야 한다고 생각한다. 요즘 젊은 직원들은 팀장이 되면 너무 힘들고, 업무가 많고, 위아래로 눈치보고, 회사를 위해 희생을 강요당하고, 자기 시간도 부족해서 팀장의 기회가 있어도 하기 싫다는 말을 너무 쉽게 한다.

그러나 나는 팀장으로서 배울 수 있는 경험과 가치가 이 모든 희생 보다 훨씬 이득이 크다고 생각한다. 팀원들과 1:1을 면담을 하면 사실 팀장이 되고 싶다는 팀원이 많지 않다. 팀장이 될 수 있는 자신감도 없고, 겉으로 드러나는 이익도 크지 않기 때문이다. 사실 보상은 적은데 할 일은 많다고 생각하는 것이다. 팀장들끼리도 농담 삼아 '크게 얻는 것도 없는데 팀원일 때가 좋았다.' 라고 말하는 팀장들도 있다. 힘들어서 으레 하는 말이라 생각한다. 모든 팀장들은 알고 있다. 인생에 도움이 되는 경험치를 생각하면 팀장을 하는 것이 훨씬 낫다는 것을. 나 또한 그렇게 생각한다. 팀장으로서 배우는 가치와 경험은 돈으로 보상 받는 것 이상이다. 그만큼 마음고생도 심하지만 성장으로 보상 받는다고 생각하면 그 경험이 값지다. 경험만큼 좋은 스승은 없다.

팀원이 팀장이 되고 싶은 생각이 전혀 없다가 나를 보고 '저도 한 번 팀장이 되고 싶다는 생각을 처음으로 가지게 되었다.'라는 피드백은 나에게 힘을 주고, 커리어 상담을 원하는 팀원에게 '네가 경험하고 싶은 잡뿐만 아니라 팀장이 되어 사람을 리드 하는 것을 꼭 배워야 한다.'는 나의 조언은 빠지지 않는다. 팀장이 되어보면 사람의 마음을 관찰하는 습관도 생기게 되고, 코칭, 공감능력과 의사소통 능력은 물론이고, 한 차원 높은 실무경험도 하게 된다.

리더의 최고의 이득은 성장인 것이다. 팀장이 되는 기회를 잡지 못하고 퇴사하는 많은 직원들을 생각하면 내가 팀장으로서 가지는 이익을 소중히 여기고 항상 감사히 생각해야 한다. 이점을 생각지 못하고 팀장이 무작정하기 싫다는 치기 어린 후배들을 보면 가끔 안쓰럽기도 하다. 물론 회사의 시스템적인 여건도 많이 개선이 되어야 하겠지만, 이 세대가 바라보는 리더의 모습에 우리 리더들이 먼저 변해야 된다는 생각마저 든다.

리더로서 제일 먼저 해야 할 일은 자아성찰이다. 내가 누군지 내가 어떠한 팀장으로 팀원들에게 비치는지를 먼저 생각해야 한다. 소크라테스는 '내가 다른 사람보다 똑똑한 것은 아니지만 적어도 나는 내가 무지하다는 사실을 알고 있다.'고 말했다. '모른다, 내가 틀릴 수도 있다'는 자각이야 말로 자아성찰의 시작이기 때문이다. 자신을 다 알고 있다고 속이지 마라. '너 자신을 알라' 라는 유명한 철학적인 말은 우리를 되돌아보게 한다. 나는 지금 어떤 리더인가?

2000년대 경영학에서 리더십의 화두로 등장 한 것이 진정성 리더십(authentic leadership)이다. 진정성 리더십(authentic leadership)이란 하버드 비즈니스 스쿨의 스캇 스눅(Scott Snook) 교수가 제시한 개념으로, 그가 말하는 진정성 리더십의 의미를 살펴보면, 리더가 남에게 완벽한 모습을 보이고 남을 이끄는 영웅이 되려고 하기보다는, 자아를 성찰하고 자신의 생각과 감정을 타인과 공유함으로써 다른 사람들과 밀접한 관계를 형성하는 것이 중요하다는 의미이다. 송영성 교수가 저술한 '리더가 답이다' 라는 책에서 리더가 진정성이 있는지를 알기 위해서는 다음과 같은 질문에 명확한 답을 할 수 있어야 한다고 저술되어 있다.

나는 누구인가? 팀장은 무엇을 하는 사람인가? : 리더의 자기인식이 첫 번째이다.

회사의 핵심가치, 리더의 핵심가치, 리더의 삶의 가치는 무엇인가? : 리더의 핵심가치

상사를 만나거나, 팀원을 만나거나, 고객을 만날 때 항상 겸손한

가? : 관계적 투명성

정보를 판단할 때 적용하는 원칙이 존재하는가? : 균형 잡힌 프로세싱

최근 신문에 실린 기사에 이 진정 리더십의 대표자로 대다수의 경영학자들에게 인정받는 이가 있다. 그는 바로 제266대 교황인 프란치스코 교황이다. 프란치스코 교황은 역대 어느 교황보다 경영학계에서 주목받는 리더이다. 학자들은 프란치스코 교황이 갖는 리더십을 진정성이 있는 실행리더십이라고 칭송한다. 진정성 있는 리더십의 특성은 리더가 장소나 공간에 상관없이, 누가 보든, 안 보든 일관성 있는 행동을 보여 가장 가까운 가족이나 부하직원으로부터 먼저 신뢰를 얻는 것으로 어찌 보면 가장 힘든 삶의 표본 일지도 모른다.

그러나 이러한 진정성 있는 리더에게 부하 직원들은 진정으로 충성을 다하며 이러한 리더가 시키는 일은 당연히 최선을 다하고 이 리더와 일하는 것을 평생의 축복으로 여긴다는 점이다. 현대인들에게 직장생활이란 단순히 돈을 벌기 위한 곳을 넘어 인생에서 대부분을 차지하는 매우 중요한 부분이기에 진정성 리더십이 갖는 의미는 매우 크게 와 닿는다.

최근 발간된 '뺄셈의 리더십'이란 책에는 리더에게 크게 7가지를 빼라고 주장한다. 리더의 판단, 관리, 말, 자신감, 야근, 악질, 인센티브를 빼라고 한다. 모든 팀장들이 강점을 나타내는 특징들을 다 빼라고 한다. 나는 관리와 판단에 아주 자신감 있는 팀장이었고 많은 말로서 팀원들을 코칭 하려고 노력했는데 이 책에서는 모든 것을 빼라고 자신 있게 이야기 하고 있다.

이 책을 읽으면서 모든 것을 처음으로 돌아가 내가 팀장으로서 나 자신을 돌아보는 좋은 기회가 되었다. 자기인식이 부족한 팀원 때문에 마음 고생한 적은 없는가? 내가 팀장으로서 자기인식이 부족해서 팀원에게 마음고생을 시키고 있지는 않은지 진지하게 고민해야 할 것이다. 코칭을 하기 전에 내가 누구인지? 팀원을 판단하기 전에 나 자신을 먼저 성찰하는 리더야말로 진정한 리더이다.

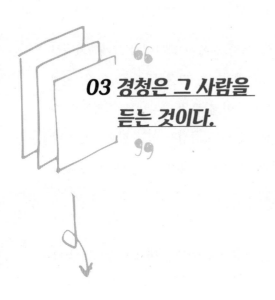

03 경청은 그 사람을 듣는 것이다.

우리 팀은 외근이 많은 부서라 주로 현지 출퇴근을 하는 경우가 종종 있다. 그러면 팀원들은 아침, 저녁으로 전화로 출퇴근 보고를 하게 된다. 나 또한 출퇴근 보고의 경험이 있어 보고하기 전의 팀원의 마음을 잘 이해한다. 일상적으로 보고 전 무엇을 어떻게 어떠한 이슈가 있는지 목록을 정리하고, 팀장님의 질문에 대비한 답변도 생각을 하면서 한참을 고민 후에 전화를 하는 경우가 많다. 그래서 열심히 일을 했음에도 불구하고 딱히 보고 거리가 없는 경우에는 왠지 주눅이 들어 전화기를 켰다 껐다 하는 경험이 누구나 있을 것이다. 망설임 끝에 보고를 했음에도 불구하고 팀장님이 집중해서 안 듣는다는 느낌도 가끔 받을 때도 있다.

사실 나도 팀장이 되고 나서 경험으로 알았다. 팀원이 8~9명 있으면 아침, 저녁으로 8,9명에게 보고를 받게 된다. 일단 들어도 다 기억하지 못한다. 그래서 주요사항이나 특이한 이슈만이 귀에 들어오기 마련이다. 차별화 되지 않은 단순 보고는 팀장의 집중을 흐릴 수 밖에 없다. 다른 팀장들도 실제로 나와 같은 경험이 있고 경청을 위해 고민하고 있다. 팀원 입장에서는 나름 궁리하고 정리해서 보고를 한 것인데 집중해서 경청하지 않으면 미안한 생각이 들 때도 있다. 집중해서 경청하지 않고 내가 듣고 싶은 말만 들으니 팀원이 분명히 보고한 사항도 잊어버리는 경우가 많다. 그렇다고 팀원이 팀장이 듣고 싶은 얘기만 매일 보고 할 수도 없지 않은가?

일단 팀원에게 전화가 오면 하던 일을 멈춘다. 오로지 팀원의 이야기만 집중하기 위함이다. 컴퓨터 모니터를 본다든지 동시에 2가지 일을 하지 않는다. 단, 운전만이 예외인데 운전 시 통화는 무조건 블루투스를 사용한다. 수화기에 내가 계속 듣고 있다는 확신을 주기 위해 리액션을 많이 한다. 나만의 습관이다. 대면해서 이야기를 할 때는 항상 팀원과 눈을 맞추고 이야기 한다. 그리고 항상 고개를 끄덕인다. 상대방에 대한 존중과 배려라고 생각한다.

고객과 상담시 고객이 나와 눈을 마주치지 않거나 얼굴을 우리 쪽으로 향하지 않은 채 컴퓨터 모니터만 바라보고 대화를 할 때가 있다. 아무리 고객이라도 우리 입장에서는 당황하지 않을 수 없다. 나는 그때 하던 대화를 잠시 멈춘다. 대부분 고객은 내가 대화를 멈추면 나를 다시 쳐다본다. 다시 대화를 이어 나가고 다시 대화를 잠깐 멈춘다. 이때 선택을 해야 한다. 다음에 다시 면담 약속을 잡든 고객이 모니터를 그만 보든 둘 중에 한명은 선택을 해야 한다. 대부분 내가 양보를 하지만 임팩트 있는 대화를 하기 위한 어쩔 수 없는 방법이다.

2시간은 기본인 말이 많은 고객을 상담할 때 잠시 집중의 끈을 놓친 적이 있는데, 고객이 금방 알아채고 팀원을 통해 부정적인 피드백을 준 경험이 있다. 내가 취한 행동이 경청을 하기 위한 자세가 되지 않고, 설사 경청을 위한 행동이었다 하더라도 내 마음과 정신이 오로지 상대방을 경청하기 위해 준비가 되지 않으면 상대방도 그것을 쉽게 알아차린다. 나도 경험으로 고객이 나의 이야기에 관심이 없다는 것을 알 수 있듯이 팀원도 금방 알아차릴 것이다. '경청은 말을 듣는 것이 아니고 그 사람을 듣는 것이다.'라는 말이 있다. 경청을 통해 그 사람의 의견을 이해함은 물론이고 이야기 하는 사람과 감정과 상태를 공감하는 것이 진정한 경청이다.

비즈니스를 하는 마케팅 관리론 측면에서 의사소통의 과정에서는 여러 가지 장애요인이 발생하는데 화자와 수신자의 관련된 장애 요인이 있다. 팀장은 보고받는 입장에서 주로 수신자에 해당되기 때문에 수신자와 관련된 장애 요인은 아래와 같다.

첫째, 평가적 경향이다. 팀장이 팀원으로부터 메시지를 전부 다 전달받기 이전에 메시지의 전반적인 가치를 평가해 버리는 경향으로 메시지가 갖는 실제의 의미를 왜곡시켜버린다. 팀장들은 팀원의 이야기를 끝까지 듣지 못한다.

둘째, 선입관이다. 팀장은 팀원에 대해 선입관에 사로잡혀 있을 때는 상대방의 말을 주의하여 듣지 않고 성급한 판단을 하기 쉽다. '그럼 그렇지' 하고 미리 성급한 판단을 해 버린다.

셋째, 선택적 청취이다. 팀장은 자신의 니즈를 충족시키거나 자신들의 목표와 일치하는 메시지는 받아들인다. 반면, 자신에게 손해를 가하거나 기존의 목표에 부정적인 상황에 대한 메시지는 부정하거나 왜곡하고, 귀를 기울이지 않으며, 그 정보를 거부, 회피하려는 경향이 있다. 리더는 자기가 듣고 싶어 하는 정보만 들어서는 안 된다. 부정적인 정보를 거부하는 순간 소통이 단절되고, 실제 시장 상황에 대해 잘못된 판단을 하게 되며 조직의 방향성에 오류가 생긴다.

넷째, 반응적 피드백이 부족이다. 팀장은 팀원의 메시지에 대한 무반응이나 부적절한 반응을 나타냄으로 팀원을 실망시키게 된다. 이처럼 팀장의 무반응은 팀원의 메시지에 관심이 없다든지, 그러한 사람과 말하기 싫다거나 어렵다는 것을 암시함으로써 적절한 커뮤니케이션 기회를 감소시키게 된다. 팀장에게는 헐리우드급 리액션이 필요하다. 그래야 팀원이 신이 난다.

다섯째, 신뢰도의 결핍이다. 만약 팀원이 평소에 신뢰성이 부족한 사람인 경우에 해당된다면 팀원의 의사전달을 팀장이 전적으로 신뢰하지 않는다. 팀장은 상대방을 불신하거나 선입견에 의해 상대방의 내용을 신뢰하지 않기 때문이다. 신뢰감의 문제는 가장 심각하다.

위의 사례들은 실제로 팀장이 팀원과 대화를 나눌 때 실제로 많이 발생하는 소통의 오류가 되는 사례이다. 나도 5가지 사례들을 다 경험해 본 적이 있다. 전형적인 불통의 리더들이 범하는 오류이기도 하다. 끝까지 듣지 못하고 성급하게 판단을 내리고 내가 좋아하는 정보만 받아들인다. 팀원들의 이야기에 무심하고 몇몇 팀원들은 아예 신뢰조차 하지 않는다. 이러한 리더는 절대로 오래가지 못한다. 경청은 상대방에 대한 배려와 존중에서 나온다. 팀원들에게 긍정적인 결과를 얻고 싶다면 일단 끝까지 들어보고 대화를 진행하는 인내심이 필요하다 .

회의시간에 가장 말을 많이 하는 사람은 회의참석자 중에서 가장 직급이 높은 사람이다. 팀 미팅을 진행하면 팀장이 가장 말을 많이 한다. 직급이 올라 갈수록 말하기를 절제하여야 한다. 말을 배우는 데는 2년이 걸리지만 침묵을 배우는 데는 60년이 걸린다는 말이 있다. 누구나 듣기보다 말하기를 좋아하는 이유에서다. 리더가 진정 조직의 성과를 위한다면 말을 참아야 한다. 말이 많은 보스는 자신 이야말로 팀 성과를 악화시키는 원인이라는 것을 깨달아야 한다.

말이 많은 리더 밑에서 일해 본 경험이 있는가? 피곤하고 스트레스 받는 것은 말 할 수도 없다. 을의 입장에서도 말이 많은 고객을 만나면 고개를 끄덕이느라 목이 아플 때도 있다. 팀장이 말이 많으면 팀원은 생각 할 필요가 없다. 생각도 하기 전에 팀장이 먼저 이야기를 하는데 생각할 시간조차 있겠는가? 경청의 시작은 리더의 말

줄이기에서 시작된다. 인내를 가지고 노력해야 한다.

　재벌 총수들도 경청의 중요성을 누구보다 잘 알고 실천하고 있다. 고 이병철 회장이 아들 이건희 회장에게 경영권을 물려주면서 준 휘호가 '경청'이었다. 이는 여러 사람의 이야기를 잘 듣는 사람이 되라는 뜻에서 준 것이다. 삼성과 어깨를 나란히 하고 있는 LG그룹 구본무 회장 또한 그의 집무실에 '경청'이란 편액(扁額)이 걸려있다.　고객의 소리를 잘 듣겠다는 LG의 경영철학을 상징적으로 보여주는 것이다. 또한 KT 이석채 회장 또한 '이청득심(以聽得心)'의 경영철학을 행하고 있다고 하니 참으로 경청의 중요성이 얼마나 큰지를 엿볼 수 있다.

　단순히 경청만 해도 많은 것을 배울 수 있다. 말을 하는 동안에는 배울 수 없지만 상대방의 이야기에 귀를 기울이는 동안에 학습의 효과는 극대화된다. 최고의 세일즈맨은 모두 경청의 달인들이다. 경청을 잘해야 고객과의 통로가 열린다는 것을 잘 알고 있다. 그렇기 때문에 리더가 되려는 사람이 가장 먼저 배워야 할 덕목은 바로 경청하는 습관이다.

　삼성의 이건희 회장이 성공할 수 있었던 남과 다른 이유 중 가장 큰 이유는 남의 말에 경청하는 자세가 훌륭했기 때문이다. 그는 듣기형 리더로 평가를 받는 사람인데 보통의 기업총수들과는 달리 스스로 중요한 의사결정을 빼고는 거의 말이 없어 '은둔의 제왕'이라는 별명도 가지고 있다. 이는 곧 회장이 '내 회사니까 내 맘대로 한다.'는 이른바 '황제 경영'이 아니라 경청하면서 소통하는 경영을 실천했다. 이러한 이건희 회장의 방침은 아버지 이병철회장의 엄한 가르침 속에서 비롯된 것이다.

아버지가 무서우면서도 그런 아버지를 닮아가고자 노력하고 성장했던 이건희 회장은 아버지의 값진 유언대로 '경청'하는 사람이 돼 '이청득심(以聽得心)'의 효과를 누구보다 잘 알고 실천했다.

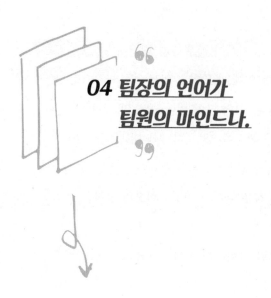

04 팀장의 언어가 팀원의 마인드다.

팀장으로서 산다는 것이 항상 긍정적이고 열정적일 수는 없다. 팀장도 사람이기에 생각이 많고 고민과 함께 회의감을 느낄 때가 있다. 특히 회사의 큰 변화나 조직변경이 있는 경우 리더로서의 책임감은 약해지고, 인간으로서 약함을 느낄 때가 많다. 스피노자는 '내일 지구가 멸망해도 한 그루의 사과나무를 심겠다.'는 말을 하였고, 세계적인 리더나 당대의 유명한 감독들은 '1주일 뒤에 당장 죽더라도 매일같이 리더의 임무를 실행하는 일관성 있는 모습'을 모범적으로 보여 주었다. 그러나 1주일 뒤에 내가 팀장으로서의 보직이 없어진다면 나는 어떻게 할까? 1주일 뒤에 내가 구조조정의 대상이 된다면 나는 어떻게 할까? 평소처럼 사과나무를 심기는 쉽지 않을 것이다. 잦은 구조조정과 조직 변화로 인해 리더가 흔들리고 팀원이 경거망동하는 경우는 부지기수다. '카더라' 통신이 난무하고 어느 부서가 없어진다는 둥 여러 소문이 우리에게 업무의 집중력을 흐리게 한다.

이 시기에 팀장이 번잡한 마음으로 서로 불신하고, 리더가 중심을 잡지 못하면 제일 먼저 알아채는 것은 팀원이다. 희한하게 안다. 쉽지는 않지만 어려운 시기에도 팀장이 사과나무를 심는 일관성을 보여야 한다. 소는 누군가는 키워야 하기 때문이다. 특히 언어의 신중함을 보여야 한다. 팀장의 말 한마디는 팀원의 인생을 바꿀 수 있는 위력이 있다. 나는 그렇게 생각한다. 평소 팀장의 언어대로 팀원들의 마인드가 장착이 된다. 팀장이 생각하는 이상으로 팀원들은 팀장을 관찰한다. 오늘 컨디션은 어떤지, 오늘은 어떤 업무를 체크할지, 팀장의 말 한 마디와 행동 하나에 많은 정보를 유추하려고 노력한다.

일거수일투족을 보고 있으니 당연히 팀장의 언어대로 마인드가 바뀐다. 팀장이 긍정적인 말을 하면 긍정적인 마인드가 장착이 되고, 팀장이 불가능하다고 하면 팀원은 팀장보다 빠르게 포기한다. 팀원에게는 핑계와 구실이 생기기 때문이다. 물론 긍정적이고 열정적인 팀원은 팀장의 언어를 능가할 수도 있다. 그러한 팀원과 일하는 팀장은 팀원으로부터 배운다.

어휘와 표현력은 그 사람의 생각과 감정의 표현이다. 직관적이고 명료한 단어 하나, 혹은 문장 하나를 통해 말하는 사람의 생각을 읽을 수 있다. 그러나 아무리 생각을 논리적, 비유적으로 표현하고 상대 뇌리에 꽂는 설득력이 있다 하더라도 부정적인 언어는 부정적인 영향을 준다. 말 한마디가 팀장이라는 리더의 그릇을 보여준다.

2002년 히딩크 감독이 리더로서의 말 한마디의 위력을 우리에게 보여 주었다. 따뜻한 희망과 냉철한 현실을 오가는 그의 어록은 모든 리더들이 본받을 만하다.

"월드컵에서 1승도 못한 한국 축구의 습관을 바꿔 놓겠다."
"오늘의 패배가 미래의 좋은 결과로 이어질 것이다."
"결과에 관계없이 좋은 경기였다."
"나는 어느 팀도 겁내지 않는다. 그러나 어느 팀도 쉽게 생각하지 않는다."
"지는 한이 있더라도 가시밭길을 걷겠다. 격차를 좁히려면 강호들과의 대결을 피해서는 안된다."
"16강 이상을 바라보고 있다 세계를 놀라게 할 것이다."
"내가 선택한 길이 옳았다."
"나는 아직도 배고프다 역사를 만들어 보자."

만약 우리의 목표가 월드컵 1승이었다면 4강이라는 놀라운 성과는 나오지 않았을 것이다. 리더의 말대로 선수들은 희망을 가지고 움직이게 되어있다. 결과에 만족스럽지 못하더라도 하나의 과정으로 여기고 기다릴 줄 아는 리더의 여유와, 선수들에 대한 애정과 격려가 돋보이는 말이다.

만약 한국축구는 미래가 없다고 하였다면 히딩크 자신도 감독으로서의 부와 명예를 얻지 못 했을 것이다. 우리도 할 수 있다는 자신감과 함께 팀원들에게 최선을 다해 노력해야 한다는 단호함, 또한 긍정적인 마인드는 가지되, 현실적인 전략도 고민을 하라고 선수들에게 주문하였다. 국가대표 평가전에서 외부의 평판에 굴하지 않고 자기의 계획과 비전대로 모든 것을 감내하며, 실행 하며, 제일 힘들 때 긍정적인 리더의 말과 리더의 확신이 있다. 리더로서의 자신감은 팀원으로 하여금 리더를 더욱더 신뢰하게 만들고 모든 팀원이 하나의 목표에 집중하게 된다. 이미 목표를 달성했어도 안주하지 않고 어제의 성공을 과거로 하고 또 다른 미래를 위한 새로운 목표를 설정하는 진정한 리더의 말이다.

히딩크의 말, 말, 말은 한국 사회에 여러 가지 면에서 선한 영향력을 미쳤으며 사회 전반에 긍정적인 패러디를 양산하였다. 한 선수가 여러 포지션을 소화하는 멀티 플레이어도 지금은 익숙하지만 히딩크 감독에 의해서 애용되기 시작했다.

나는 팀원들에게 주로 하는 말은 무엇인가? 긍정적인가? 부정적인가? 팀장으로서 나도 모르게 팀원들에게 부정적인 영향력을 행사하고 있는지 고민 하여야 한다. 내가 주로 하는 말은 노력으로 항상 방법을 찾을 수 있다는 것이다. 영화 '사운드 오브 뮤직'의 주연 마리아의 명대사 "주님은 한 쪽 문을 닫으실 때 다른 한 쪽 창문을 열어 놓으신다." 이 길이 아니면 다른 길이 항상 있다는 뜻으로 방법은 언제나 있는 것이다.

예전 혁신적인 신제품이 나왔을 때 시장은 그 제품을 받아들이지 못했다. 기존 제품과 비교하여 고가였고 고객과 소비자는 신제품의 필요성을 전혀 느끼지 못하였다. 첫해는 중간 유통에서 물건을 사입하느라 매출이 좋았지만, 그 다음 해에는 1월부터 정확히 1월 4일 하루 동안에 나의 1월 목표만큼이나 반품이 되었다. 눈앞에서 달성해야 할 목표금액이 2배로 늘고 만 것이다. 여기저기서 직원들의 아우성에 전국의 조직이 초토화 되었다. 팀장, 팀원 할 것 없이 이 난관을 어떻게 버텨야 할지 방법이 없었다. 그 힘든 시기에 나는 새로운 거래처를 발굴해 팀에서 유일하게 100%를 달성하는 기지를 발휘하였다. 끝까지 포기 하지 않았다. 계속해서 새로운 방법을 시도하였다.

1년 동안 계속되는 실적 저하와 동기부여 저하로 모든 직원들은 힘들어하였고, 퇴사를 결심하는 팀원들도 있었다. 몇몇 직원들의 퇴사와 실적부진으로 인한 조직개편으로 새로 직원이 들어오게 되었다. 새로운 직원들도 힘들기는 마찬가지다. 어떻게 할지 모르는 후배에게 내가 해 줄 수 있는 말은 "절대로 포기하지 말라"라는 것이었다. 그렇다고 내가 탁월한 해결책을 줄 능력은 없지만 포기하지 말고, 계속해서 생각하고 고민하라는 말만 해주었다. 그러면 방법이 보이고 너의 행동에 속도가 붙을 거라 말을 했다. 그때 내가 뭘 해도 소용없다는 부정적인 말을 했으면 후배는 더 힘들었을 것이다. 그 후 시장도 점차 성장하였고 신제품은 출시 4년 만에 회사 1등 제품이 되었다. 우리가 소리 높여 말한 대로 NO.1 제품이 되었다. 우리 말대로 된 것이다.

부정적인 언어를 사용하는 팀장들의 가장 큰 문제점은 본인이 그것을 스스로 인식하지 못하고 있다는 것이다. 인식하지 못하고 있기 때문에 습관적으로 사용한다. 이렇듯 팀장의 자아성찰은 무엇보다 중요하다. 블루밍 경영연구소 '김상임 대표'는 일상적으로 본인이 하는 말을 메모지에 메모를 해보라고 권장한다. 그래서 내가 부정적인 언어를 얼마나 사용하는지 깨달아 개선을 하라고 리더들에게 주문한다. 팀장의 언어는 팀원들의 마인드가 된다.

05 다르면 틀린 것이 아니다.

작년에 개봉한 영화 '인턴'이라는 영화는 로버트 드니로가 70세의 인턴으로 나와 30세의 스타트업 최고경영자인 앤 해서웨이와 공감하고 소통하는 내용의 영화이다. 좌충우돌하는 젊은 여성을 존중하고 경청하는 미국식 신사의 전형을 보여주며 '저런 게 바로 어른이었지'하고 생각하게 만드는 영화이다. 굳은 얼굴로 매사 훈계하고 가르치려 드는 '꼰대'들에 지친 한국의 젊은이들이 '진짜 어른'의 모습에 감동하고 가슴 훈훈하게 만드는 영화이다. 소통 가능한 어른이 있다면 어디든 찾아가 숭배할 각오가 돼 있는 한국의 젊은이들에게 오랜만에 대화가 통화는 어른의 모범을 보여주었다.

나이가 들수록 어른이 아닌 꼰대가 되는 이유는 무엇일까? 혹시 나도 꼰대인 건 아닐까? 꼰대가 되지 않으려면 어떻게 해야 하는 것일까? 항상 내가 틀렸을지도 모른다는 생각을 해야 한다. 다음은 한 신문에 실린 실제 직장인의 일화이다.

"김지민씨. 일이란 건 말이야, 다 순서가 있고 방법이 있는 거야. 머리가 있어, 없어? 봤지? 일은 이렇게 하는 거라고." 지금은 다른 회사로 옮겨 볼 일이 없지만, 전 직장상사였던 A 팀장만 떠올리면 김지민(29)씨는 인상이 구겨진다. 출근시간이 오전 8시인데, 한 시간 일찍 나와 자기보다 30분만 늦어도 지각이라고 싫은 소리를 해댔던 그는 기본적 발화 형식이 만사에 정의를 내리는 식이었다.

"보고서는 이렇게 쓰는 거야" "후배라면 알아서 삼겹살을 구워야지" 등 별 것도 아닌 일에 자신은 세상의 모든 진리를 다 안다는 식으로 말하기 일쑤였다. 색다른 방식으로 업무를 진행해보고 싶어도, 자신만의 방식을 고수해 기계적으로 따를 수밖에 없었다.

위의 사례처럼 사전에서 '늙은이'나 '선생님'의 은어로 정의하는 꼰대는 매우 한국적인 인간형이다. 인간관계의 주요 작동원리가 위계질서인 이 사람들은 살아온 세월을 경험과 연륜이 축적된 지혜라고 여긴다. 이들의 사고는 능력, 도덕, 지혜 등의 덕목은 시간에 따라 증가하는 정비례 함수관계라고 착각한다. 따라서 "니들이 뭘 알아"의 선입견이 자연스럽게 발생하고 후배들에게 나는 항상 옳고 너는 틀리다는 일원적인 대화를 요구한다. (한국일보 2015.10.08.기사)

미 시사주간지 타임이 '끔찍한 상사의 유형 7가지'를 선정했다. 그중 첫째는 일에서건 일 외적인 부분에서건 모든 상황에서 자기가 옳다고 우기는 상사이다. 어느 상황에서건 반드시 옳은 사람은 없다. 이런 상사는 조직에 에너지를 부여하지 못하고 사기를 떨어트린다. 좋은 상사는 자신의 과오를 인정하고 다른 사람의 좋은 아이디어를 수용한다.

취업포털 잡 코리아는 남녀 직장인 409명을 대상으로 설문조사를 한 결과 최악의 상사 유형으로 '모든 말에 복종하길 바라는 권위적인 상사'가 2위를 차지했다. 또 직장인 10명 중 7명은 다니는 회사에 이런 최악의 상사가 있다고 답했다.

취업포털 커리어는 직장인 992명을 대상으로 '직장생활을 하면서 직장동료가 죽도록 미운 순간'이라는 주제로 설문조사를 진행했다. 설문에 참여한 992명의 직장인 중 '상사가 죽도록 미울 때는 언제인가'라는 질문에 56.34%가 '인격을 무시하는 행동이나 말을 할 때'라고 답했다. 다음으로는 '독재자처럼 군림하려 할 때' (21.76%), '지시사항을 무조건 수행하라고 할 때' (12.52%) 였다. 대화가 통하지 않고 일차원적인 복종을 요구하는 상사가 가장 밉다고 대답했다.

설문조사 결과처럼 리더가 '나는 항상 옳고 상대방은 틀리다'는 사고는 조직 내에 많은 부작용이 발생한다. 물론 많은 경험과 지식이 옳을 때도 있지만, 나만이 옳다는 일방적인 사고는 팀원의 불만과 동기유발을 저해한다. 이러한 리더는 위의 사례처럼 최악의 상사, 가장 미운 상사, 너무나도 끔찍한 상사의 유형에 해당 된다. 지금 내가 팀장으로 알게 모르게 이렇게 하고 있지는 않는지 진지하게 자신을 돌아보아야 한다.

직장생활에서 회의를 하다 보면 자주 이분적인 사고와 대화를 하는 것을 많이 볼 수 있다. 영업부와 마케팅부서는 서로 자신의 주장이 옳다는 것을 증명하기 위해 첨예하게 대립한다. 서로의 주장이 옳고 누구 하나 자신의 주장이 틀렸다고 말할 때까지 토론과 회의를 이어간다. 그리고 기꺼이 이기기 위해 모든 자료와 논리를 펼친다. 이러한 난상 토론 후에는 서로의 상처만 남는다. 건설적인 회의와 결과물은 없어지고 '내가 이겼노라' 는 어쭙잖은 감정만 남는다.

다름과 틀림에 대한 아래의 에세이는 우리에게 많은 생각을 하게 한다.

우리는 종종 다른 것을 틀린 것으로 생각한다. "그 사람은 나랑 틀려" "그 사람은 우리랑 틀리게 살아" 맞는 말 같지만 틀린 말이다. 다름의 말실수로 넘길 수도 있겠으나 이는 때로 우리의 사고를 지배할 수도 있는 위험을 안고 있다. 다름은 '차이'다. '차이'를 틀린 것이라 생각하면 '차별'이 되고 우리의 삶은 흑백 지대가 된다. 흑 아니면 백, 승자 아니면 패자, 정답 아니면 오답으로 이어질 수 있다. 이것은 곧 누군가에게 무시무시한 폭력이 될 수 있음을 의미한다. 그래서 우리는 다른 것과 틀린 것을 혼동하면 안 된다. 틀리다 생각하면 그것은 고쳐야 할 오답이 되고 고쳐봐야 고작 문제 하나 맞히는 자기만족일 따름이다.

리더는 늘 이 같은 문제에 부딪힌다. 때때로 보는 것, 말하는 것, 생각하는 것, 사람마다 많이들 다르다. "내 뜻은 이러한데 당신의 뜻은 그러니 당신이 틀렸어." 나만 옳고, 나만 잘나고, 나만 박식하다 생각하니 이런 말이 나온다.

그러나 다르다 생각하면 그것은 이해해야 할 대상이 되고 그에 대한 관심이 상대에게 전해지면 '다름'은 점차 '같음'이 된다. 그것은 곧 모두의 만족. 그래서 다름과 틀림은 다르다. 그래서 언제나 사람은 비판의 대상이 아니라 이해의 대상이다. 세상을 살아가면서 '다름'과 '틀림'의 구분이 많이 어렵다. '다름'을 인정하려면 먼저 상대에 대한 배려가 선행 되어야 하지 않을까? 하는 생각이다. '다름'과 '틀림', 나와 틀리다고, 혹은 나와 다르다고 외면하거나 따돌린 적은 없는가? 하나가 되려면 우선 나와 다름을 인정하는 것, 그것이 먼저다.

글로벌 시대의 진정한 경쟁력은 다양성의 존중에서 시작된다고 해도 과언이 아니다. 세상은 머릿속보다 훨씬 빠른 속도로 변화하고 있다. 그래서 나와 다르다고 해서 틀린 것이 아니라는 열린 사고가 필요한 것이다. 리더들은 나이가 들면서 가치관의 고착화로 상대의 의견을 잘 들으려고 하지 않는 성향을 나타낸다. 의학적으로 40대 중반이 되면 뇌의 기능이 급격하게 위축된다. 과거의 일과 경험을 자주 표현하며 자랑한다든지 하는 일이 나이가 들어가는 징조일 것이다.

지난 일에 대하여 말이 많아지고 자주 자랑하고 싶어지는 욕구가 생긴다면 스스로 경계하는 마음을 가져야 한다. 과거의 경험과 경력이 몇 년이라는 등의 말로 상대를 설득하거나 갈등을 해결할 수는 없다. 생각의 관점 전환을 통하여 상대방의 시각에서 사실을 바라볼 때 비로소 문제를 해결할 수 있다. 사실관계를 토대로 서로 다름과 차이를 인식하고 갈등을 해소할 요인들을 찾아내는 노력이 필요하다.

나는 리더로서의 8년을 뒤돌아보면 아쉬운 생각이 많이 남는다. 팀원들과의 대화에서 상대의 말을 집중해서 끝까지 경청하고 존중하는 마음으로 대화를 하였을까? 업무상의 사소한 문제조차도 예상치 않게 토론으로 발전하여 생각의 차이로 충돌하게 되고 결국 분위기가 냉랭하게 되었던 기억이 있다. 서로의 생각 차이를 이해하고 존중하지 못하여 팀원들의 마음을 잠시나마 상하게 하였으니 지금 생각하면 참으로 어리석은 일이었다.

06 팀원은 팀장을
따라 한다.

내가 신입사원 시절. 우리 팀장님은 항상 내게 "내가 '바담풍'이라 해도 너는 '바람풍' 이라고 해야 한다"라고 말씀하셨다. 내가 모범을 보여 주지 못해도 너는 나를 본받지 말라고 하셨다. 모든 팀장님이 어떻게 다 완벽할 수 있겠는가? 그러나 완벽을 위해 노력하는 팀장도 있는 반면, 업무에 있어 본인은 완벽을 추구 하지 않으면서 아래 팀원들에게는 완벽을 추구하길 기대 하는 팀장님도 있다.

나의 신입시절은 업무에 관한 기본기도 배웠지만 팀장님을 통해 직장도 사람이 생활하는 곳이며 동료에게 어떻게 예의를 갖추고 배려하고 함께 생활해야 하는지 인성 있는 직장인에 대해서도 많이 배웠다. 그때 배운 것이 지금까지 직장인으로 가장 소중한 재산이 되었다. 인성 좋은 리더의 참모습을 보여주셨고, 항상 후배들을 다독거리고 본인은 조직 생활에서 손해를 많이 보셨다. 조직에서 사람이 좋으면 딱 팀장까지만이라고 했던가? 팀장님은 생각보다 빨리 퇴직을 하셨다. 업무적으로 어떤 부분이 부족한지 모르겠지만 내게는 어떻게 직장생활을 하는지 몸소 가르쳐준 가장 소중한 나의 첫 팀장님이셨다. 인성적인 면에 있어 많은 모범을 보여 주셨다.

똑똑한 팀원은 팀장의 장점만을 배우지만, 평범한 팀원은 팀장의 단점도 따라 한다. 내가 팀장이 되었을 때 가장 듣기 싫은 말이 '전 팀장의 매니지먼트 스타일을 닮았다.' 라고 하는 것이었다. 나의 전 팀장님은 회사 내에서 악명이 높았다. 그런 팀장님을 닮지 않으려고 무척이나 노력했음에도 불구하고, 나도 모르게 그분의 스타일이 배어져 있다. 내가 다르다고 말해도 남이 같다고 하면 같은 것이다. 예전 같은 팀원들과 이야기 하다 보면 좋든 싫든 오랜 지속적인 생활로 인해 우리도 모르게 팀장님의 스타일을 닮게 되는 것은 어쩔 수 없는 것이다. 예전의 팀장님은 새로이 팀장이 된 직원에게도 영향력을 미친다. 나의 팀원 중에 만약 팀장이 된다면 일부 리더십 스타일이 나의 스타일을 조금은 닮을 것이다. 팀장은 업무스타일이나 사고구조 어느 것 하나 팀원에게 영향을 주지 않는 것이 없다.

팀원들은 처음 만난 팀장을 3일 만에 파악한다. 그만큼 관심이 많고 항상 팀장의 생각과 하루 계획, 그리고 어떤 행동과 생각을 하는지 파악하려고 노력한다. 팀원들끼리 SNS로 오늘 팀장님 기분이 좋은지 안 좋은지 매일 체크하고, 팀장님의 동선과 위치를 항상 공유하기 때문에 팀장이 긴장의 끈을 놓는 순간 팀원들은 귀신같이 알고 팀장과 같이 행동하려 한다. 모든 행동의 잣대는 팀장이 되는 것이다. 물론 대다수의 팀원들이 자발적, 능동적으로 일을 한다.

베이비부머 세대들은 젊은 후배들이 조직에서 헌신하고 희생하지 않는다고 늘 불평을 한다. 우리 세대는 모든 것을 희생하고 헌신해 왔는데 요즘 세대는 아니라고 얘기한다. 서번트 리더십을 강조하면서 리더들에게만 압력을 주는 회사 분위기가 좀 아쉽다. 반면 Y 세대 팀원들은 우리에게 헌신을 요구하기 전에 리더들의 솔선수범이 먼저라고 얘기한다. 왜 우리에게만 헌신을 강조하는지 모르겠다고 대답한다. 솔선수범이라는 것이 리더가 먼저 나서서 모든 결과를 내가 책임지고 아래 팀원들이 부담 없이 일을 추진 할 수 있게 환경을 만들고 희생을 하라는 것은 아니다.

모범은 일에 대한 관심이다. 직접 이 일을 나서서 어려운 상황을 해결 하라고 팀원들은 팀장에게 요구하지 않는다. 리더의 모범은 끊임없는 격려와 관심이다. 팀원이 가치 있게 생각하는 일에 대한 공감이다. 경청과 공감이 리더의 모범인 것이다. '이 프로젝트는 네가 알아서 해 결과는 내가 책임질게' 라는 것이 결코 리더의 솔선수범은 아니다.

시작부터 결과에 이르기 까지 함께 방법을 강구하고 진행되고 있는 프로젝트에 대해 문제가 생겼을 때 같이 모여서 사전예방책을 강구하며 해결 방법에 대해 물어보고 경청하고 공감하는 것이 리더의 모범이다. 팀내 진행 중인 프로젝트에 대해 관심도 없고 아무 생각 없이 있다가 윗사람이 자료를 요구하니 그 때 부랴부랴 팀원에게 확인하고 제대로 되어 있지 않다고 불호령을 내리고 팀원을 질책하는 것이 팀장의 모범은 절대 아닌 것이다.

오래전 서해대교 낙뢰 화재 사고로 순직한 고(故)이병곤 평택소방서 포승안전센터장(54 · 소방경)은 가정에서는 다정다감한 남편과 아버지이자, 직장에서는 후배들에게 존경받는 선배인 것으로 전해져 주위를 안타깝게 하고 있다. 지난 1990년 3월 평택소방서 일반공채로 소방공무원에 입문한 이 소방경에 대해 동료들은 "항상 현장에서 앞장서는 솔선수범 팀장"이라고 입을 모았다. 그는 항상 힘들고 어려운 악조건에서도 화재 진압을 위해 현장에서 앞장서서 솔선수범 했기에 이 시대가 인정하는 진정한 리더이다. 노모를 모시고 살며, 주말에는 여행과 등산을 통해 건강을 챙기던 그는 항상 준비된 소방공무원의 기치를 잃지 않았다. 이 소방경은 굴삭기, 지게차, 동력수상레저기구조종면허 등 다수의 자격증을 취득하며 현장 활동 및 각종 구조 이론에 능숙한 베테랑으로 통했다. 그의 노력은 각종 수상에서도 엿볼 수 있다. 그는 1995년 소방행정유공 수원소방서장상과 2000년 소방행정유공 경기도지사 표창 및 2011년에는 제49주년 소방의 날 유공 행정자치부장관상 등을 수상했다. 이번 사고는 사고 당일 경기 평택시 서해대교 목포방면 행담도 인근 2번 주탑 상층부에서 낙뢰로 추정되는 화재로 인해 발생했다. 이 불로 주탑 바로 옆 케이블(와이어로프 · 길이 50m · 지름 280mm)이 끊어졌고 현장 통제에 나선 이 소방경은 지상 30여 미터의 높이에서 떨어진 케이블에 맞아 순직했다. 이 센터장의 목숨을 건 솔선수범이 없었다면 국가적 재앙으로 이어 질 수 있는 큰 사고였다.

2009년 10월 26일 덴마크 코펜하겐에서 열린 IOC 총회에서 자클로게 IOC 위원장 입에서 리우데자이네루 라는 이름이 호명되자 초조하게 결과를 기다리던 브라질 유치단은 만세를 불렀다. 2009년 하계올림픽 개최지 결정은 IOC 역사상 가장 극적인 반전 사례로 꼽혔다. 예상외의 성공적 유치에는 2001년 브라질 대통령으로 당선된 룰라 대통령의 솔선수범한 노력이 숨겨져 있었다. 최종 올림픽 유치가 발표되는 순간 손수건으로 눈물을 훔쳐내던 그의 모습은 전 세계인에게 감동을 주었다. 룰라 대통령은 제일 먼저 나서서 대륙별 순환 개최의 명분을 끊임없이 IOC 위원들에게 설득하였고, 가장 성공적인 요인으로는 룰라 대통령이 직접 나서서 솔선수범 맨투맨 작전에 나선 것이었다.

룰라 대통령은 한 번도 올림픽을 개최하지 못한 아프리카 대륙을 방문하여 리우 개최지의 지지를 직접 호소하였고, 제네바 IOC 위원회에 참석하여 115명의 IOC 전체 위원에게 직접 친필로 쓴 유치에 대한 당위성을 주장하는 서신을 전달하였다.

리더가 이렇게 솔선수범을 보이자 다른 이들도 나서기 시작했는데, 축구 황제 펠레와 전 FIFA 회장이며 ICO 종신 위원인 주앙 아벨란제도 리우 개최지의 지지를 호소하였다. 또한 룰라 대통령은 강약을 조절하고 이성과 감성에 호소하는 프레젠테이션으로 성공적으로 올림픽 개최지를 유치하였다. 한마디로 이번 성공적인 올림픽 유치는 리더의 솔선수범이 나은 기적이었다.

위의 두 개의 신문기사처럼 리더의 솔선수범은 팔로워들을 움직이게 한다. 특히 위기상황이나 기회가 왔을 때 리더의 솔선수범은 더욱 더 빛을 발한다. 매번 회사의 어려움으로 인해 조직 변경이 있거나 담당지역의 변화가 있을 때 리더가 나서서 현장에서 예기치 못한 어려움을 같이 고민하고 헌신할 때 팀원들은 움직이게 된다. 다만 리더의 솔선수범이 모든 문제를 해결하라는 것처럼 들릴 수도 있겠다. 그러나 주체는 팀원에게 위임하되, 함께 고민하고 진행사항을 꼼꼼히 체크 할 때 리더의 진정한 가치가 빛나고, 동시에 자발적인 팀원들의 추종이 따르게 된다.

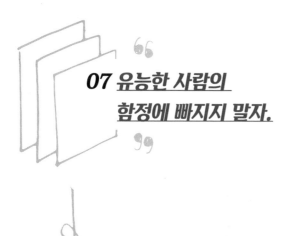

07 유능한 사람의
함정에 빠지지 말자.

현역 시절 뛰어난 운동선수가 코치나 감독이 되었을 때 리더로서 성공할 확률은 그리 높지 않다. 전성기의 최고의 플레이어들은 감독으로서 성공하지 못한 사례는 주위에 많이 있다. 리더가 가장 많이 실수하는 것은 나의 팀원 시절의 역량을 회상하고 팀원들을 그만큼 성장시킬 수 있다고 착각하는 것이다. 제발 착각 하지 마라. 사람이 사람을 갑자기 바꿀 수 없다. 그 부모도 바꾸지 못한 것을 팀장이 어떻게 바꾼다 말인가?

바꾸지 못한다는 것을 알았을 때 너무 쉽게 포기 하는 경향이 있다. 이른바 찍퇴이다. 찍어서 그 사람을 지속적으로 불신하여 기회를 주지 않고 점진적으로 퇴보 시키는 것이다. 나름 팀장들은 찍기 전에 충분히 고민하였다고 생각하고 합리적으로 판단하였다고 착각한다. 충분히 그 사람에게 기회를 주었으며 변화의 여지가 없고 고심 끝에 내린 결론이라고 스스로를 설득한다. 그러나 사람이 내린 판단이기에 항상 후회는 남는다.

'뺄셈의 리더십'과 '확신의 덫'이라는 책에 '필패 신드롬'이란 용어가 언급되어 있다. 아래는 책의 전문을 옮겨 놓았다.

필패 신드롬은 처음에는 악의 없이 발생한다. 신드롬이 발생하는 계기는 직원이 목표를 달성하지 못하거나 마감일을 맞추지 못하거나 주요 고객을 잃거나 보고서나 발표 자료를 허술하게 작성하는 등의 구체적인 사건인 경우도 있고, 구체적이지 않을 때도 있다. 어떤 이유에서든 상사의 마음속에는 해당 직원에 대한 의구심이 싹트게 되고 직원의 성과가 만족스럽지 못할지도 모른다는 우려가 생기기 시작한다. 그렇게 신드롬이 서서히 작용하기 시작한다. 그러면 상사는 의심되는 부하 직원에게 시간과 관심을 더 할애하는 것이다. 업무를 부여하면서 더 자세히 지시하기 시작하고 부하직원의 의사결정 과정에 관여하려고 애쓰며 직원의 행동과 업무처리를 감시하고 바로잡는 일이 빈번해지고 심해진다. 이런 상사의 행동은 좋은 의도에서 비롯된다. 실적을 올리고 부하직원이 실수하는 것을 방지하려고 애쓰는 것일 뿐이다.

안타깝게도 부하직원은 상사가 원하고 의도하는 행동과는 정 반대의 행동을 하게 된다. 감시가 심해질수록 자기를 신뢰하지 못한다고 생각할 것이며 구속을 당한 직원들은 스스로의 생각과 능력을 의심하기 시작한다. 그러면 그럴수록 더욱 더 팀원은 위축이 되고 소극적으로 행동하며 동기부여가 저하되면서 성과가 더 나빠지기 시작한다. 팀원의 성과가 더욱 더 나빠질수록 팀장은 더욱 더 많은 시간을 할애하고 업무에 더 관여하며 팀원의 자율성을 침해한다. 같은 상황 같은 성과라도 다른 시각으로 팀원을 평가하기 시작하고, 그 팀원이 잘하면 시장상황이 좋은 것이고 그 팀원이 못하면 역량이 부족한 것이 된다. 팀원은 '어떻게 해도 상사가 인정해주지 않을텐데 위험을 감수할 필요가 있겠는가?' 라는 생각을 갖게 된다. 또는 웅크리고 앉아 업무를 처리하긴 하지만 가급적 상사의 눈에 띄지 않으려고 한다. 극단적인 경우에는 서로에게 안 좋은 모습만 보이며 적대적인 관계로 추락하기도 한다.

부하직원은 상사가 비타협적이며 방해만 되고 과도하게 비판한다고 생각한다. 상사는 부하직원이 능력이 없고 비협조적이며 결정력이 없다고 생각한다. 결국 필패 신드롬에 사로잡히게 되는 것이다. 조사결과 놀라울 정도로 짧은 시간 내에 실패 유발 역학구도가 자리를 잡을 수 있다. 내 경험으로는 3개월이면 충분하다. 일단 성과가 낮은 직원으로 찍히면 실제 능력과 상관없이 그런 이미지에 부합하는 성과를 내게 된다.

따라서 팀장들은 성과가 낮은 직원들에게 좀 더 효과적으로 접근할 수 있는 방법을 찾아야 한다. 문제가 되는 직원들에게 무조건 꼬리표를 달고 낙인을 찍는 행동을 정말 심사숙고하여야 하며, 실제로 문제가 되는 직원이 있다면 적성을 찾아 그에게 알맞은 보직을 배정해야 한다. 그러나 말이 쉽지 실제로 요즘 같은 경쟁 환경에서는 팀장들의 인내와 배려가 쉽지만은 않은 것이 현실이다.

나도 필패 신드롬에 빠진 적이 있다. 결론적으로 그 팀원은 퇴사를 했고 퇴사의 이유가 팀장인 나 때문만은 아니었지만 그 당시 내가 정확히 그 팀원을 평가한 것인지 아직도 생각이 많다. 그만큼 사람을 평가함에 있어서는 신중을 더해야 한다. 나는 개인적으로 마감시한을 철저히 지키고 시간을 엄수하는 팀원을 신뢰한다. 또한 숫자가 항상 정확해야 하며 데이타의 정확도를 항상 체크한다. 그리고 근태를 하는 직원을 가장 싫어한다. 그렇다 보니 마감시간 안에 항상 본인 일을 다 완수하지 못하고 핑계를 대고, 데이타가 자주 틀리는 직원은 일단 다른 직원에 비해 더 세세히 체크하게 된다. 이런 팀원은 근태까지 의심하게 된다. 이러한 일이 반복이 되면 팀원에 대한 신뢰감이 점점 없어지고, 모든 일에 대해 의심이 확장되고 이 팀원이 어떠한 보고를 하여도 내가 눈으로 직접 확인하게 된다. 같이 현장에 나가는 날이 잦아지고, 팀원의 의사결정보다는 일방적인 업무 지시가 늘어난다. 팀원은 혼자 판단하고 계획하는 기회가 줄어드니 당연히 일에 대한 경험이 줄어들고 팀 내 동료보다 역량 성장이 더디게 된다. 이런 일이 반복되면 새해 신년 사업계획에서 주요한 업무에서 탈락하고 허드렛일만 하게 되고, 팀원은 더욱 위축되어 의미 있는 경험을 못 하게 되므로 점진적으로 퇴보하게 된다. 그러면 팀원은 역량의 문제가 생기고, 적성을 의심 하게 된다. 그러한 평가가 다른 팀장들에게 의해 공유되고 혹 조직 변경이 있어도, 다른 팀의 새로운 팀장의 선입견으로 인해 중요한 업무에서 탈락하며 이러한 일이 반복될 수록 팀원은 스스로 위축이 되어 회사를 떠나게 된다.

이러한 일을 반복하지 않고 팀원을 더욱 더 객관적으로 평가를 하려면 어떻게 해야 할까? 책에서는 여러 가지 방법을 논하고 있으니 꼭 읽어 보기 바란다. 필패 신드롬의 본질은 상사 스스로 문제의 당사자임을 지각하지 못한다는 사실이다. 항상 시간적 스트레스를 받는데다가 경영과정이 복잡하고 성과압력이 장난이 아니기 때문이다.

나는 필패 신드롬에서 벗어난 개인적인 경험이 있다 최근 조직변경에서 근태를 자주 한다는 팀원을 팀에 받게 되었다. 선입견을 가지고 처음부터 철저히 관리할 수도 있었지만 일단 기회를 주고 지켜보았다. 그러던 중에 근태가 의심되는 행동을 하면 내 마음을 숨기지 않고 면담을 통해 나의 업무에 대한 기대치를 언급 해 주었다. 팀원이 근태가 의심된다는 말은 하지 않고 나의 기대치에 대해 반복하여 강조 하였다. 그리고 근태가 반복적으로 의심되면 솔직히 이러한 일들이 오해가 되는 상황이 올 수 있다고 피드백을 주었고, 팀원 또한 왜 그러한 상황이 왔는지 솔직하게 대답하고 나의 의구심을 풀어 주었다.

물론 팀원의 대답에 거짓이 있을 수도 있지만 중요한 것은 내가 의도하려는 행동은 팀원이 자발적으로 업무 습관을 나의 기대치만큼 만드는 것이다. 그것을 이리저리 따져서 논쟁하여 내 판단이 맞는다고 우겨봐야 팀원에게는 상처만 남고 자발적인 업무를 기대하기는 더욱 더 어려워진다. 솔직한 피드백으로 의구심을 해결하고 내가 의도하는 대로 확실한 기대치를 설정해주어 자발적으로 행동하게 만든 것이 우선이라 생각하였고, 계속해서 나의 기대치와 신뢰감으로 팀원 스스로 변화하게 만드는 것이 중요하다고 생각했다. 실제로 팀원은 오해를 받지 않기 위해서라도 더욱 더 열심히 하였고 가시적인 성과를 내게 되었다.

'똑똑한 리더의 치명적 착각' 이라는 책에는 불만이 있는 직원들은 요주의 인물이고, 불평불만이 많은 직원들이 골칫거리라고 생각하는 것은 착각이라고 이야기한다. 또한 사생활을 포기하는 자만이 살아남고, 모든 직원들에게 귀를 기울이는 것은 불가능하며, 아이디어 공유는 필요할 때만 하면 된다는 것은 모두 리더의 착각이라고 주장한다. 실례를 통해 이 모든 사례들은 착각이라고 주장하며 리더가 위로 올라갈수록 잘 나갈수록 자신이 똑똑하다고 생각할수록 자기를 돌아보고 주변 사람의 이야기를 들으라고 충고한다. 영향력이 크다는 것은 그만큼 치명적인 실수를 할 가능성이 높다는 것을 의미한다. 회의시간에 가장 위험한 존재는 하마(HIPPO- Highest Paid Person's Opinion) 라는 말이 있다.

나를 포함한 동료팀장들은 IMF 이후 취업한 세대이며 높은 취업경쟁률을 뚫고 입사와 동시에 사내에서도 수많은 경쟁에서 살아남아 팀장이 된 사람들이다. 가장 취약점이 실패의 경험보다 성공의 경험이 많은 사람들이기에 본인이 스스로 유능하다고 믿는 사람들이다. 지금까지 우리의 판단과 결정이 옳았던 적이 많았다. 그러나 리더가 되면서부터는 더욱 겸손해지고, 자신의 내면을 돌아보고, 자신을 성찰하는 많은 시간을 가져야 한다.

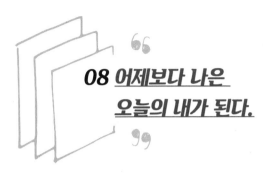

08 어제보다 나은 오늘의 내가 된다.

어제의 내가 유일한 경쟁자이다.

나는 늘 과거의 자신을 극복하기 위해 애쓴다.

달리기에서 이겨야 할 상대가 있다면

그것은 바로 과거의 나 자신이다.

다른 사람을 이기든 지든 신경 쓰지 않는다.

그보다는 나 자신이 설정한 기준을

만족시킬 수 있는가 없는가에 관심을 둔다.

작품이 내가 설정한 기준에 도달 했는가 못했는가가

무엇보다 중요하다.

– 무라카미 하루키, '달리기를 말할 때 내가 하고 싶은 이야기'에서

리더로서 나 자신도 변화시키지 못하는데 남을 변화 시킨다는 것은 너무나도 어려운 일이다. 내가 나를 변화시키는 것이 어렵다는 것을 깨달을 때, 남 또한 변화시키는 것이 어려울 거라는 것을 인정하게 된다. 나를 변화시키고 나를 성장시키는 사람은 역사 속에서 위인이 되고 진정한 리더가 된다. 우리는 리더로서 어제보다 조금 나은 나를 성장시키는데 노력해야 한다. 시간이 없는 것이 아니고 의지가 없는 것이다. 나 자신이 안전하다고 느낄 때 그 순간이 가장 위기인 것이다. 건강도, 정신도, 지식도 어제보다 나은 내가 될 때 우리는 성장하게 된다.

배움의 자세는 겸손이다. '자조론' 이라는 책에 언급된 19세기 초 영국의 역사 소설가이자 시인이며 역사가인 월터 스콧은 쉬지 않고 공부하여 많은 지식이 있었지만 그는 항상 자기 능력에 대하여 겸손했으며 "일평생 나는 나의 무지 때문에 위축되어 고생을 해 왔다"라고까지 말했다. 진정한 지혜와 겸손은 이러한 것이다. 사람이란 많이 알면 알수록 그만큼 자만심이 사라지는 것이다. 피상적인 공부를 한 사람은 자기의 지식을 자랑할지 모르지만 현자는 '사람이 아는 것은 오직 아무것도 모른다는 것뿐이다' 하고 겸손한 고백을 한다. 뉴

턴 같은 사람도 '나는 다만 바닷가의 조개를 줍고 있을 뿐이지 정말 큰 진리의 대양은 건드리지도 못한 채 저 앞에 놓여 있는 것이다.'라고 했다. 이렇듯 우리는 먼저 배움 앞에 겸손해야 한다. 모른다는 자각이야 말로 배우는 일의 시작인 것이다. 오늘날 배움의 필요성에 대해서는 굳이 언급하지 않아도 모든 팀장들이 마음으로 느낄 것이다. 오늘부터라도 핑계를 대지 말고 배우고 성장하는 리더가 되어야 한다.

지난 해 인사혁신처는 〈직무와 성과 중심의 공무원 보수 체계〉를 발표했다. 성과가 우수한 공무원은 보상을, 미흡한 공무원은 보수가 동결되는 내용을 담은 개편방안이 내년부터 시행된다. 기존 일반직 과장급 이상만 적용해온 성과 연봉제를 일반직 5급 및 특정직 관리자까지 확대한다는 방침이다. 비교적 안정성이 보장되는 공직 사회에서도 성과 중심의 보수 체제로 움직임이 일고 있는 상황. 공무원도 지속적인 자기계발 없이는 보수 안정성을 확보하기 힘든 가운데, 일반 기업의 현실은 더욱 냉혹하다.

최근 국내 주요 A 건설사 대리 김명진(가명, 33세)씨 역시 불안한 경제난 속 임금동결을 피해가지 못했다. 꾸준한 자기계발을 통해 인사고과에서 업무 역량을 입증해내야만 연봉 협상 및 승진의 기회를 노릴 수 있다. 김씨에게 더 이상 자기계발은 선택이 아닌 필수다. 이처럼 신입, 경력을 가리지 않고 미래에 대한 불안감을 해소하고자 자기계발에 열을 올리는 이들이 꾸준히 늘고 있다. 취업, 승진, 이직, 은퇴 후 창업. 무엇을 고려하더라도 직장인 자기 계발은 더 이상 남의 얘기가 아니다. 실제로 지난해 잡코리아가 발표한 직장인 자기계발 현황에 따르면 20~50대 이상 직장인 314명 가운데 79.6%가 '현재 자기계발을 하고 있다'고 응답한 것으로 나타났다.

우리나라 직장인 10명 중 4명은 새해 이루고 싶은 계획으로 학업과 승진 같은 자기계발을 1순위로 꼽았다. 한국건강증진개발원은 취업포털 인크루트와 함께 직장인 541명을 대상으로 설문조사를 진행해 이 같은 결과를 확인했다고 27일 밝혔다. 설문조사 내용을 보면 2016년 가장 이루고 싶은 계획은 학업과 승진 등 자기계발이라는 응답이 29.7%로 가장 높았다. 응답자 10명 중 3명꼴이었다. 이어 저축·투자 등 재무 설계 22.4%, 운동과 금연을 포함한 건강관리 20.6% 순이었다. 새해 이루고 싶은 계획 1순위가 건강관리가 아닌 경우 응답자의 50%는 운동과 금연을 2순위로 선택했다.

한편 바쁨의 늪에 빠진 직장인들은 자연스레 자기계발과 취미생활 같은 개인 시간을 포기하고 있는 것으로 나타났다. 취업포털 파인

드잡(대표 최인녕 www.findjob.co.kr)이 전국 직장인 693명을 대상으로 '시간 스트레스와 타임푸어' 설문조사를 진행한 결과 직장인 10명 중 7명은 항상 시간이 부족하다고 느끼는 '타임푸어족'이며, 시간적 한계 때문에 가장 포기하고 있는 분야 1위는 23.7%의 응답률을 기록한 '자기계발'인 것으로 조사됐다. 이어 '취미생활'(18.0%)과 '지인과의 만남'(16.7%)이 근소한 차이로 2, 3위를 차지했고, 그 뒤는 △'건강관리'(13.8%), △'수면시간'(10.7%), △'연애'(8.0%), △'회사 업무의 완성도'(3.6%), △'가정생활'(3.5%), △'외모관리'(2.1%) 순이었다.

위의 신문기사에서 보듯이 직장인이라면 누구나 자기성장의 필요성을 느끼고, 계획하고, 실천 하고자 하는 욕구는 있으나, 시간이 부족하고 스트레스 때문에 현실은 늘 그렇듯이 녹록치 않다. 타임지 선정 21세기 리더 100인 중 유일한 한국인인 서울공대 김진애 교수는 그의 저서 '한 번은 독해져라'에서 독하게 홀로 시간, 홀로 공간을 만들라고 조언한다.

사람은 홀로 있을 때 자란다. 홀로 자는 잠처럼 깨어 있는 동안에도 혼자 있어보라. 잠을 안 자면 기억조차 만들어지지 않는 것처럼 깨어 있는 동안 혼자 있을 시간이 없다면 우리의 몸과 마음은 지친다. 홀로 시간이 별로 없는 사람이라면 자문해 볼 필요가 있다. 항상 사람들과 섞여 있으면 생각할 시간이 없어지고, 생각할 시간이 없으면 자라지 못한다. 홀로 있어보라. 아무리 주위에서 방해해도 독하게 자기만의 시간과 공간을 만들라. 자기만의 시간, 자기만의 공간이 있는 사람은 인생을 훨씬 더 너그러운 마음으로 대할 수 있다. 또 다른 가능성이 보일 것이다.

김진애 교수는 홀로 있는 시간과 공간을 만들어 그 시간에 자신을 성찰하고 자기 자신이 무엇을 좋아하는지, 무엇을 하고 싶어 하는지 생각해보라고 한다. 그 시간을 오로지 자기 자신을 위해 투자 하라고 조언한다. 저자는 새벽형 인간으로 새벽에 매일 2시간의 홀로 공간과 시간 속에서 저술활동을 비롯한 많은 일들을 처리하고 있다. '한 번은 독해져라'는 외침으로 독자들에게 독하게 자기 자신을 위하여 투자하고 성장하라고 조언하고 있다. 현실은 우리가 홀로 있는 시간을 방해하는 요소로 가득 차 있다. 독하게 때로는 지혜롭게 이겨내고 홀로 있는 시간과 공간에서 우리를 성장 시켜야 한다.

나도 주로 책을 새벽에 쓰고 있다. 새벽기도회를 다녀오거나 새벽 운동을 한 후에 고요한 새벽에 확실히 글이 잘 써진다. 낮이나 밤에는 일과로 피곤하거나 정신이 없을 때가 많다. 전날 과음만 하지 않으면 새벽에는 우리가 생각하는 이상으로 많은 일들을 처리 할 수 있다는 사실에 놀랐다. 내 팀원 중에 새벽잠이 없는 친구가 있다. 저녁에 일찍 자고 보통 새벽 4시에서 5시에 기상한다고 한다. 멍하게 있다가 출근하는 경우가 많다고 하기에 새벽에 2시간씩 공부하면 사법고시도 패스 하겠다고 농담을 한 적이 있다. 정말 매일 두 시간씩 꾸준히 공부하면 누구든지 그 사람의 인생이 달라 질 것이다.

우리는 리더이기에 배움과 성장을 더욱 더 게을리 할 수 없다. 혼자만의 시간을 가지고 어제보다 나은 매일 조금씩 성장하는 리더가 되고 싶다.

제6장

그래도...
팀장이다

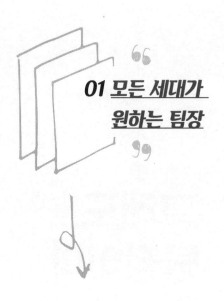

01 모든 세대가 원하는 팀장

사장님은 가장 뛰어난 인재의 조건은 인성이라고 항상 말씀하셨다. 업무역량과 스킬은 배우고 노력하면 되지만, 사람의 인성은 바꾸기 쉽지 않다는 것을 경험을 통해 알고 계셨다. 흔히 인성이 좋은 사람을 그냥 착한 사람이라고 생각하지만, 직장에서 훌륭한 인성은 업무에 대한 마인드와 태도, 남을 배려하는 배려심, 공감능력 및 팀을 위한 희생과 협동심 등 모든 장점을 포함하는 것이다. 한마디로 같이 일하고 싶은 매력이 넘치는 사람을 인성이 훌륭한 사람이라 정의 할 수 있다.

팀장 면접을 볼 때 A전무님께서 가장 뛰어난 직원은 어떤 장점이 있냐는 질문을 한 적이 있다. 나는 이전에 항상 B전무님께 들었던 이야기가 생각났다. B전무님은 첫째도, 둘째도, 셋째도 직원들에 대해 가장 중요한 기대치는 '태도'라고 말씀 하셨다. 그 당시 직장에서 직급이 대리인 나는 경험부족으로 크게 깨닫지 못했지만, 지금 생각하면 정말 공감이 가는 말씀이다.

팀장 면접 시 가장 뛰어난 인재는 긍정적인 사고와 태도를 가진 사람이라고 대답하였다. 업무의 역량과 스킬은 2년이면 10년차 직원과 비슷할 수 있다. 특히 직무 스킬 더욱 그렇다. 숙련도나 노하우 면에서 경험의 차이는 있겠지만, 태도와 마인드는 경험과 무관한 가장 중요한 인재조건이라고 생각 한다. 결과는 팀장으로 발탁 되었고 지금 이 글을 쓰고 있다.

직급이 올라가고 세월이 갈수록 뛰어난 학력과 스펙으로 다양한 경험이 있는, 어학능력도 출중한 후배들이 입사를 하지만, 그들과 비교해서 내가 가지고 있는 강점은 긍정적인 마인드와 업무에 대한 태도이다. 대부분 사람이 부정적으로 생각하는 일에 긍정적인 마인드와 태도를 가지고 새로운 방법이 없을까 고민하였다. 근성과 끈기, 주인의식, 배려심, 공감능력, 관계형성능력 등 인성과 마인드는 조직 생활에 필요한 많은 장점이 있다. 나는 18년 동안 직장 생활을 하면서 같은 상황에서 직원들이 다른 생각과 행동을 하는 것을 보고 많이 느끼고 배웠다.

　예전에 두 명의 입사 동기들이 비슷한 시기에 차량 추돌 사고가 났다. 우리는 세일즈담당 부서라 차량 사고가 종종 생긴다. A직원보다 B직원이 더 많은 중경상을 입었다 B직원의 차는 차량 후반부가 날아가서 거의 폐차직전 이었고 A직원도 차량 후반부의 범퍼를 교체 하는 추돌사고 였다. A,B직원은 둘 다 병가를 내었고 당연히 그래야 했다. 당시 직원들이 사고가 났을 때는 마감으로 인해 상당히 바쁜 시기였다. 한명의 직원이라도 일손이 필요한 시기였다. A 직원은 연연하지 않고 병가를 1주일 이상 내었으나, B 직원은 지인의 도움으로 차를 타고 병가 중에도 티 내지 않고 조용히 주요 업무를 수행 하였다. 물론 B직원이 과한 충성심에 오버했다고 생각 할 수도 있다. 그러나 오랜 시간 뒤에 거래처를 통해서 그 사실을 듣게 되었고, 거래처에서 먼저 이야기 하지 않으면 아무도 모르는 상황이었다. 위 사례에서 A 직원이 마인드가 부족하고, 일에 대한 열정이 부족하다는 것은 절대 아니다. 같은 상황이 또 발생한다 하더라도 그렇게 행동하는 것은 당연한 것이다. 그러나 B 직원의 행동은 바로 주인의식에서 비롯되는 것이다. 회사의 잡을 본인의 일이라 생각해서 그냥 집에만 있을 수 없었던 것이다. A 직원이 부족한 것이 아니고 B 직원의 주인의식을 칭찬해 주고 싶은 것이다. B 직원의 경우 팀장이라면 누구나 같이 일하고 싶어 하는 팀원이다.

지금 취업을 준비하는 대학생 조카에게 가장 뛰어난 인재는 인성이 훌륭한 사람이라고 말하였다. 조카는 나의 말을 이해하지 못한다. 여전히 스펙을 쌓기에 바쁘다. 요즘 대학생들은 취업 준비를 한다는 구실로 스스로 아싸(아웃사이더)가 되기를 자청한다. 혼밥(혼자 밥먹는 것)을 하고 혼자 도서관을 다니고 혼자 강의를 듣는다. 요즘 청소년, 대학생들에게 가장 중요한 사람은 자기 자신이다. 이렇게 생활한 친구들이 좋은 스펙으로 포장해 직장에 들어오면서 다시 인간관계를 위해 노력한다. 취업과 동시에 아웃사이더가 되지 않기 위해 잊어버린 관계를 회복하기 위해 애를 쓴다. 이러한 노력도 결국은 본인을 위한 것이다. 본인이 정보에 뒤처지지 않고 본인이 조직에서 인정받기 위해서이다. 그러나 줄곧 혼자 생활한 친구가 갑자기 변할 수 있겠는가? 관계 형성을 위한 좋은 경험과 스킬이 있겠는가? 현실적으로 우리는 이러한 친구들과 같이 일하고 있다.

온라인 취업포털 사람인의 조사에 따르면 취업 압박 때문에 확산되는 대학가 자발적 아웃사이더 문화가 취업 이후 대인관계에 어려움을 주는 것으로 나타났다. 자발적 아웃사이더 행동을 했던 직장인

607명에게 '직장 대인관계'를 조사했을 때 62.8%가 어려움을 느꼈었다고 결과가 나왔다.

이들이 대인관계에서 가장 어려움을 느낀 부분은 '상사와 좋은 관계 유지하기'(51%, 복수응답)였다. '업무상 타인에게 싫은 소리 하기'(45%), '항상 밝고 적극적인 모습 보여주기'(42.4%), '회식 등 사교적 자리에 참석하기'(41.6%), '업무 외 일상 대화를 편하게 나누기'(39.3%), '업무 관련된 내 의견을 남에게 설득하기'(33.2%), '타부서 동료들과 관계 확장하기'(30.9%), '입사 후 동료들에게 적응하기'(28.5%) 등이라는 대답도 많았다.

대인관계를 어려워하는 직장인들은 주변에서도 눈에 띈다. 직장인 1111명 중 52.3%는 직장 동료의 대인관계 역량이 떨어지는 것 같다고 느낀 경험이 있었다. 그렇게 느낀 이유로 54.9%(복수응답)는 '본인 위주로만 생각하려고 해서'라고 답했다. '남을 배려하지 않고 냉소적으로 말해서'(37.2%)라는 답변도 많았다. '본인의 의사를 잘 전달하지 못해서'(32.2%), '일 외에는 편하게 말을 잘 못해서'(28.1%), '부탁을 하거나 거절하는 융통성이 부족해서'(26.9%), '협업에 대해 어려워해서'(22%), '회식 등 사교적인 자리에 적응을 못해서'(21.7%)라는 응답도 많았다.

다만 대학가의 자발적 아웃사이더 문화에 대한 직장인들의 평가는 갈렸다. 51.1%는 '목표를 위한 영리한 선택으로 바람직하다'고 평가했다. '대인관계를 등한시한 어리석은 선택이다'가 48.9%였다. 부정적으로 보는 직장인들은 그 이유로 '사회성이 결여될 수 있어서'(64.1%, 복수응답), '학생 때만 쌓을 수 있는 추억을 잃어서'(53.2%), '다양한 경험을 하는 것이 더 중요해서'(47%), '개인주의적 사고가 확산되는 것 같아서'(44.8%), '나중에 후회할 수도 있어서'(37.9%) 등을 들었다.

몇 해 전 군대에서의 임병장과 윤일병 사례는 인성교육의 중요성의 일깨워 주고 있다. 임병장은 따돌림의 이유로 GOP에서 총기를 난사해 5명을 살해하고 7명에게 부상을 입혔고 윤일병은 후임이 느리고 굼뜨다는 이유로 지속적인 학대와 구타로 숨지게 한 혐의이다. 군에서 이러한 무차별하고 가혹한 행위가 일어나는 이유도 어릴적부터 인성 교육이 부재했기 때문일 것이다. 그렇다면 직장생활에서는 이런 일이 일어나지 않는다고 어떻게 장담하겠는가?

교육부는 2013년 인성교육 강화 기본계획(안)에서 '인성은 국민행복과 행복교육을 위한 핵심적 가치이므로 학교, 가정, 사회의 인성교육 기능을 강화하는 실천 중심의 종합적인 인성교육 대책 마련이 필요하다고 제시하였으며, 2014년 12월 29일 인성교육진흥법안이 국회에서 통과하였다. 그와 함께 인성교육이 사회 이슈로 떠오르며 정직, 책임, 존중, 배려, 공감, 소통, 협동과 예, 효 등의 핵심 가치 덕목이 중요시 되었다.

미국, 영국, 프랑스, 핀란드. 독일 등 선진국들의 기본적 교육 시스템은 도덕교육을 중시하는 인성교육을 강조하고 있다. 자원봉사, 스포츠, 독서토론 등 다양한 방법으로 아동발달단계에 따른 인성프로그램을 진행하고 있다. 이제는 우리도 인성의 중요성을 인식하고 있다.

8일 취업포털 사람인(대표이정근)이 하반기 신입채용을 진행한 기업 인사 담당자가 675명을 대상으로 실시한 조사 결과에 따르면 인사담당자들이 선호하는 최고의 지원자는 어떤 유형일까? '예의 바르고 공손한 태도의 인성우수형'(44.1%)을 가장 많이 선택했다. 뒤이어 '면접질문에 조리있게 대답하는 똑똑이형'(13%), '미소, 재치로 분위기를 띄우는 스마일형'(10.2%), '인턴등 필요한 직무 경험을 갖춘 실속형'(9.9%), '창의성 등 필요역량이 뛰어난 역량우수형'(8%), '기업분석을 잘 해오는 등 애사심형'(6.8%), '자기소개서, 포트폴리오 등을 준비 잘 한 성실형'(6.3%) 등의 순이었다. 한편 지원자의 호감 여부를 결정할 때의 요인으로는 '인성의 영향력이 더 크다'(70.8%)는 답변이 '직무역량의 영향력이 더 크다'(15.4%)보다 4배 이상 많았다. 임민욱 사람인 팀장은 "직무에 필요한 역량도 물론 중요하지만, 결국은 함께 어우러질 수 있는 인성을 겸비한 사람을 선호한다는 점을 구직자들은 기억해야 한다. 전형 중 상호간의 예의를 지키는 것이 중요하며, 독단적 행동을 하거나 무리한 요구를 하는 행동은 부정적인 인상을 심어줄 수 있으니 주의해야 한다."고 말했다.

세대별 인재의 조건에는 차이가 있을 수 있다. 그러나 세대를 아우르는 인재의 조건은 인성이다. 배려, 마음가짐, 양보, 희생, 성실, 정직, 좋은 습관 등 인성은 쉽게 바꿀 수 있는 것이 아니다. 그렇기에 더욱 중요시 되고 사람을 끌어당기는 팀장의 힘이 된다.

02 싸가지 보다
두 가지.

　예전에 영화 '간신(姦臣)'이 개봉되었다. 연산군의 이야기로 1506
년 조선시대 중종반정이 일어난 사건이다. 이 영화에 나오는 시대
의 간웅이 두 명이 나오는데, 임숭재와 임사홍 부자이다. 이들은 폐
비윤씨 사건을 연산군에 간함으로써 갑오사화를 일으키며 자신들의
권세를 잡은 사람이다.

　'단 하루에 천년의 쾌락을 누리실 수 있도록 준비하겠나이다.' 하
며 왕의 권세에 아부함으로써 채홍사라는 기관을 설립하여 닥치는
대로 조선 각지의 미녀를 강제로 징집했고, 그들을 운평이라 칭하였
다. 최악의 간신 임숭재는 이를 기회로 삼아 천하를 얻기 위한 계략
을 세우고, 양반집 자제와 부녀자, 천민까지 가릴 것 없이 잡아들이

니 백성들의 원성이 하늘을 찔렀다. 영화 내내 왕이 유희와 음란을 일삼도록 돕는 간신만 나온다. 왕이 국가의 정사를 돌보는 장면은 하나도 없고, 신하와 함께 흥청망청 노는 장면만 볼 수 있다. 왕에게는 충신은 없고, 간신만 있으니 영화 끝부분에 '충신은 없다.' 라고 절규하는 왕의 얼굴이 떠오른다. 학식 깊은 충언을 하는 신하도 필요하고, 목숨 다하여 섬기는 충신도 필요 할진대 간신만 가까이한 결과는 중종반정 이었다.

CEO에게는 여러 가지 부류의 사람이 필요하다. 똑똑하고 능력 있는 사람, 부지런하고 열심히 일하는 근면한 사람, 조언을 해주는 정직한 사람, 그리고 의외로 적당히 비위 맞추고 아부하는 사람 또한 필요하다. 각자의 특기로 조직생활을 하는 것이다. 의외로 아부 잘하는 사람이 왜 필요한지 이해가 안 될 때도 있었지만, 이제는 이해가 간다. CEO라는 자리는 스트레스가 많고, 본인의 판단이 항상 정확할 수도 없고, 본인의 결정에 수시로 의문을 제기하고 후회를 할 수 있다. 그때마다 CEO를 옆에서 지지하고 올바른 판단이었다고 적당히 아부해주는 직원이 한 명도 없다면, CEO는 극심한 스트레스를 받게 된다. 또한 적당히 아부하는 직원은 CEO로서의 권위도 서고, 긴장 완화에 도움이 될 것이다. 그래서 다른 임원에게 본보기로 삼기 위해서도 구색상, CEO는 자기에게 아부 잘하는 사람을 임원진에 임명하기도 한다.

CEO에게 가장 필요 없는 사람은 남을 음해하고 욕하고 조직문화를 깨뜨리는 사람이다. 모두 각자의 특기로 살아가는데 남을 중상모략하고 자신을 세우는 사람이 가장 필요 없는 사람이다. 삼성의 이병철 회장도 열심히 일하는 직원을 방해하는 사람을 가장 필요 없는 직원이라고 일찍이 천명 하였다. 자신만의 특기대로 살아야 한다.

직장상사에게도 필요한 사람은 마찬가지이다. 부서의 실적을 책임지는 능력 있는 사람, 타 직원의 모범이 되는 부지런하고 근면한 사람, 자신에게 조언과 조력이 되는 사람, 그리고 자신을 즐겁게 해주는 아부도 적당히 챙겨주는 사람 또한 필요하다. 베이비부머 세대의 선배님들은 정말로 대단하다. 두 가지 이상의 역할을 완벽하게 해왔다. 능력도 있고, 상사에게 적당한 아부도 한 사람들이다. 아부만 해서 임원까지 올라 온 사람은 극히 드물다. 아부와 동시에 남과 차별화 되는 특기가 있는 사람만이 살아남았다. 본인이 그랬듯이 차장급 이상의 팀장들에게 두 가지를 원하고 있다. 모든 기업에서 전해 내려오는 주옥같은 어록들이 많이 있다.

'이왕 가방을 받을 거면 뛰어가서 받아라.'
'나는 능력 있는 팀장보다 나에게 잘하는 팀장과 일하고 싶다.'

'능력도 능력이지만 나는 편한 사람이 좋다.'

틀린 말은 아니다. 베이비부머 세대들은 이러한 말을 되새기며 일과 상사 두 가지를 다 잘하려고 주말도 없이 일을 했던 것은 아닐까?

거래처와 상사를 둘 다 챙기다 보니 가정을 챙길 시간적 여유가 없었을 것이다. 그래서 나는 앞선 세대들이 틀렸다고 말하고 싶지 않다. 그 세대의 흐름이고 필요조건 이었다. 아래 세대들에게도 두 가지를 다 원하고 있지만, 후배들은 두 가지 다 하기에는 베이비부머 세대와 차이가 난다.

'일만 잘하면 되지.. '
'이번 주 또 등산 가야 되나?'
'아! 김팀장은 왜 오버하고 그래..'

이렇게 우리가 상사의 눈치를 보며 회사를 다니는 동안 Y 세대들은 퇴근 후의 자신만의 계획, 주말 가족과의 행사 등을 생각하며 하루를 버틴다. 갑작스런 회식과 예정에 없던 주말 근무는 이들에게 재앙이다. 그러한 팀장은 능력이 없고, 배려심이 없는 팀장이 된다. 일을 아주 신속히 처리하는 것도 아니면서, 본인들 시간은 정말 아낀다.

세월이 흐르고 세대가 바뀌었음에도 불구하고 간혹 Y 세대 직원들 중에 아부로 승부를 거는 직원도 있다. 나에게는 정말 불편한 상황이지만, 다른 팀장들 같은 경우는 은근히 즐기는 건지도 모르겠다. 나는 Y 세대들에게 베이비부머 세대들이 원하듯이 두 가지 다 잘하라고 이야기 하고 싶지 않다. 제발 부탁인데 일이라도 정해진 시간 내에 잘 해주면 좋겠다. 일도 안하고 본인들 주말과 여가시간은 칼 같이 챙기는 직원을 보면 한숨만 나온다. 우리 세대 팀장들에게는 그래도 일 잘하는 직원이 더 좋은 것 같다. 그렇다고 팀웍을 깨뜨리고 본인 일만 잘한다고 일을 잘한다는 평가를 하지는 않는다. 모든 면에서 잘하는 직원, 곁에 있지 않는가? 없으면 불행한 팀장이다. 나는 일꾼이 필요하지, 친한 친구를 직원에게서 찾으려 하지 않는다. 간혹 팀원들 중에 나와 베스트 프렌드라는 이야기를 듣는 친구가 있는데 일 처리는 썩 마음에 들지 않는 경우가 많다. 내가 그 직원을 포기하고 그냥 친구로 지내기로 한 것이 아닌지는 모르겠다.

당신은 상사와 친구가 되고 싶은가? 아니면 필요한 사람이 되고 싶은가? 아니면 둘 다 되고 싶은가? 둘 다를 선택하는 것 또한 당신의 책임이다.

03 세대 리더

세대란 공감되는 향수를 가지고 있다.

몇 년 전 인기 드라마 '응답하라 1994'의 인기 비결도 우리 세대
가 공유하는 감성을 건드린 것이다. 투투의 '일과이분의일'과 김건모
의 '핑계', 드라마 '마지막 승부'의 흥행으로 인한 우지원, 문경은, 이
상민 등 대학농구의 뜨거운 인기까지. 민주화 이후 대량소비 시대를
경험한 그 시절 젊은이들의 코드는 이전 386세대와는 확연히 달랐
다. 이제 마흔이 된 X 세대이지만 청년 시절 경험한 공통의 문화 경
험은 잊을 수가 없었다. 아버지 세대가 이룩한 산업화와 선배 세대
가 이룬 민주화의 과실을 즐기며 호황의 정점에 섰던 우리이다.

외환위기(IMF 구제금융) 때 외신에서 한국을 '샴페인을 일찍 터뜨린 나라'라고 묘사했는데, 이 세대가 바로 일찍 터뜨린 샴페인을 맛본 세대였다. 특히 1990년대 초반에 대학을 다닌 세대가 여기에 해당한다. 나는 93학번으로 대표적인 X 세대이다.

'세계화'를 앞세운 김영삼 정부에 힘입어 대학생들의 어학연수와 배낭여행이 보편화되었다. 실제로 내 동기들의 50%가 어학연수를 갔다. '우리 경제는 앞으로도 계속 발전할 거야', '우리들의 삶은 우리 부모님의 삶보다 풍요로울 거야.' 하는 낙관론이 우리들의 일반적인 인식이었다. 놀아본 적 있어서 놀 줄 아는 세대였다. 세상은 우리를 '신세대', '신인류', 'X세대', '오렌지족'이라고 불렀다. 역사상 가장 소비 지향적인 세대가 출현한 것이다. 그전까지 제품의 기능을 강조하던 광고들은 제품의 이미지를 광고하기 시작했다. 이 제품을 쓰면 무엇이 좋다는 것이 아니라 당신이 이런 사람으로 보일 수 있다는 것을 강조했다. 그렇게 우리들은 일찍 터뜨린 샴페인을 즐겼다.

그 풍요의 정점에서 외환위기를 맞았다. 1990년대 초·중반에 대학에 입학한 대학생들은 취업에 애를 먹었다. 계속 앞으로 나갈 줄만 알았던 한국 경제가 뒷걸음치기 시작했다. 그전까지 경험한 적이 없던 대규모 구조조정이 진행됐고 취업문은 굳게 잠겼다. 풍요의 첫 세대였던 이들이 불황의 첫 세대가 되었다. 취업 후 18년이 지난 지금 정년은 짧아졌고 그나마 중간에 구조조정을 당하지 않으면 다행이다. 평생 납부해도 국민연금 수령액은 쥐꼬리다. 은퇴 이후 돈벌이까지 염두에 두어야 한다. 집을 사면 하우스 푸어가 될까 걱정이고 집을 사지 않으면 높은 전셋 값 때문에 허리가 휜다.

위의 신문기사처럼 X 세대가 살아오면서 부모의 희생과 헌신으로 나름 풍요를 즐기고 선배들의 민주화 운동으로 문민정부의 혜택을 보고 살아 왔지만, 우리 세대가 느끼는 것은 베이비붐세대와 Y 세대 간의 전환점이 되었다고 생각한다.

첫째, 교복이다. 우리나라는 1982년 1월 2일을 기해 두발 및 교복 자율화를 선언하고 이후 일부 학교에서만 교복을 입어오다가 내가 고등학교 1학년이 되는 1990년부터 교복이 부활한다. 그 이후로 현재까지 줄곧 교복을 입고 있다. 베이비부머 세대에서 없어진 교복이 대부분의 X세대부터 교복을 다시 입기 시작한 것이다. 지금은 교복 값이 많이 올라 학부형들이 난리라고 하지만, 일제의 잔재라고 없어진 교복문화가 다시 X 세대의 고등학교 시절에 되살아 난 것이다.

둘째, 입시전형의 변화이다. 나는 마지막 학력고사 세대이다. 물론 같은 X 세대 중에는 수능을 본 사람도 많이 있다. 지금도 수시로 약간씩 입시전형은 대학별로 변하고 있지만 학력고사에서 수능으로 바뀌는 것처럼 크게 변한 적은 없다. 같은 X 세대이면서 학력고사를 치고 또한 수능을 친 세대로서 입시의 변화로 인해 많은 혼란과 고통을 그대로 감수한 세대이다.

셋째, 군대 문화의 변화이다. 내가 처음 입대 했을 때는 잦은 군대 내 구타가 있었다. 그러나 95년부터 군대 문화의 긍정적인 변화와 함께 구타가 조금씩 없어지는 원년의 해가 되었다. 물론 개인별 차이는 있겠지만, 나는 내가 맞은 기억은 많이 있지만, 내 후임들을 구타한 기억은 거의 없다. 우리는 구타를 당하였지만 후임들에게는 개선된 군대 문화를 물려주었다. 물론 세월이 흘러 조금씩 군대 문화가 바뀌었다고 생각한다. 어찌보면 군대의 구타문화 수위를 줄인 원년 멤버인 것이다.

대학교 신입생 때도 고교동문 선배나 같은 과 선배들에게 잦은 구타가 있었다. 막 제대한 예비역 병장들이 술에 취해 후배들을 사랑스럽게 지도 해 주었다. 어느 대학을 졸업했는지 궁금하겠지만 우리 동기들은 많은 사랑을 받으며 학교를 다녔다. 그래서 우리가 제대 후에 학교 후배들을 구타했는가? 전혀 그렇지 않다. 구시대 악습을 절대로 후배들에게 물려주지 않았다. 이렇듯 우리는 중간에 낀 세대로서 구세대의 구태의연한 문화를 그대로 답습하지 않았다. 그렇다고 선배들을 무시하거나 개기지도 않았다. 선배들의 비위들을 맞춰가며 내가 선배가 되면 저렇게 하지 말아야지 하는 타산지석의 마음으로 학교를 다녔다.

이러한 전환점의 세대여서 그런지 우리 세대는 베이비부머 세대와 Y 세대의 중간에서 세대리더의 역할을 하고 있다. 그 성향의 차이는 있겠지만 대부분 X 세대들은 베이비부머 세대에게서 많은 직업적 윤리와 가치관을 배우고 경험하였다. 우리 세대는 베이비부머 세대가 야근을 하자고 하면 불평 없이 야근을 한다. 왜 야근을 해야 하는지? 물어보지 않는다. 회사 분위기상 야근을 해야 한다면 그 분위기에 편승하여 이리저리 눈치를 볼 줄 안다. 또한 여러 불황들을 겪으며 빡세게 야근을 해 본 경험들이 있다.

그러나 Y 세대는 정당한 이유가 있음에도 불구하고 야근을 좋아 하지 않고 이유 없이 야근을 하게 되면 그야말로 불평불만이 겉으로 드러난다. 만약 나의 선택이 가능하다면 야근을 피하고 싶다. 그러나 일이 많으면 할 수 밖에 없는 것이다. 이렇듯 X 세대는 베이비부머 세대와 공존하며 눈치를 아는 세대, 나름 선배들의 고충을 아는 세대인 것이다. 회식 일정을 미리 공지 받은 적이 우리 세대는 별로 없다. 그냥 팀장이 갑자기 생각나서 회식을 하자고 하면 그 날이 회식 날이 되는 것이고 평일 날 개인적인 약속이 있더라도 진짜 급한 용무가 아닌 이상 회사의 일정이 항상 우선시 되었다. 팀장이 개인적으로 일찍 퇴근하는 날, 우리도 겨우 개인적인 약속을 잡을 수 있었다.

우리는 그렇게 뛰어나지는 않지만 평균이상의 어학능력과 컴퓨터 스킬을 가진 세대로서 베이비부머 세대를 대신해 각종 보고서와 PT 슬라이드를 만드는 세대이며 데스크 잡을 후배들에게 의지하지 않는다. 직장 상사가 주말에 산에 가자고 하면 아이들과 아내의 약속에도 불구하고 계속되는 요구에 한 번은 따라 가는 눈치가 있는 세대이기도 하다.

몇 년 전 KBS TV 개그콘서트에 '렛잇비' 노래를 개사해서 직장생활을 묘사하는 코너가 있었다. 우리 회사에서 왕왕 있는 등산 에피소드가 나와서 많이 웃은 적이 있다. 실제로 그런 경우가 직장생활에서는 생각 외로 많다. 우리는 베이비부머 세대를 따라 간다. 힘들어도 직장 상사가 원하면 따라 간다. 그러나 다 좋아서 하는 것은 아니다. 물론 베이비부머 세대도 다 좋아서 하는 것은 아닐 것이다. 그러나 우리 세대보다는 확실히 더 진정성이 있다. 우리 세대는 겉으로 순종은 하지만 베이비부머 세대보다 진정성이 좀 부족하다. 그것은 뒷담화를 보면서 많이 느낀다.

참으로 웃프지 못할 일은 베이비부머 세대와 Y 세대간의 중재자 역할을 할 때가 많다는 것이다. 중재자 역할을 많이 하다 보면 중재자로서 때로는 손해를 보기도 한다. 중역이 산에 가자고 하면 팀원들을 대신해 대부분 팀장들이 따라가고, 임원이 주말에 일을 맡기거나 휴가 때 일을 맡기면 팀원들을 대신해 우리가 한다. 일부 임원들은 우리에게는 업무지시를 하면서도 휴가 중인 팀원들에게는 연락하지 말라는 이중 잣대를 제시하곤 한다. 그만큼 팀장들에게 희생을 강요한다. 한참 후배 세대들은 챙기면서 우리 세대에게는 그리 너그럽지 않다. 이렇게 중간 세대로서 중재자 역할을 하다 보니 본의 아니게 자꾸 본전 생각이 난다.

국내 한 대기업에서 25년째 근무하고 있는 A상무(53). 그는 요즘 팀 내 젊은 직원들이 일하는 모습을 보면 이따금 화가 치밀어 오른다. 업무가 바쁠 때면 '당연히 밤새 야근을 해서라도 일을 끝내겠지.'라는 자신의 기대와는 달리 젊은 직원들은 퇴근시간만 되면 내빼기 일쑤다. 잔소리나 핀잔을 주면 꼬박꼬박 말대꾸는 기본이다. 자신이 부서 막내 시절만 해도 상상도 하지 못한 일이 다반사로 일어난다.

A 상무와 같은 팀에서 일하는 B사원(27). 매일 같이 상무의 짜증 섞인 잔소리를 듣는 것으로 하루를 시작한다. 회사에 들어온 지 올해로 2년이 지났지만 아직도 상무의 업무 스타일에 적응이 되지 않는다. 갑자기 퇴근 직전 일을 시키는 건 기본이고 주말에도 전화해서 업무지시를 내린다. 부하직원들의 사생활은 안중에도 없는 듯 한 상사 때문에 이직을 고려한 적도 있다.

위의 신문기사의 상황에서 양쪽 세대는 모두 우리를 찾는다. 임원진은 아예 해당 직원에게 얘기 하지 않는다. 바로 팀장에게 시정 명령을 한다. 팀원을 대신해 꾸중을 듣는다. 어떻게 부하 직원들을 교육 했냐고? 팀원은 팀원대로 우리에게 호소를 한다. 이렇게는 회사를 도저히 다닐 수 없다고? 왜 본인이 할 일을 밑에 직원에게 시키는지 모르겠다고, 제발 좀 변했으면 좋겠다는 불평불만을 우리에게 늘어놓는다.

그렇다. 우리 세대는 이렇게 쿠션 역할을 하면서 세대 리더가 된다. 결국 위의 사태는 우리가 야근하면서 일을 마무리 하는 것으로 끝난다. 옆 부서의 마케팅 팀장을 보면 팀원들은 6시 땡 하면 칼 퇴근인데 혼자 남아 매일 야근을 하는 모습을 보면 안쓰럽다.

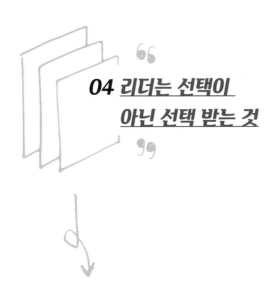

04 리더는 선택이
아닌 선택 받는 것

　회사를 입사 한 후 내가 제일 먼저 되고 싶었던 것은 팀장이었다. 팀장이 되고 싶었던 이유는 회사를 언젠가 그만두더라도 회사에서 사람을 리드하는 기술을 배워야 한다는 막연한 생각 때문이었다. 그래서 팀장이 되기 위해 열심히 일하였고, 성과를 올려 인정을 받아 팀장이 되었다. 사원시절에 팀장님들이 무섭기도 하였지만 팀장 미팅을 다녀오고, 팀장 워크숍에 참석하고, 팀원들 앞에서 업무 지시를 하고, 전략적 솔루션을 발표하는 여러 모습에서 멋도 있어 보였고 동경의 대상도 되었다. 회사는 중간 관리자에게 투자하였고 많은 권한과 혜택 또한 주어지는 시절 이었다.

하지만 세월이 변해 요즘 사원이나 젊은 직원들은 팀장들을 동경의 대상이라기보다는 무척 바쁘고 힘든 잡으로 생각하는 경향이 있다. 팀장이 되는 것이 목적이 아니라 그저 힘든 일은 피하고 적당히 오래 회사를 다니는 게 낫다고 생각하는 일부 부류들이 있는 것이다. 실제로 나의 팀원도 '팀장이 되는 것을 목표로 삼고 잘 해보자'고 조언하면 당장 부담부터 가지는 것이 현실이다. 우리 세대 차,부장들이야 아직도 팀장을 목표로 많은 분들이 열심이지만 젊은 직원들의 눈에는 팀장을 꼭 해야 하는지 의문이 드는 것이 현실이다. 워크 앤 라이프의 밸런스를 무엇보다 중요하게 생각하는 세대들에게는 바쁘게만 보이는 팀장 자리가 1순위 목표가 되지 못하는 것이다.

그러나 선배 팀장으로서 후배들에게 반드시 팀장이 되어 리더로서 경험을 해야 한다고 강력하게 주장 한다. 팀장이 되면 물론 바쁘고 더 스트레스 받고 힘이 드는 것도 당연하지만, 사람은 일을 통해 배우고 성장한다. 팀장 경험을 통해 축적되는 인생의 지혜는 무엇보다도 귀중한 자산이 된다. 다른 사람의 마음을 움직여서 목표를 달성하는 기술은 회사를 그만두더라도 나에게 소중한 경험과 무기가 된다. 평생직장의 개념이 없어지고 100세 시대를 사는 우리들이 언젠가 자영업이나 사업의 길로 들어서면 이때 배운 리더십은 내 자신에게 반드시 도움이 될 것이다.

팀원 중에 아버지가 사업을 하는 직원이 있었다. 아버지에게 사업을 물려받아 승계한다는 생각에 사회생활 경험을 위해 열심히 일하는 직원이었다. 성과도 좋았고, 대인관계나 여러 가지 면에서 많은 인정을 받은 친구였다. 어느 정도 영업의 경력이 쌓이자 다른 부서에서 다양한 경험을 하고자 나에게 면담을 신청하였다. 향후 사업승계도 생각하기에 영업외에 다른 부서 경험이 필요하다고 판단을 한 것이다. 나는 그 친구에게 다른 부서 경험도 물론 좋고, 다 필요하지만 그 친구에게 가장 필요한 것은 향후에 리더로서의 경험이라고 조언하였다.

사업을 준비한다면 리더로서의 경험이 필수라고 생각한다. 물론 리더의 경험이 없더라도 사업을 잘 할 수 있지만 리더십이 있다면 훨씬 더 잘 할 것이라 100% 확신한다. 경험이 없는 사람들 입장에서는 반대 의견도 있겠지만, 팀장이나 리더의 경험이 있는 사람이라면 모두 다 나의 말에 공감을 할 것이다. 리더로서 얻은 지식이나 스킬의 힘은 리더의 경험이 있는 사람만이 알고 그것을 사용 할 수 있다. 많은 후배 직원들이 나의 생각과 같이 팀장이 되는 것을 1순위 목표로 삼았으면 한다.

나의 친한 친구 중에 사회 초년생 시절 직장을 일찍 떠나 불굴의 의지로 미국에서 사업을 하는 고등학교 동기가 있다. 이 친구는 본인의 능력과 의지, 자기관리가 출중하다. 그래서 본인의 힘으로 미국에서 계속 사업을 잘 꾸려 나가고 있다. 미국인 직원도 채용하였고 나름 사업은 계속 순항중이다. 한국에 출장 왔을 때 내가 그 친구를 보고 느낀 것은 회사에서 모든 중요한 일은 혼자서 결정하고 처리한다는 느낌을 받았다. 그래서 나는 친구에게 왜 너를 대신할 직원을 키우지 않냐는 질문을 한 적이 있다. 친구도 자신의 부족한 점을 잘 알고 있었고 나는 리더십의 부재라고 판단하였다. 사업 규모가 커지면 모든 일을 혼자 처리 할 수 없다. 지금은 어떻게든 혼자 꾸려나가지만, 나중에 힘이 들 것이고 맘에 드는 직원들을 리더로 성장 시키고 본인의 업무를 권한위임 하는 것이 나중을 위해 더 도움이 될 것이다. 친구가 리더의 경험이 있었더라면, 지금 하는 것보다 더 잘 할 수 있었을 것이다.

아는 지인이 나에게 백만장자가 되는 비법을 가르쳐 주었다. 그 비법은 나에게 백만 불을 벌어 줄 사람을 고용하면 된다는 것이다. 물론 이 말은 인재의 중요성도 강조하지만, 그 직원을 리드하는 오너의 리더쉽도 아주 중요하다는 말이다. 얼마나 쉬운 해결책인가? 나에게 백만 불을 벌어 주는 사람을 잘 리드만 하면 되는 것이다.

여러 가지 이유로 팀장이 되고 싶었고, 나는 나의 첫 번째 목적을 이루었다. 이 글을 읽는 팀장 분들도 첫 번째 목적을 이룬 것이다. 이거 하나 만으로 많이 존경이 되고, 이 시대 많은 팀장님들에게 경외심을 보낸다. 팀장이 되기 전까지 여러 산전수전, 공중전까지 많은 경험들을 하였고 술자리에서 눈물 없이 들을 수 없는 여러 에피소드와, 지금도 회사에서 전설처럼 내려오는 회사 창립 이래 최고의 성과를 거두신 분들이 다들 팀장이 되어 있다.

아무리 준비가 되어 있더라도 기회가 오지 않으면 할 수 없는 것이 팀장이고, 그 기회가 온 듯 하다가 허무하게 날려버린 경험도 곱씹으며 인내 할 수 있었기에 기회를 잡아 팀장이 되었다.

리더는 선택한다고 되는 것이 아니라, 선택 받는 것이다. 어느 누구 하나 쉽게 얻은 자리가 아니고 나의 시간과 땀을 대신해 받은 상급이다. 팀장으로서 자긍심을 느껴도 된다. 자식들에게 자랑스럽게 이야기 하여도 되는 자리이다. 8년 세월을 지나 만년 팀장이라는 소리를 듣게 될 날이 다가오지만, 그래도 수많은 경쟁에서 살아 남았기에 여전히 팀장이다. 지금 현재 당장 힘들고 회의에 빠질 수 있지만 처음 팀장 되었을 때의 기분은 아직도 생생히 기억이 난다.

팀장으로 최종 인사 발표가 나고 나서 세 분이 생각이 났다. 한분은 돌아가신 어머니었다. '살아 계셨으면 얼마나 좋아 하셨을까?' 하는 생각이 들었다. 또 한분은 제일 첫 직장의 팀장님이셨다. 그 당시 퇴사 후에 사업을 하고 계셨지만, 첫 직장 상사의 가르침이 많은 도움이 되었다는 생각에 찾아가서 인사드리고, 식사를 대접 하였다. 나머지 한분은 이 회사로 추천을 해준 친한 친구였다. 멀리 있어서 당장 만나지는 못하지만, 전화로 감사함과 기쁨을 전달하였다. 다들 축하 해 주었고, 새로운 리더로서의 출발을 격려 해 주었다. 리더로서의 감격도 잠시 과연, '내가 잘 할 수 있을까?' 하는 긴장감과 걱정이 앞선 시절 이었다.

　조선시대 역사를 보면 태종은 강한 조선과 강력한 왕권강화를 위해 누구보다 세자책봉에 있어 고민을 하였던 왕이다. 태조 이성계가 막내를 세자로 책봉하자 장자가 왕위를 계승해야 한다는 명목으로 왕자의 난을 일으켜 조선의 왕이 되었다. 그래서 누구보다 장자를 왕으로 삼으려 애썼지만, 양녕대군이 외척과 친하다는 이유로 왕권강화를 위해 양녕대군의 외삼촌들을 몰아내자, 이에 양녕대군은 반항을 하고 아버지의 눈 밖에 나는 행동을 일삼는다. 본인이 왕이 되었던 과정을 생각하면 장자인 양녕대군을 쉽게 포기 하지는 못했을 것이다.

그러나 조선의 미래를 위해, 왕권이 강화된 조선을 물려줄 다음 왕으로 인성이 어질고 책을 많이 읽는 똑똑한 세종대왕을 최종 선택한다. 둘째 효령대군도 있었으나 소위 약하다는 평가를 받는다. 흔히 회사에서 팀장을 선택할 때 '사람은 좋은 데 좀 약해.' 라는 평가를 하는데, 효령대군이 딱 이런 케이스다. 조선시대 최고의 왕이며 한글을 창제한 세종대왕도 아버지에게 선택받아 조선시대 최고의 리더가 될 수 있었다. 리더는 본인이 선택한다고 쉽게 될 수 있는 것이 아니다. 선택 받으려고 노력하는 사람만이 될 수 있다.

고 정주영 회장도 그룹의 후계자를 선택하기 위해 많은 고민을 하였다. 많은 아들 중에 장남 정몽필 회장이 젊은 시절 교통사고로 비명에 간 뒤에 장남이 없어진 현대그룹의 후계자 선정과 현대그룹을 글로벌 기업으로 성장하기 위해 심사숙고 하였다. 정몽구 회장과 고 정몽헌 회장이 후계 구도에 자꾸 거론되었고, 두 아들사이에서 누가 적당할지 인고의 세월을 지켜보며 선택을 하였으리라 생각한다.

정몽구 회장은 모든 면에서 정주영 회장과 많이 닮았다. 체격, 성격, 리더십, 스타일. 그런데, 같은 스타일의 정몽구 회장보다 다른 스타일의 정몽헌 회장이 정주영 회장은 더 끌렸나 보다. 자신에게 없는 것이 정몽헌 회장에게는 있어서 장점으로 더 부각이 되었는지 모른다. 정몽헌 회장은 조용하고 차분한 성격에 혼자 있는 것을 좋아했다. 수행원들이 대신 해줄 일들도 직접 하는 등 친절하고 온화한 성격이었다. 후에 정몽헌 회장이 대북사업을 이끄는 현대그룹의 후계자가 되었고, 정몽구 회장은 현대차의 회장이 되었다. 결론적으로 현대차 그룹이 지금은 잘 나가고 있지만, 정주영 회장의 선택은 정몽헌 회장이었다. 리더로서 선택받은 사람의 책임감과 부담감은 이루 말로 표현 할 수 없다. 정몽헌 회장의 안타까운 선택은 리더로서 책임감이 어디까지인지 생각 하게 한다.

최근 오랜만에 우리 부서에 팀장 자리가 생겼다. 예전과 달리 오픈 포지션이 아닌 임원들이 후보자 중에서 최종 선택해서 발령 예정이다. 여러 후보자가 추천되었고 각 후보자의 장단점, 인사평가, 360도 피드백 서베이 등 여러 가지 자료와, 가장 중요한 평소 평판이 팀장을 결정 할 예정이다. 각 후보자의 역량과 능력도 중요시 되지만 새로 발령 나는 팀의 주요 업무와 또한 누가 팀장이 되든 조직 내의 영향도 생각 하여야 한다. 임원들 입장에서는 개인의 능력과 함께 조직을 끌고 가는데 혹 좋지 않은 영향력이 없을까? 여성 리더가 부족하다는 등, 여러 가지 관점에서 가장 적합한 후보자를 선택해야 한다. 후보자들의 역량이 비슷하다면 여러 관점에서 가장 적합한 후보자가 최종 선택이 되는데 팀장으로서 여러 상황들을 감안하여 선택 받는 것이다. 이러한 선택 과정에서 역량이 제일 좋은 후보자가 탈락하는 불운이 올 수도 있고, 나이가 어리다고 다음 기회로 연기되는 등 예상치 못한 이슈들이 생기곤 한다. 이런 여러 이슈와 상황을 감안하여 한명의 팀장이 탄생 되는 것이다. 인재가 전부인 비즈니스에서 하물며 신입사원 한명도 심사숙고해서 채용하는데 팀장 선발이야 오죽하겠는가? 신중에 신중을 더해서 임원진들의 정치적 영향이 더해져 한명의 팀장이 새로 선택을 받는다.

선택 받은 우리들은 때로 힘들고 회의감이 들더라도 회사에서 위임받은 권한과 책임을 다하여야 할 것이다. 때로 사람이 나를 속이고 세상이 야속하고 직장 상사가 몰라준다 하더라도 리더로서의 자존감과 자긍심을 잃지 말아야 되겠다. 사람이 너무 힘들면 가끔 멘탈이 무너져 팀장도 중도가 흔들릴 때가 있다. 중심이 흔들리고 원칙이 통하지 않을 때 정말 힘들고 답답하다. 그러나 티 내지 않고 항상 중용의 길을 가는 것이 리더이다.

항상 아내에게 잘 해주고 부족함 없는 남편이라 할지라도 말 한마디, 욱 하는 성격을 못 참아 지금까지 한 공로가 한꺼번에 물거품이 되고 개차반 남편으로 전락하는 것을 많이 보았고, 나 또한 여러 번 경험하였다. 팀장도 마찬가지이다. 극한의 스트레스가 몰려와 그 순간을 참지 못하고 팀원 앞에서 중도가 무너질 때, 공든 탑이 무너지고 그 팀장의 평판이 한 순간에 바닥으로 떨어진다. 쉽진 않지만 리더로서 항상 중용과 덕, 자존감을 지속적으로 유지하고 어떤 순간이 오더라도 리더로서 흔들림 없는 모습을 보여야 한다.

05 본전 생각 하지마라

    신입사원 시절 대구에서 직장생활을 했던 나는 2년 동안 세일즈 부서에 있으면서 매일 아침 출근, 저녁에 귀사를 해야 했다. 당시 팀장님이셨던 분이 모든 영업사원은 저녁에 귀사해서 정리, 보고, 다음날의 계획이라는 업무원칙을 고수 했기에 출근 첫날부터 아무 의심 없이 반복된 생활을 시작하였다. 아주 멀리 시외 출장을 가더라도 늦게라도 꼭 귀사를 했다. 숙박 출장이 아니면 매일 귀사를 했다. 평균 퇴근시간은 밤 10시 30분 이었다. 요즘 세대들이 직장을 고를 때 가장 중요하게 여기는 자기시간을 가질 수 있는 여유, 좋은 업무환경과는 거리가 멀었다. 자기개발은 정말 시간이 없어 못 하였다. 주 5일 아침에 7시 30분 출근, 저녁 10시 30분 퇴근. 출근해서 화장실 청소, 책상 정리, 제일 중요한 재떨이 비우기 등 밑에 후배가 들어오기 전 2년을 매일 한결 같이 하였다.

처음에는 매일 귀사가 당연하다 생각 하였지만, 시간이 지날수록 귀사의 필요성을 점차 못 느끼게 되었다. 그냥 귀사 후 저녁 먹고, 잡담하고, 가끔 자료 정리하는 등 아침에도 충분히 할 수 있는 일이었다. 더욱 힘든 것은 전국에서 대구지점만 이렇게 하였다. 타 지점은 재택근무가 원칙이었다. 이런 생활이 반복 될수록 초심이 흔들리고 일에 대한 집중력도 떨어 졌다. 그러나 그 누구도 팀장님에게 건의를 하지 못 하였다. 귀사는 팀장님의 역린이었다. 그렇게 2년의 시간이 흘러갔다.

나는 그 때를 회상하면서 '요즘 직원들이 같은 상황이 온다면 어떻게 대처할까?' 라는 생각을 한다. 우리 세대는 팀장님께 한마디 건의도 하기 힘들었지만, 요즘 세대는 한 달이 채 지나기 전에 귀사의 합리성과 왜 귀사를 해야 하는지 팀장에게 답변을 요구할 것이다. 그리고 다른 지점과 비교를 할 것이고 임원에게 면담을 요구 할 것이다. 심한 경우 팀장에 대한 불만과 당위성 없는 팀장의 업무처리에 대한 나쁜 소문이 사내에 퍼질 것이다. 그리고 외부적으로는 다른 직장을 알아보고 있을 것이다. 물론 모든 직원들이 이렇게 하지는 않지만 왜 귀사를 하는지에 대한 분명한 이유가 있다 하더라도 해당 팀장은 팀원들을 이끌고 가기 쉽지 않다.

전 팀장님이 퇴사하고 새로운 팀장님이 오시면서 매일 저녁 귀사의 원칙은 없어졌다. 우리 지점도 신입사원이 들어오면서 나도 막내를 벗어날 수 있었다. 이 시절 팀 회식은 항상 1시간 전에 통보 되었다. 보통 문자로 '저녁 6시 장소 OOO' 이렇게 문자가 왔다. 이 문자를 받으면 선약은 당연히 취소를 해야 했다. 모든 팀원이 중요한 선약이 아니면 취소를 하고 팀 회식에 참석하였다. 회식도 일의 일부이고 업무의 연장이던 시절 이었다. 그 시절 회식도 자주 있었고, 밤 12시를 넘기는 경우도 많았다. 1주일에 2~3번 회식 하는 경우도 많이 있었다.

잦은 회식으로 개인적인 선약이 있어도 연기하거나 취소하는 경우가 많았다. 아내의 생일은 물론 집안의 행사도 챙기는 것도 쉽지 않았고, 그런 것이 눈치가 보이는 시절이었다. 보통 집안의 행사나 가족의 생일은 일정을 조정하여 주말에 많이 하였다. 그리고 팀장님의 기분을 살피며 혹, 팀장님이 기분이 우울하시면 우리가 먼저 팀장님께 회식을 제안하기도 하였다. 그 시절 모든 배려와 격려는 회식이었다. 본인의 주량과 기분과 상관없이 대부분 팀장님의 스케줄과 입맛대로 회식을 하였다. 보통 3차는 기본이었다.

내가 팀장이 된 이후로 나는 팀 회식 일정과 메뉴를 내가 선택 한 적이 거의 없다. 항상 팀 차석을 통해 팀원들과 의논해서 일정을 잡고 장소도 팀원들이 추천하는 대로 정하였다. 모든 회식은 1차로 끝내려 했고 횟수도 많아야 한달에 한번 이었다. 최소 두달에 한번은 회식을 하였다.

처음부터 이렇게 한 것은 아니었고 나도 팀원들로부터 많은 거절을 당하면서 적응된 나만의 회식 원칙이었다. 옛날과 다르게 팀장이 '오늘 간단히 저녁이나 먹자' 하면, 물론 간단히 저녁만 먹는 경우는 거의 없다. 그 말은 밥도 먹고 술도 한잔 하자는 의미이고, 여차하면 2,3차도 갈 수 있다는 뜻이다. 내가 팀원일 때는 거절을 못하였지만 요즘 팀원들은 당당히 거절을 한다.

'선약 있습니다.', '집안에 일이 있어서요.', '오늘 와이프 생일입니다.', '오늘은 좀 피곤하네요.'

이런 말을 많이 들어서일까, 거의 갑작스럽게 회식을 하는 경우는 거의 없다. 무리하게 회식을 할 수도 있다. 그렇게 하는 팀장들도 물론 있지만 많은 경우는 아니다.

그렇다고 회사의 모든 회식이 사전에 공지 되는 것은 아니다. 여전히 베이비부머 세대의 임원들은 팀장들에게 갑작스런 회식을 많이 통보 하고 있다. 우리 세대는 후배 세대들에게 그렇게 하지 못하고, 위의 세대들은 여전히 사전 공지 없이 회식을 1주일에 1회 이상 하는 경우가 많다. 우리는 회식문화에도 중간에 끼어 있다. 신입 시절부터 보스 위주로 하는 회식 문화를 여전히 유지 하면서 팀에서는 팀원위주로 하는 회식 문화를 하려고 노력한다.

이 외에 여러 가지 면에서 우리는 본전 생각이 나는 세대의 팀장이다. 팀장이 되면 예전 팀장처럼 팀원 때 보다 시간적 여유도 많고, 권한도 많고, 업무는 유능한 팀원들이 해결하는 그런 팀장을 생각하고, 열심히 일하고 노력하여 팀장이 되는 것을 나의 1차 목표로 하여 팀장이 되었지만, 조직은 변화하여 팀장의 권한은 점차 축소되고 업무와 책임만 늘어난, 회식 한 번 마음대로 못하는 팀장이 지금의 현실이다.

이 글을 읽는 베이비부머 세대 임원들은 팀장이 그렇게 약해서야 되겠는가? 팀원의 눈치를 보고 인기 위주의 팀장이 되고자 하는가?

등 비아냥도 일부 있을 수 있겠지만 많은 회사의 팀장들이 나와 같은 공감대를 가지고 있다. 우리가 본전 생각난다고 선배들과 같은 조직문화를 그대로 답습한다면 여러 부작용이 있다는 것을 경험하였고, 변하지 않는 일부 팀장들이 팀 운영에 있어 곤란을 겪는 것도 실제로 많이 있는 케이스다.

평소에 멀쩡하고 똑똑한 사람들이 본전생각 때문에 사고를 치는 건 실제 우리 주변에서 너무 자주 목격된다. 대표 사례가 군대 폭력이다. 군대를 다녀온 많은 분들이 동의하듯이 군내 언어폭력과 가혹행위가 끊이지 않는 것은 그 알량한 본전생각 때문일 가능성이 높다. '내가 이등병 때 당했으니 너도 당해야 마땅하다'는 식이다. 이등병은 힘들어야 하고 병장은 당연히 편해야 한다는 오랜 관습도 존재한다.

군대처럼 정말 본전 생각은 많이 나지만, 그렇다고 변하지 않는다면 팀원들로부터 존경 받는 팀장이 되기는 쉽지 않다. 지금부터라도 우리 팀장들은 본전 생각을 버려야 한다. 그렇다고 군대처럼 팀원들에게 할 수는 없지 않은가? 마음은 힘이 들고 분할 때도 있지만 시대와 후배들은 이미 변하였다.

06 팀장의 존재 자체가 긴장이다

지인들 중에 장사를 하거나 식당을 하는 사장님을 한 번씩 만나 사업장을 방문하면, 많은 종업원과 매니저를 두고서도 계속해서 식당이나 사업장에 바쁜 일 없이 앉아 계시는 사장님들을 자주 뵙곤 한다. 본인은 비록 할 일이 없지만 사장이 있고 없고가 사업장의 매출 분위기를 좌지우지한다는 것이 사장님들의 지론이다. 그래서, 굳이 일이 없어도 특별한 경우를 제외하고는 매장에 나와 계시는 날이 많다. 이것은 비단 사장님뿐만 아니라 직원 입장에서도 마찬가지이다. 사장님이 계시면 일을 대하는 태도가 많이 달라진다는 것이다. 이것은 리더의 존재만으로도 그 영향력이 있음을 알 수 있다.

팀장도 마찬가지이다. 팀장이 팀원 입장에서는 일 없는 사람으로 비쳐지기도 하지만 관리자의 존재만으로도 팀원들은 약간의 긴장감과 함께 일에 집중하게 되는 효과는 분명이 있다. 존재만으로도 그 영향력을 행사 할 수 있는 것이 팀장인 것이다. 대부분 팀원들은 지금 현재 팀장님이 어디에 계신지 궁금해 한다. 본사에 계신지 현장에 나와 계신지 항상 관심을 가진다.

한번은 아침에 본사에서 사무실 전화로 팀원들에게 업무 확인 차 다 돌아가며 전화를 한 적이 있다. 팀원 한명이 그날은 아주 편안히 일을 봤다는 후문을 들었다. 이유인즉, 팀장님이 현장에 계시면 항상 자기도 모르게 긴장감을 가지고 일을 한다고 한다. 그런데 팀장님이 본사에 계신 것을 확실히 알게 되니, 그날은 마음이 좀 편했다는 것이다. 물론 모든 팀원이 그렇지는 않겠지만 팀장의 존재만으로도 충분히 팀원들은 긴장을 할 수 있다. 이런 상황에서 팀장은 더욱 긴장감을 팀에 불어 넣을지, 아니면 팀원들이 상사인 내게 원하는 말과 행동이 무엇인지 항상 고민해야 한다. 팀장이 아무것도 안 하는 것도 전략이다. 오히려 아무것도 안 하는 팀장이 더 성과가 좋을 수 있다. 팀장이 아예 없는 것과 존재하는데 아무것도 안 하는 것의 차이는 상당히 크다.

업무상 팀원들과 현장을 같이 방문 할 때가 자주 있다. 물론 사전에 모든 스케줄을 공유하고 있다. 어떤 팀원은 전날 가슴이 뛰어서 잠을 못 잤다고 하고, 어떤 팀원은 동행방문 후에 3일을 앓았다고도 한다. 물론 농담도 어느 정도 있겠지만, 팀장과 같이 현장에 가고자 하면 팀원들은 긴장을 한다. 존재 자체가 부담이 되는 모양이다. 평소에는 거래처에서 대화를 잘 리드하는데 팀장이 옆에 있으면 평소하던 얘기도 잘 안 된다. 똑같은 이야기를 내가 하면 효과가 없고, 팀장이 하면 거래처에서 쌍수를 들고 환영하니 여간 민망하고 불편한 상황이 연출되기도 한다. 사전에 보고된 내용과 다르기 때문이다. 거래처에서는 담당자 속도 모른 채 지난주에 미팅을 하고서도, 오랜만이라고 인사를 하기도 한다. 팀장의 눈치를 안 볼 수 없다.

데니 F 스트리글과 프랭크 스위어텍이 저술하여 국내에서는 '성과를 내는 팀장은 다르다'는 제목으로 번역된 책에서는 조직의 책임감을 만드는 8가지 기술이 언급되고 있는데, 그 중 첫번째가 현장의 깜짝 방문이다. 팀원들은 불시에 팀장을 만나거나 이야기하는 것에 익숙하지 않다. 깜짝 방문이란? 팀장이 매장, 콜 센터, 멀리 있는 관리센터, 또는 아무개의 거래처를 불시에 찾아가는 것이다. 깜짝 방문으로 현장이 어떻게 돌아가는지를 알 수 있다. 팀장이 거래처를 나서기도 전에 깜짝 방문을 했다는 사실이 삽시간에 퍼져서 모든 현장의 담당자들은 여기도 언제 갑자기 나타날지 모른다고 생각하기 시작한다. 책임감 문화를 형성하기 위해 언제나 최선을 다하는 모습이 기대된다는 것을 팀원들이 알고 있으면 그것은 곧 일상적인 행동규범이 된다. 아무도 보지 않는 상황에서도 올바르게 행동하는 개념과도 연관성이 있다. 언제든 당신의 상사가 찾아올 수 있다고 생각하면 집중하고 몰두하여 일하게 된다.

두 번째가 불시 확인 전화이다. 책임감을 향상시키기 위해 불시에 확인 전화를 해야 한다고 책에서 언급하고 있다. 일이 어떻게 진행되고 있는지 확인하기 위해 전화를 해보면 내 전화를 받은 담당자가 깜짝 놀라는 소리가 들린다. 팀장이 회의 당시 발표 내용에 귀 기울여 들었고, 전화를 걸 만큼 관심을 갖고 있고, 해당 담당자에게 말에 대한 책임을 갖게 했다는 점을 깨닫고 놀라는 것이다. 담당자의 말과 행동을 확인하기 위해 팀장이 언제든 전화를 걸지도 모른다고 생각할 것이다.

내가 모시던 상사 중에는 조직이 책임감 있는 분위기를 만들기 위해 깜짝 방문을 잘하시는 분이 계셨다. 아무도 예상하지 못하는 이른 시간과 장소에 나타나 그날의 업무계획을 확인 후에 담당자에게 전화를 건다. 물론 목적은 개인 면담과 주요 거래처 방문이다. 담당자가 다행히 해당 거래처에 있으면 다행이지만 그렇지 않은 경우에는 해당 상황에 대해 합리적인 이유가 있어야 한다. 이유가 합리적이지 않으면 해당 팀장과 담당자는 엄청난 챌린지를 받는다. 이 소식은 순식간에 모든 조직으로 퍼져 나가고 다음 날부터 모든 팀장과 팀원은 업무를 대하는 태도부터 달라지게 된다.

물론 부하 직원을 신뢰하지 못한다는 비판도 받기도 하지만, 그전에 부하직원이 신뢰받을 만한 행동은 하고 있는지도 생각 할 문제이다. 나는 리더로서 전적으로 팀원을 신뢰하려고 노력한다. 그래서 깜짝 방문은 아직 해 본 적이 없다. 나의 모든 스케줄을 공유하고 있다. 확인 전화는 자주 하고 있고, 수시로 진행상황에 대해 보고 받고 있다. 한 번씩 깜작 방문의 필요성을 느낀다. 정말 팀원들이 현장에서 잘 하고 있는지 의심이 될 때도 있다. 그러나 존재만으로도 팀원이 부담을 느끼는 것을 생각하면 어떻게 하면 팀원들이 자발적이고 능동적으로 일을 잘 할 수 있는 분위기를 만들지 늘 고민이다. 나 또한 임원분이 나오신다고 하면 약간 긴장되기는 마찬가지이다. 갑과 을의 관계는 아니지만 그렇다고 편한 친구도 아니니 부담이 되는 것이 충분히 이해는 간다.

세계의 리더 중에서 존재감만으로 아랫사람에게 가장 부담이 되는 존재는 북한의 김정은일 것이다. 아래는 뉴스에 영상으로 보도된 내용이다.

　북한의 2인자 황병서 총정치국장이 김정은 옆에서 무릎을 꿇고 대화하는 모습이 북한방송에 공개됐다. 김정은의 공포정치 때문이라는 해석이다. '북한의 2인자' 황병서 총정치국장이 김정은 옆에서 의자에 앉지도 못하고 무릎을 꿇고 대화를 하고 있다. 김정은의 눈높이에 맞게 자세를 낮추고, 말을 할 때도 손으로 입을 공손히 가렸다. 북한 조선중앙 TV가 어제 오후 공개한 기록영화에서 포착된 모습이다. 이렇게 군 최고 지휘부가 김정은 앞에서 극도로 긴장한 모습을 보인 게 이번이 처음이 아니다. 지난달에는 군 서열 2위인 박영식 인민무력부장과 황병서가 김정은이 앉으라고 손짓을 한 뒤에도 쭈뼛거리는 모습이 방영됐다. 박영식과 황병서는 김정은의 손짓에도 머뭇거리다가 김정은에게 경례하고 나서야 엉거주춤 자리에 앉았다. 지난해에는 김정은을 수행하던 황병서가 김정은보다 한 걸음가량 앞서 있다는 것을 깨닫고 화들짝 놀라 뒷걸음질 치는 모습이 포착되기도 했다. 이어 황병서가 김정은이 꽃다발을 받아넘기려 하자 재빨리 몸을 날려 꽃다발을 받는 장면도 방영됐다. 전문가들은 북한군 서열 1,2인자들의 조심스러운 행동이 최근 공포정치로 인한 북한사회의 경직성을 확실히 보여줬다고 분석했다.

이렇게 존재감만으로 최고 부담을 주는 직장상사 하고는 정말 같이 일하기가 쉽지 않다. 어느 회사든지 꼭 한분은 계시니 잘 찾아보기 바란다. 팀원들은 의외로 팀장의 존재만으로도 스트레스를 받을 수가 있다는 것을 꼭 유념하기 바란다. 굳이 팀장이 안 보태도 되는 경우도 있으니 인내심을 가지고 팀원을 기다릴 수 있는 여유를 가져보자.

07 현재가 최선이다

입사 이후 계속되는 구조조정과 선배들의 희망퇴직을 보며 회사를 다니노라면 '박수 칠 때 떠나라'는 말이 생각난다. 회사가 나를 필요 없다고 하기 전에 내가 먼저 회사를 떠나는 것이 멋있는 리더의 모습이 아난가? 하는 생각이 든다. 그러나 아무 준비 없이 자존심에 우쭐해 그만두고 나면 아무것도 남는 것이 없다고 조언하는 선배들이 떠올라 아침의 마음이 저녁이면 바로 바뀌곤 한다. 저녁에 회사를 혼자 그만두고 아침에 다시 회사로 복직한다. 이러기를 수 없이 수년간 반복하는 내 자신을 보면서 한심하다는 생각이 든다.

얼마 전 시청률이 대박 난 '미생'이라는 드라마에 먼저 나간 선배

가 후배에게

'회사가 전쟁터라고? 밀어낼 때까지 그만두지 마라. 밖은 지옥이다.'

라는 명언이 한동안 회자 되었다. 직장인들은 온실과 같은 회사라는 울타리 안에서 사회생활을 하는 것이 좀더 현명한 선택이 될 수도 있다. 최근 '사표 내기 전에 꼭 고려해야 하는 것'이라는 기사가 최근 일간지에 실렸다.

사표는 월급쟁이에게 공포다. 하지만 한편으론 로망이다. 상사의 압제(?)에 시달릴 때, 끝이 없는 과중한 업무와 불공정한 성과평가에 분노가 치밀어 오를 때 사표는 확실한 돌파구다. 사표를 제출한 후 보무도 당당하게 걸어 나오며 늠름한 내 등짝을 보여줄 모습을 상상해 보라. 회사 그만두고 더 잘 풀려 '금의환향'한 사람들의 성공담은 '라스트맨 스탠딩'의 생존논리로 사는 삶을 구질구질하게 생각하게 끔 한다. 혹시 당신은 어떤가. 사표가 새로운 출사표가 될 것이란 기대에 부풀어 있지는 않은가. 그럴수록 세 가지를 체크해 보아야 한다.

첫째, 내 꿈을 찾고 싶은가. 그래서 지금 이 자리를 뜨고 싶은가.

무에서 유를 이룬 기업가들 이야기는 가슴을 두근거리게도 한다. '당신이 좋아하는 일을 찾으라.'는 이야기는 자못 그 럴듯하다. 과연 사표는 내 꿈을 찾는 직장인을 위한 만병통 치약인가. 먼저 되짚어 보아야 할 것은 지금 당신은 현재 분 야에서 뛰어난 존재가 맞는가 하는 것이다. 현재 있는 곳에 서 뛰어나지 않으면 뛰쳐나와서도 성공할 가능성은 낮다. Y 박사는 국내 유수 의과 대학교수로 있다가 중도에 사직하고 개인병원을 차렸는데도 자리 잡는 데 3년 이상 걸렸다. 그 는 바깥 세상에 나와 보고서 "내 브랜드가 나의 개인 실력인 줄 알았는데 소속 브랜드가 70% 이상이더라."고 토로했다.

둘째, 상사와 불화 때문에 사표를 꿈꾸는가. 그럴수록 상사와 관계 회복이 필요하다. 자타가 '불화'로 떠난다고 생각하지 않을 만큼 회복시켜라. 상사와 불화 때문에 사표를 쓴 후 창업을 한 분은 "상사 눈치 보기 싫어 창업을 했지만 나와 보니 퇴근 후에도 눈치 보는 일이 끝나지 않더라."고 토로했다. "조직정 치의 불공정함에 신물이 났어요. 그런데 나와 보니 그건 일 도 아닌 겁니다. 조직에서 상사야 많아야 예닐곱 명 아닙니 까. 분석과 예측이 가능하고요. 그런데 나와 보니 고객이 모 두 상사인 겁니다. 예닐곱 명 비위도 못 맞추는 사람이 수백

명, 수천 명 비위를 어떻게 맞추겠습니까."

셋째, 처우 불만이다. '학교 다닐 때 나보다 못했던' 동창이나 회사 입사동기의 입신양명담은 귀를 솔깃하게 한다. 숫자만을 가지고 수평 비교하는 것은 금물이다. 한 창업자는 "월급쟁이 시절보다 5배 이상 벌어야 본전이라고 말한다. 복지 혜택은 고사하고, 하다못해 볼펜, 교통비 등 모든 것이 본인 주머니에서 나와야 하는데 표면적 비교를 하는 사례가 많다는 것. 또 다른 이직자는 이렇게 말한다. "이직은 동료와 업무 적응 등 부담을 생각할 때 최소 1.5배 이상 연봉이 보장되지 않는다면 수평이동이에요. 화초도 분갈이를 하면 살아남기 힘들지 않습니까. 사람은 더하지요. 성과를 냈다 하더라도 같이 일하는 구성원이나 환경 등이 달라지면 옮긴 직장에서도 그만큼 지내기 힘들 수 있거든요."

자, 현실이 팍팍한 당신. 사표 아닌 출사표를 내고 싶은가. 그럴수록 현재에 분발하는 것이 답이다.

현실을 직시하고 우리는 차분히 미래를 준비해야 한다. 퇴사는 언제든 나에게도 올 수 있는 현실이다. 하루 아침에 회사가 철수하거나 자고 일어나서 희망퇴직 권고 메일을 받을 수도 있다. 그러나 우

선 무엇부터 해야 되는지 모를 경우가 많다. 아래 글이 도움이 되길
바란다.

정관정요의 주인공, 당 태종은 공부하는 리더였다.

"무릇 사람은 하늘로부터 정해진 본성을 받지만, 반드시 널리 배
워 그 도를 이뤄야 한다. 이는 마치 조개의 본성이 물을 품는 것이지
만 달빛이 비춰야 물을 쏘아내며, 나무는 본디 불에 잘 타지만 비벼
문질러야 불꽃이 이는 것과 같다. 이처럼 도와 예에 부지런하지 않
으면 그 이름을 세울 수 없는 것이다."

당 태종이 그의 신하 잠문본에게 한 말이다. 그래서 그는 즉위하
자마자 정전 바로 곁에 홍문관이라는 연구소를 세웠다. 그곳에서 학
자들과 함께 정치 득실과 천하 통치의 방도를 토론하고 고사에서 그
사례를 밝혀보는 공부도 했다. 학문에 늘 정진하고 힘쓰는 황제의
모습이 그 신하와 백성들에게까지 영향을 미친 것은 당연하다. 당시
국내 서생만 해도 무려 1만 명이 넘었고, 고구려 · 신라 · 토번 · 고창
등 주위 나라들에서 당나라의 학문을 배우고자 온 유학생도 수천에
이르렀다고 하니 그 분위기를 가히 알 만하다.

유학의 5가지 주석서인 '오경정의(五經正義)' 등 십삼경의 기초도
이때 탄생했다. 찬란한 대제국 당의 기틀이 바로 이 시기부터 자리

잡았다고 해도 과언이 아니다. 이처럼 스스로 공부하는 리더의 영향력은 참으로 어마어마하다. 당나라는 결국 부국강병은 물론, 문화와 예술까지 흥성하는 최고의 시기를 맞이할 수 있었다.

그런데 당 태종이 공부하며 늘 가슴속에 새겼던 원칙이 하나 있다. 당 태종이 지켰던 원칙은 바로 학문의 목적이 '수신' 즉 스스로를 바로잡기 위함이었다는 것이다. 누군가에게 보이기 위해서나 자랑하기 위해서가 아니라, 그 스스로 덕행을 위해서 학문에 힘썼다는 것이다. 학문의 업적을 자랑으로 여기기보다는 그저 학문에 정진함으로써 늘 배우고 발전하고자 할 때, 자신을 바로잡는 것은 물론 주변의 본이 될 수 있는 것이다. 당 태종은 늘 그렇게 겸손한 마음으로 공부하는 리더였다.

현재의 최선은 자신을 잘 알아야 하며 스스로를 바로 세워야 한다. 퇴직 후 경험이 없는 사업을 하다가 퇴직금을 날리는 사례는 우리 주위에 얼마든지 있다. 퇴직 후 자신이 가장 잘 할 수 있는 일이 무엇일까 하는 끊임없는 질문과 자기 확신만이 퇴직 후의 제 2의 인생을 준비 할 수 있다. 어떤 아이템이 잘 된다고 하여 자신의 경험과 경력, 인맥은 무시하고 무작정 뛰어 드는 것만큼 어처구니없는 일은 없다. 자신이 지금껏 해 왔고 자신이 가장 잘 할 수 있는 일이 무엇인지에 대한 철저한 고민과 확신이야 말로 퇴직 후를 윤택하게 준비할 수 있다.

공부는 그러한 사색과 고민에 확신을 주는 힘이 된다. 인생은 유한하지 않다 직장생활도 유한하지 않다. 그러나 우리는 우리의 직장도 인생도 무한하다고 착각하며 살다가 막상 끝이 왔을 때 후회 한다. 후회하지 않으려면 지금 이 순간의 최선이 최선이다.

미생이라는 드라마가 종전의 히트를 친 뒤 나는 한참 뒤에야 미생이라는 드라마를 보게 되었다. 드라마를 보며 느낀 생각은 능력 있고, 똑똑한 신입사원은 많지만 그 신입들을 힘들게 하는 직장상사의 캐릭터가 많이 등장했다. 오 차장 같은 모범이 되는 직장상사 대신 후배들의 공을 가로채고, 인격적으로 무시하며, 자기가 할 일을 후배에게 강요하고, 친절한 업무지시와 업무의 인수인계 대신 비난과 질책만을 난무하는 직장 선배들이 많이 있다. 극적인 재미를 더하기 위해서라고 충분히 이해는 되지만, 현실은 좋은 직장 상사들도 의외로 많이 있다. 안영이 같은 신입직원은 현실적으로 존재하지 않으며, 실제는 개념 없고, 일에 대해 관심 없는, 무엇을 상상하든 상상 그 이상의 신입들도 의외로 많이 있다. 원석의 보석들이 입사 후 좋은 선배와 리더들을 통해 긍정적인 마인드와 업무자세를 배우는 것이 많은 회사들의 현실이다.

나는 내가 오차장과 같은 좋은 리더라고 착각했다. 많은 리더십 관련 교육을 받았고, 책을 읽었고, 회사의 정기적인 팀장 리더십과 코칭을 교육 받았기에 지식만, 지식만 머리에 들어 있었다. 나는 내가 리더십에 대한 지식이 있고 좋은 리더에 대해 많은 이야기를 들었기에 좋은 리더라 착각했다. 지식이 있기에 좋은 리더는 어떠한 리더인지, 어떻게 행동을 하여야 하는지 말로 표현하고 누구에게나 설명은 할 수 있었다. 팀원들을 존중하고, 수평적인 소통을 하며, 좋은 질문들이 팀원을 움직이게 한다, 감성 리더십, 서번트 리더십 등, 누구에게나 좋은 리더는 이렇게 행동해야 한다고 충분히 이해하고 있었다. 나는 좋은 팀장을 머리로만 이해하고 있었고, 내가 좋은 팀장이라 착각하고 있었다. 이해하기와 실행하기는 엄연히 다른데도 불구하고 그렇게 자기만족을 하며 팀장을 하고 있었다.

어느 사람이 아주 유명한 노승을 찾아가 지혜를 구하였다. 그 노승은 구도자에게 짧은 말로 지행합일(知行合一)이라는 가르침을 주었다. 그 구도자는 '피식' 하고 웃으며 '학식이 깊은 노승도 별것 없네.' 하며 누구나 아는 사실이라고 비아냥 거렸다. 구도자의 반응에 노승은 아무런 대꾸도 하지 않았지만 세월이 흘러 구도자는 지행합

일이라는 말을 곱씹어 보았다. 다 아는 사실이지만 가장 실천하기 어려운 말이다. 이 말 대로만 행한다면 진정 어떠한 시대라도 훌륭한 스승이 될 것이라는 것을 대오각성 하게 되었다. 그리하여 열심히 정진하고 수련한 끝에 노승과 같이 훌륭한 스승이 되었다는 일화이다.

이처럼 실행하기와 이해하기는 엄연히 다르다. 요즘 정치권, 영화계, 연예계, 문학계등 분야를 가리지 않고 미투운동이 일어나고 있다. 성추행과 같이 심각한 잘못은 아니더라도 팀원들 사이에서 팀장들에게 섭섭하거나, 마음의 상처를 받았던 적이 있었다고 고백하는 미투 운동이 혹 일어난다면, 대부분의 팀원들이 너도나도 나에 대한 불만족스러웠던 경험을 발언하는 기회가 될 것이다. 나도 모르는, 인지하지 못한 많은 소소한 사건들이 회자 될 수 있다고 생각하니 부끄러운 마음마저 든다. 나 또한 나의 상사에게 섭섭한 마음이 없을 수 없다. 불완전한 사람이기에 항상 노력하려 하지만, 내가 이해한 좋은 리더의 본보기를 실행하기는 말처럼 쉽지 않다. 그러나 나는 지식으로 이해한 훌륭한 리더들의 이상형을 지금이라도 내가 잘 실천하는지 점검하려 한다. 좋은 리더라고 말로만 하지 않고, 마음으로 팀원들을 위해 좋은 리더십을 실행하고자 하는 결단을 다시 한다.

우리 회사에는 말로만 하지 않고 행동으로 실천하는 좋은 팀장들과 리더 분들이 많이 계신다. 업계에서는 가장 혁신적인 회사로 선정되었다. 상상이 되는가? 세일즈 부서를 숫자 없이 평가를 한다는 것이, 이 어려운 것을 우리 회사의 리더들이 하고 있다.

공정하게 평가하며 팀원들을 동기부여하고 결과를 만들어내는 코칭과 리더십은 말처럼 쉽지 않다. 이러한 환경에서도 꾸준히 성장하는 회사는 무엇보다 좋은 팀장과 리더 분들이 많이 계신다는 반증이다. 나도 같은 그룹에 속해 있다는 자체만으로도 영광이며 나처럼 말로만 하지 않고, 행동으로 보여주시는 부사장님 이하 많은 리더 분들을 항상 존경하고 그분들을 통해 배우며 감사한다. 또한 부족한 나를 스쳐간 많은 팀원들에게 감사하고, 책을 쓰는 것에 대해 항상 지지와 격려를 해준 아내에게 감사한다. 무엇보다도 책을 쓰겠다는 결단력을 주시고, 포기하지 않고 행하게 해주신 하나님 아버지께 감사와 영광을 드린다.

잠깐만 팀장 좀 관두고 올게!!

초판인쇄	2019년 3월 20일
초판발행	2019년 3월 25일

지 은 이	이의종
발 행 인	조현수
펴 낸 곳	도서출판 더 로드
마 케 팅	최관호 최문섭
IT 팀장	신성웅
편 집	Design one
디 자 인	Design one

주 소	경기도 고양시 일산동구 백석2동 1301-2
	넥스빌오피스텔 704호
전 화	031-925-5366~7
팩 스	031-925-5368
이 메 일	provence70@naver.com
등록번호	제2015-000135호
등 록	2015년 06월 18일
I S B N	979-11-87340-07(03810)

정가 15,800원

파본은 구입처나 본사에서 교환해드립니다.